Aralandia

Buch

Lukas Grimm, dreizehn Jahre alt und hochintelligent, wird von einem Tierpfleger tot in der Freiflugvoliere ARALANDIA aufgefunden. Neben ihm liegt ein ebenfalls toter Hyazinth-Ara. Mathilde Krähenfuß, Politredakteurin a.D. und freie Mitarbeiterin der Ronsdorfer Gazette, begibt sich auf eine Spurensuche, die sie nicht nur quer durch Wuppertal und den Zoo führt.

Autorin

Tanja Heinze, 1975 in Wuppertal geboren, lebt und arbeitet in dieser Stadt bis heute. Sie studierte Philosophie an der Bergischen Universität Wuppertal.

TANJA HEINZE

ARALANDIA

Roman

Bibliografische Information der Deutschen Nationalbibliothek
Die Deutsche Nationalbibliothek verzeichnet diese Publikation in der
Deutschen Nationalbibliografie; detaillierte bibliografische Daten sind
im Internet über http://dnb.dnb.de abrufbar.

Umwelthinweis:
Alle bedruckten Materialien dieses Taschenbuchs sind chlorfrei und
umweltschonend.

Erste Auflage Februar 2020
© 2020 Tanja Heinze
Satz, Umschlaggestaltung, Herstellung und Verlag:
BoD – Books on Demand
ISBN 978-3-7504-7850-3

Coverdesign: Kay Fretwurst
Umschlagfoto: Wolfgang Rosenthal
Umschlaggestaltung: Tanja Heinze und BoD
Lektorat: Dr. Norbert Brieden, Jacqueline V. Droullier

Samstag, 28. September 2019

Er hat die Hände zum Gebet gefaltet und genießt die Einsamkeit. In der elfhundert Quadratmeter großen und bis zu zehn Meter hohen Freiflugvoliere sind nur die Geräusche der Tiere zu hören. *Aralandia* ist das bislang größte Projekt in der Geschichte des Wuppertaler Zoos, der wegen seiner beeindruckenden Flora auch *Grüner Zoo* genannt wird.

In der Vergangenheit hat er viel Zeit mit der Beobachtung der Sittiche, Flamingos und Aras verbracht. Insbesondere die Hyazinth-Aras gefallen ihm. Die gewandten Kletterer sind kobaltblau gefiedert, und um die Augen und am Unterschnabel leuchten gelbe, unbefiederte Hautbereiche. Mit rund einem Meter Länge gehören sie zu den größten Papageienarten.

Suchend blickt er sich nach seinem besten Freund um, den er Gamba getauft hat.

Er entnimmt seiner Hosentasche zwei Bananenchips und schnalzt mit der Zunge. Ein wenig plagt ihn das schlechte Gewissen, weil er sich nicht an die Regeln hält. Die Aras werden ausschließlich in den für die Öffentlichkeit nicht zugänglichen Gebäuden gefüttert, denn dies ist die einzige Möglichkeit, die Tiere aus einer Voliere solchen Ausmaßes zu locken.

Lange braucht er nicht zu warten, bis Gamba auf seiner Schulter landet. Vorsichtig hält er dem Ara die getrockneten Bananenstücke vor den Schnabel, die dieser behutsam entgegennimmt. Die Krallen des für seine Größe überraschend leichten Vogels spürt er, doch der Schmerz stört ihn nicht. Er ist beseelt von der Anwesenheit des intelligenten Vogels. Papageien haben gleich den Menschen ein zweigeteiltes Gehirn, wie es lange Zeit nur hoch entwickelten Säugetieren zugesprochen wurde.

»Ich bin entkommen, Gamba«, flüstert er, und seine Augen füllen sich mit Tränen der Erleichterung. »Jetzt wird alles gut.«

Der Vogel zwickt ihn zärtlich ins Ohr und schwingt sich wieder in die Lüfte. Das Wort *Ara* ist indogermanischen Ursprungs und wurde lautmalerisch aus dem Ruf der Tiere gebildet, erinnert er sich, derweil er dem davonfliegenden Hyazinth-Ara hinterherblickt.

Er weiß genau, wo er sich gleich zur Ruhe legen wird, und schreitet gemächlich den Weg entlang zur naturgetreuen künstlichen Felswand, aus der tagsüber ein Wasserfall sprudelt. Auf den Ausbuchtungen der Wand sitzen die Aras gerne. Es ist bereits nach zwanzig Uhr, und die Abenddämmerung hat eingesetzt. Ruhig holt er die Decke aus seinem Rucksack, breitet sie auf dem Boden aus und kuschelt sich hinein. Er schließt die Augen und denkt über alles nach, was er in den letzten Monaten erlebt und erfahren hat.

Auf einmal reißt ihn das Geräusch brausender Flügel aus seinen Gedanken. Ihn durchflutet ein bislang unbekanntes Glücksgefühl, als sein Freund etwas entfernt von ihm auf dem Boden landet. Das lange Federkleid schleift über die Erde, während sich der Ara auf ihn zubewegt.

Er langt nach dem Rucksack und holt seinen Proviant heraus. Das Müsli hat er mit verschiedenen Getreideflocken und Nüssen verfeinert, doch die Rosinen lassen sich gut herauspicken. Er kostet eine der getrockneten

Trauben und seufzt genussvoll. »Diese Sorte ist perfekt«, stellt er zufrieden fest. »Magst du welche, Gamba?« Er streut eine Handvoll Rosinen auf den Boden und erfreut sich an dem Anblick des Papageien, der sich begeistert über die süße Köstlichkeit hermacht.

Nach einer Weile schließt er müde die Augen und flüstert sein Abendgebet. Plötzlich bemerkt er einen bitteren Geschmack im Mund. Um ihn zu vertreiben, greift er nach der Wasserflasche und nimmt einige Schlucke. Seine Hände zittern, während er die Flasche wieder absetzt und seinen Blick auf Gamba richtet. Der Vogel, der noch vor wenigen Augenblicken munter daher stolzierte, liegt apathisch auf dem Boden.

Tränen strömen ihm über die Wangen. »Gamba«, haucht er und streicht dem Vogel zart über das Federkleid. Er glaubt, den Moment spüren zu können, in dem Gambas Seele den Vogelkörper verlässt.

Sonntag, 29. September 2019

»Besuch«, ertönte eine krächzende Stimme.

»Schelle, Schelle«, fügte eine weitere hinzu.

Belustigt beobachtete Martha Awolowo die zwei Graupapageien in ihrer Wohnzimmervoliere.

»Richtig. Wir bekommen Besuch«, rief sie den Vögeln zu, während sie zur Haustür eilte und diese schwungvoll öffnete.

»Martha, meine Liebe, wir haben uns ewig nicht gesehen.« Eine zierliche, dunkelhäutige Frau stand vor der Tür und strahlte sie an. Bintou Babangida war eine Cou-

7

sine Marthas und aus Südafrika angereist. Dort lehrte sie an der Universität in Kapstadt deutsche Literatur. Sie wuchtete ihre schwere Reisetasche über die Schwelle und fragte verwundert: »Was ist das für ein merkwürdiges Haus? Es gibt ja gar keinen Flur, und die Haustür führt direkt in die Küche.« Neugierig sah sie sich um. Gleißendes Sonnenlicht fiel durch die schmalen Fenster über der Kochzeile und flutete den Raum.

»Ich erkläre dir gleich alles. Jetzt lassen wir es uns erst einmal gut gehen. Ich freue mich, dich endlich wiederzusehen.« Martha schlang die Arme um ihre Cousine. »Ich habe Apfelkuchen gebacken und im Wohnzimmer gedeckt.«

»Hilfe, du erdrückst mich ja«, sagte Bintou und befreite sich lachend aus der Umarmung. Sie stellte ihre Reisetasche ab, zog ihre Jacke aus und hängte sie an die Garderobe. Dabei taxierte sie Martha von Kopf bis Fuß. Ihre Cousine war mittlerweile ebenso korpulent wie ihre verstorbene Mutter. Dem Anschein nach hatte sie sich ihre Leidenschaft für leuchtende Farben bewahrt. Sie trug ein rotes Kleid mit grünen Ärmeln, ihre krausen Haare wurden mit einem gelben Tuch aus der schokoladenfarbenen Stirn gehalten, und an ihren Ohrläppchen baumelten goldene Creolen.

Bintou folgte ihr ins Wohnzimmer und betrachtete interessiert die Umgebung. Auf dem mit buntem Patchwork bedeckten Wohnzimmertisch lockte der Apfelkuchen; die Wände des Raumes waren gelb und orangefarben gestrichen.

»Wie war der Flug?«, wollte Martha wissen und verteilte die Kuchenstücke.

»Bis auf einige wenige Turbulenzen kann ich mich nicht beklagen.« Bintou reckte sich zufrieden und nahm noch im Stehen einen Schluck von dem bereitgestellten Kaffee. »Was sind das für zwei Kerlchen?« Sie deutete mit der Hand auf die Voliere.

»Das sind Mathildes Graupapageien«, erklärte Martha. »Sie heißen Peter und Paul. Ich glaube, sie sind sehr schlau, aber sie nerven schrecklich. Geben zu allem ihren Senf dazu.«

»Martha, böse«, meldete sich wie auf Kommando Peter zu Wort.

»Paul, du brauchst nichts hinzuzufügen«, sagte die Angesprochene hastig. »Natürlich seid ihr meine kleinen Lieblinge. Wegen euch wohne ich schließlich bereits seit einer Woche hier.«

»Du tust so, als würden die schrägen Vögel dich wirklich verstehen.« Bintou ließ sich auf einen Stuhl Martha gegenüber fallen, stach mit der Gabel ein Stück von ihrem Kuchen ab und steckte es sich in den Mund. »Köstlich, Martha«, lobte sie. »Du backst so gut wie deine Mutter.«

»Weißt du noch damals in Botswana?« Gedankenverloren bedeckte Martha ihren Kuchen mit Sahne. »Wir zwei haben die Dornensavannen unsicher gemacht. Wie oft hat uns Mama verarzten müssen. Das waren noch Zeiten.«

Bintou prustete laut los. »Du möchtest mir nicht weismachen, dass es dich zurück in die alte Heimat zieht. Mit Mathilde Krähenfuß hast du das große Los gezogen. Wo ist die Hausherrin überhaupt?«

»Mathilde macht zwei Wochen Urlaub bei ihrer Schwester Roswitha in Rosenthal«, klärte Martha Bintou auf.

»Das ist ein Ort in Hessen in der Nähe von Frankenberg an der Eder. Solange wohne ich hier. Du weißt schon, die armen Papageien sollen nicht tage- und nächtelang allein sein. Es passt super, hier ist mehr Platz für uns zwei als in meiner kleinen Wohnung.«

»Arbeitet Frau Krähenfuß noch als Politredakteurin beim Wupperspiegel?«, erkundigte sich Bintou wissbegierig.

»Seit ein paar Jahren schon nicht mehr«, antwortete Martha kopfschüttelnd. »Habe ich dir das nicht am Telefon erzählt? Sie ist in Rente und hilft als freie Mitarbeiterin bei der Ronsdorfer Gazette aus, das ist eine kostenlose Tageszeitung.«

»Sie muss beim Wupperspiegel gutes Geld verdient haben«, stellte Bintou fest. »Sonst könnte sie sich den Luxus einer Haushälterin nicht leisten.«

»Wir sprechen nicht über Geld«, flunkerte Martha. In Wirklichkeit war sie die Einzige, die wusste, dass Mathilde vor Jahren im Lotto gewonnen und das Geld gut angelegt hatte. Noch nicht einmal ihre Schwester und deren Sohn, der bei der Wuppertaler Mordkommission arbeitende Hauptkommissar Herbert Mucke, waren darüber informiert. Mit ihrem Gewinn hatte Mathilde ihr Knusperhäuschen erworben und nach ihren Vorstellungen umgestaltet. Sie nannte ihr Haus so, weil es winzig und ungewöhnlich konzipiert war. »Mathilde bezahlt mich gut. Ich bin glücklich in der Mirker Höhe. Wie du weißt, sind wir mit den Jahren beste Freundinnen geworden. Ich bin fast nur zum Schlafen zu Hause.«

»Apropos Mirker Höhe. Das Viertel von Wuppertal ist merkwürdig. Alles ist so eng. Die Häuser sind winzig«, bemerkte Bintou. »Was sind das für merkwürdige ovale Gebilde, die ich in den Vorgärten entdeckt habe?«

»Das sind die Behälter, die das Flüssiggas beinhalten, mit dem wir im Winter heizen«, gab Martha bereitwillig Auskunft. »Die Mirker Höhe war vor vielen Jahren eine Kleingartenanlage, die zur Wohngegend umgebaut worden ist. Mathilde nennt ihr Viertel immer Miniaturwelt.«

»Das ist treffend formuliert.« Bintou schenkte sich Kaffee nach. »Wann kommt Frau Krähenfuß zurück?«

»Voraussichtlich in sechs Tagen«, erklärte Martha. »Magst du ein zweites Stück Kuchen?«

»Auf gar keinen Fall«, wehrte Bintou ab. »Ich möchte mir meine schlanke Linie bewahren.«

»Du bist viel zu dünn«, erwiderte Martha und teilte ein Stück in zwei Hälften. »Ich dulde keinen Widerspruch. Schließlich habe ich den Kuchen wegen dir gebacken. Ein halbes Stück musst du noch essen.«

Bintou lachte gutmütig. »In Ordnung, aber anschließend möchte ich sehen, wo ich die kommenden zwei Nächte schlafen werde.«

Eine Weile widmeten sie sich schweigend dem Backwerk. Als die Teller geleert waren, fragte Bintou: »Und ihr zwei seid immer noch überzeugte Singles?«

Augenblicklich fiel ein Schatten über Marthas Gesicht.

»Seit einiger Zeit hat Mathilde einen Verehrer«, brummte sie missmutig. »Ein Philosophieprofessor von der Bergischen Universität. Erwin Wunderlich heißt der Gute.«

»Das darf nicht wahr sein.« Bintous dunkle Augen funkelten begeistert. »Wie sieht er aus?«

»Er ist in Mathildes Alter, trägt seine langen, weißen Haare meist zum Pferdeschwanz gebunden und ist braun gebrannt«, beschrieb Martha den Professor. »Gewiss besucht er regelmäßig ein Sonnenstudio. Zum Glück ist er bald für mehrere Wochen in Rom für ein philosophisches Auslandssemester.«

»Sind die beiden ein Liebespaar?«, hakte Bintou nach. »Ich kenne Frau Krähenfuß zwar nur aus deinen Erzählungen und von Bildern, aber ich kann mir sie nicht bei einem romantischen Abendessen zu zweit vorstellen. Trägt sie immer noch diese randlose Brille, die ihr ständig auf die Nasenspitze rutscht?«

»Du wirst es nicht glauben, letztes Jahr hatte ich sie soweit, dass sie sich eine neue Brille zulegte. Ich zeige sie dir.« Martha stand auf und ging zum Wohnzimmerschrank gegenüber der Vogelvoliere. Sie öffnete die unterste Schublade und kehrte mit der Brille in der Hand zu ihrer Cousine zurück.

»Die sieht toll aus«, befand Bintou. »Zwei verschiedene Rottöne und mit diesen Nasenpads, damit sie an Ort und Stelle bleibt. Aber warum liegt sie in der Schublade?«

»Dreimal darfst du raten«, entgegnete Martha, verdrehte die Augen und legte die Brille auf dem Tisch ab. »Madame Krähenfuß fühlt sich von diesen Kneifern beengt. Ihr ist nicht zu helfen. Zu meinem Bedauern trägt sie wieder ihre alte Brille.«

»Zeigst du mir jetzt mein Schlafzimmer? Und ein Bad würde ich auch gern nehmen.« Auffordernd blickte Bintou ihre Cousine an.

»Du kannst in Mathildes Schlafzimmer übernachten.« Martha erhob sich und ging zur Schiebetür aus Glas, die direkt neben der Voliere angebracht war. »Folge mir.« Sie entnahm der Tasche ihrer Schürze zwei getrocknete Apfelringe und steckte sie durch die Gitterstäbe. Anschließend schob sie die Tür beiseite.

»Ein schmaler Flur«, bemerkte Bintou erstaunt.

»Hier links ist das Badezimmer, und über die Treppe dort hinten gelangen wir ins Schlafzimmer. Die obere Etage beherbergt nur einen einzigen Raum«, berichtete Martha und machte sich an den Aufstieg.

»Du schuldest mir noch eine Antwort«, forderte Bintou, während sie die Treppenstufen erklomm. »Sind sie ein Liebespaar?«

»Um Himmels willen, nein«, antwortete Martha entrüstet. »Ich habe schließlich ein Wörtchen mitzureden. Jetzt richte dich erst mal häuslich ein. Später können wir uns weiter unterhalten.«

Montag, 30. September 2019

Mysteriöser Todesfall im Wuppertaler Zoo!

Ein Tierpfleger entdeckt in der neu gebauten Freiflugvoliere »Aralandia« die Leiche eines dreizehnjährigen Jungen.

Von Elvira Potterfeld

SONNBORN. Gestern am frühen Morgen fand José A., ein Tierpfleger des Wuppertaler Zoos, in der großen Vogelvoliere die Leiche von Lukas G. Die Wuppertaler Kriminalbeamten der Mordkommission konnten am Tatort keine

13

Gewalteinwirkung feststellen. Die Spurensicherung wurde ebenfalls nicht fündig. Der Junge scheint die Nacht auf den Sonntag allein im Gehege verbracht zu haben. Nach Angaben von Kriminalhauptkommissar Herbert Mucke werde die Leiche obduziert. Neben ihr wurde eine weitere gefunden, die eines der seltenen, vom Aussterben bedrohten Hyazinth-Aras. Mucke schließt einen Zusammenhang zwischen den Todesfällen nicht aus. Er ordnete eine Veterinäruntersuchung des Vogels an. Eine weitere Frage bleibt bislang ungeklärt: Wie gelangte Lukas G. mitten in der Nacht unbemerkt in die Voliere? Nach Angaben von José A. war der Junge kein seltener Gast in Aralandia. Er sei auffällig oft dort und sehr an den Vögeln interessiert gewesen. Tatsächlich habe sich Lukas G. mit einem Hyazinth-Ara angefreundet, dem toten Vogel an seiner Seite.

Verärgert legte Kriminalhauptkommissar Herbert Mucke die Ronsdorfer Gazette beiseite.

»Jetzt haben wir den Salat«, sagte er zu seinem jüngeren Mitarbeiter, dem dreißigjährigen, hochaufgeschossenen Florian Vogel.

»Wieso? Was ist geschehen?«, wollte dieser verwundert wissen. Er hielt sich einen Handspiegel vor sein Gesicht und begutachtete eingehend die kleine Narbe neben seiner Nase. Der rothaarige Mann war von Sommersprossen übersät, und ein Muttermal hatte vorsorglich entfernt werden müssen.

»Potti konnte es nicht lassen«, murmelte Herbert und zwirbelte seinen braunen Schnurrbart.

»Wer bitte ist Potti?«, fragte Florian und legte den Spiegel neben der Tastatur seines Computers ab.

»Meine Tante nennt ihre Kollegin Elvira Potterfeld scherzhaft so«, klärte Herbert seinen Mitarbeiter auf. »Potti hat in der Gazette über den Mord an dem Jungen berichtet, obwohl ich sie gebeten habe zu schweigen, bis wir mehr über den Fall wissen.«

»Ist doch halb so schlimm«, entgegnete Florian schulterzuckend. »Diesmal können wir ungestört ermitteln. Die Adlerkralle ist schließlich in Hessen bei deiner Mutter. Wie du gesagt hast, bleibt sie dort eine weitere Woche. Diesmal erfährt sie nichts von der Geschichte.«

»Du verstehst das Problem nicht. Und nenn Tante Mathilde nicht immer so«, erwiderte Herbert schmunzelnd und öffnete die im Computer angelegte Akte *Lukas Grimm*. »Tante Mathilde wird die Gazette mit Gewissheit online lesen. Oder schlimmer noch, wahrscheinlich hat sie den Artikel bereits studiert und sich mit Lotte auf die Heimfahrt nach Wuppertal gemacht.«

»Manchmal hat deine Tante einen guten Riecher.« Florian warf einen Blick auf die Wanduhr ihres Büros im Polizeipräsidium an der Friedrich-Engels-Allee. »Es ist fünfzehn Uhr. Ich mache uns Kaffee. Wie alt ist Lotte eigentlich?«

»Lotte?« Herbert zog fragend die Augenbrauen hoch. »Ich glaube, sie wird acht.« Seine Tante hatte die Mischlingshündin mit dem schwarzen Fell und den weißen Vorder- und Hinterläufen aus dem Tierheim geholt, als sie Ende fünfzig gewesen war. Lottes Schwanzspitze, Blesse und ein runder Kreis auf dem Rücken waren ebenfalls weiß gefärbt. Diese Fellzeichnung assoziierte Mathildes Haushälterin Martha Awolowo mit der Märchenfigur des gestiefelten Katers.

Schwungvoll öffnete sich die Bürotür, und Hans Flachs, ihr Kollege mit dem Bauchansatz und dem schütteren Haar, trat ein. In der Hand hielt er den sehnsüchtig erwarteten USB-Stick mit den Ergebnissen der Veterinäruntersuchung.

»Der zuständige Tiermediziner des Zoos meint, der Vogel sei tatsächlich vergiftet worden«, plapperte Hans aufgeregt drauf los. »Steck schnell den USB-Stick rein, dann erfahren wir mehr.« Er reichte ihn Herbert und hängte die nasse Jacke über die Lehne seines Schreibtischstuhls.

Wenig später erschien das gespeicherte Dokument auf dem Monitor.

»Batrachotoxin«, las Florian vor und stellte drei Tassen Kaffee auf Herberts Schreibtisch. »Das Pfeilgift der Indianer.«

»Es entstammt der Haut kleiner gelber Frösche«, las Herbert weiter. »Bereits eine minimale Menge an Batrachotoxin, die der Größe von zwei Kristallkörnern Kochsalz entspricht, führt zu Herzversagen.« Er griff zum Telefon und wählte die Nummer des Gerichtsmediziners Dr. Mathis.

»Batrachotoxin«, sagte er statt einer Begrüßung. »Jetzt weißt du, wonach du in der Leiche des Jungen suchen darfst. Wie schnell kannst du mir das nachweisen?« Herbert nahm einen Schluck Kaffee und nickte zufrieden. »Super, dann warte ich auf deinen Rückruf.«

»Die Wahrscheinlichkeit, dass der Vogel der gleichen Todesursache wie der Junge erlegen ist, ist groß«, bemerkte Hans und griff beherzt in die Plätzchenschale.

»In wenigen Stunden wissen wir mehr.« Herbert öffnete Google und gab *Hyazinth-Ara* ein.

*

Gut gelaunt schloss Mathilde Krähenfuß die Haustür auf. Unmittelbar nach dem Nachmittagskaffee war sie aus dem hessischen Örtchen Rosenthal losgefahren. Der von ihrer Kollegin in der Ronsdorfer Gazette veröffentlichte Artikel hatte ihr keine Ruhe gelassen. Sie konnte es kaum abwarten, ihren Neffen bei seinen Ermittlungen zu unterstützen. Doch zunächst freute sie sich darauf, ihre Haushälterin und die Papageien wiederzusehen. In der Küche roch es verlockend nach Sauerbraten, Rotkohl und Klößen. Ihre aus Afrika stammende Haushälterin hatte ein Faible für deftige deutsche Hausmannskost. Trotzdem wurde Mathilde von einer der vielen Schwestern Marthas häufig mit afrikanischen Spezialitäten versorgt.

»Lotte, jetzt überraschen wir Martha«, sagte sie zu der mit ihrer Rute wedelnden Hündin und öffnete die Tür zum Wohnzimmer. Was sie sah, ließ sie überrascht zusammenzucken.

Neben ihrer Haushälterin saß eine zierliche, dunkelhäutige Person in Marthas Alter und goss aus einer Flasche Flüssigkeit in zwei Schnapsgläser. Die Überraschung schien beiderseitig zu sein, denn der Frau lief ein guter Tropfen daneben. Zu Mathildes Erstaunen blieb die erwartete Schimpftirade Marthas aus. Sie tupfte den Wohnzimmertisch lediglich mit einem Taschentuch trocken und sagte: »Guten Abend, Mathilde. Zunächst dachte ich, die zwei getrunkenen Gläschen des afrikanischen Amarula Cream Likörs hätten mir die Sinne benebelt, aber du bist es tatsächlich.«

»Ich habe Roswitha eher verlassen, weil ich online einen spannenden Bericht von Potti gelesen habe.« Mathilde stellte ihre Handtasche auf dem Tisch ab und ließ sich auf einen Stuhl fallen. Sie wies mit der Hand auf die Flasche. »Einen Likör könnte ich jetzt auch vertragen.«

»Das ist unser Aperitif.« Martha grinste schief. »Mach dir keine Sorgen, ich habe ausreichend gekocht.«

»Jetzt stell mir bitte unseren Besuch vor«, forderte Mathilde und streichelte Lotte liebevoll über den Kopf.

»Mathilde, Mathilde«, machten sich die Papageien lautstark bemerkbar. Aufgeregt liefen sie auf ihren Stangen hin und her. Seufzend erhob sie sich, ging zum Wohnzimmerschrank und öffnete die Schublade, in der sie die Knusperstangen aufbewahrte. Anschließend begab sie sich zur Voliere und begrüßte ihre gefiederten Freunde ausgiebig.

»Das ist meine Cousine Bintou Babangida aus Kapstadt. Von ihr habe ich dir schon viel erzählt«, hörte sie Martha sagen. »Sie ist seit gestern hier bei mir und bleibt bis morgen. Anschließend besucht sie meine Schwestern.«

»Und wo bitte schlaft ihr?«, fragte Mathilde mit hochgezogenen Augenbrauen, während sie erneut am Wohnzimmertisch Platz nahm.

Betreten blickte ihre Haushälterin zu Boden. »Na ja, wo soll Bintou schlafen, im Schlafzimmer natürlich«, druckste sie herum.

»Und in welchem Schlafzimmer?«, hakte Mathilde nach, obwohl sie die Antwort bereits wusste.

»Ach Mathilde, woher sollte ich wissen, dass du nach nur einer Woche nach Wuppertal zurückkehrst?« Martha schenkte ihnen Likör nach. »Jetzt trink etwas, anschließend isst du dich satt, und alles ist gut. Eine Nacht wirst du wohl auf der Wohnzimmercouch übernachten können. Dort habe ich gestern geschlafen. Es ist bequem.«

»Und wo wirst du nächtigen, wenn deine Cousine die obere Etage bezieht?« Mathilde nippte kopfschüttelnd an ihrem Glas.

»Ich fahre in meine Wohnung. Jetzt benötigst du keinen Papageien-Sitter mehr. Morgen komme ich wie gewohnt wieder und führe den Haushalt«, sagte Martha bestimmt.

»Dafür hast du zu viel Alkohol getrunken.« Mathilde zeigte auf die bereits gut geleerte Amarula-Flasche. »So lass ich dich weder mit meinem Auto noch mit dem Bus fahren. Ich werde auf der Luftmatratze schlafen, du auf dem Sofa und unser Gast in meinem Schlafzimmer. Und jetzt habe ich Hunger. Machen wir das Beste aus der Situation. Später werde ich meinen Neffen anrufen und ihn ausquetschen wie eine Zitrone. Ein toter Dreizehnjähriger neben einem ebenfalls mausetoten Ara in Aralandia. Wo gibt's denn so was?«

»Ich freue mich, Sie persönlich kennenzulernen, Frau Krähenfuß«, mischte sich Bintou in die Unterhaltung ein. »Martha hat mir viel von Ihrer Detektivarbeit erzählt. Drei Morde konnte der Kommissar mit Ihrer Hilfe bereits aufklären. Das finde ich beachtlich.«

Mathilde leerte ihr Glas und nickte geschmeichelt. »Bintou, du darfst mich Mathilde nennen.«

Dienstag, 01. Oktober 2019

Während Mathilde ihren Berlingo an den Feldern vorbei in Richtung Velbert-Neviges steuerte, musste sie an ihr gestriges Telefonat mit ihrem Neffen denken. Wie erwartet, war dieser zunächst wenig begeistert von ihrem Interesse an Lukas Grimm gewesen. Nach einer Weile jedoch hatte er sich davon überzeugen lassen, dass ihm ein wenig weibliche Unterstützung und Intuition nicht schaden konnte. Er hatte sie lediglich gebeten, ihn nicht allzu häufig im Präsidium zu besuchen, damit seine Kollegen keinen Wind von ihrer Zusammenarbeit bekämen.

Mathilde blickte auf ihr Navi und bog rechts in die Elberfelder Straße ab. Kurz vor dem Nevigeser Freibad, das sich wegen seiner schönen Lage im Grünen *Panorama Bad* nannte, lenkte sie den Wagen in die Hügelstraße. Die Hausnummer 7 c entdeckte sie auf Anhieb. Zu ihrer Freude war vor dem zweistöckigen Einfamilienhaus ein Parkplatz frei. Sie stieg aus, öffnete die Heckklappe und ließ ihre Hündin aus dem Wagen springen. Liebevoll klopfte sie dem Auto aufs Dach. »Warte hier, Ingo. Wir sind gleich wieder da.«

Sie betätigte die Türschelle, und wenige Augenblicke später hörte sie eine Stimme aus der Gegensprechanlage nach ihrem Namen und Ansinnen fragen. Rasch stellte sie sich als Reporterin der Ronsdorfer Gazette vor.

»Reporterin? Unser Elend stand bereits in allen Wuppertaler und Velberter Tageszeitungen. Was möchten Sie noch von uns?«, fragte die Frauenstimme verbittert.

»Frau Grimm, ich möchte Ihnen helfen, vertrauen Sie mir. Ich habe momentan nicht vor, einen Artikel über

Ihren Sohn zu veröffentlichen. Lassen Sie mich bitte ins Haus«, bat Mathilde eindringlich.

»In Ordnung«, erwiderte Frau Grimm nach kurzer Überlegung. »Kommen Sie rauf in die erste Etage.«

Ein brummendes Geräusch ertönte, Mathilde öffnete die Haustür und trat über die Schwelle. Neugierig lugte sie auf das Namensschild der Wohnungstür im Parterre. Darauf stand *Lukas Grimm*. Zwei Stufen auf einmal nehmend und mit Lotte an ihrer Seite, eilte sie die Treppe hoch. Der gestrige Regen war einem trüben Tag gewichen. Lottes Fell war trocken. Es gab keinen Grund, die Hündin im Wagen warten zu lassen.

Eine große, ernst dreinblickende Frau mit ebenmäßigen Gesichtszügen erwartete sie vor der geöffneten Wohnungstür. Mathilde schätzte sie auf Mitte dreißig. Eine ausgewaschene, enge Jeans betonte ihre schlanken Beine. Die braunen Haare mit den blonden Strähnen reichten ihr bis knapp über die Schultern. Ihre Augen waren gerötet und von verlaufener Wimperntusche umrandet. Sie trug ein schlichtes, schwarzes Sweatshirt.

»Treten Sie ein, Frau Krähenfuß«, sagte sie mit leiser, gebrochener Stimme. »Ich war nicht auf Besuch vorbereitet. Sehen Sie mir bitte die Unordnung nach. Sie werden verstehen, dass mich der Verlust meines einzigen Kindes arg mitnimmt.«

Mathilde folgte ihr durch den Flur in eine kleine Küche, die im rustikalen Landhausstil eingerichtet war. Unordnung konnte sie, abgesehen vom nicht abgewaschenen Frühstücksgeschirr und zwei auf dem Tisch liegenden Illustrierten, nicht entdecken. An den Wänden hingen ein Kreuz und Bilder von der Jungfrau Maria.

»Nehmen Sie Platz. Soll ich Kaffeewasser aufsetzen oder Ihnen einen Tee zubereiten?«, erkundigte sich Frau Grimm höflich.

»Machen Sie sich bitte wegen mir keine Umstände. Ein Glas Wasser genügt mir vollkommen«, wehrte Mathilde ab. Sie hängte ihren Parka über die Stuhllehne und setzte sich.

Frau Grimm brachte ein frisches Glas und schenkte ihr ein.

»Einen hübschen Hund haben Sie«, sagte sie seufzend. »Lukas liebte Tiere.«

»Darf ich fragen, wo sich Ihr Mann in diesem Augenblick aufhält?«, erkundigte sich Mathilde und trank einen kräftigen Schluck Wasser.

»Er ist zur Arbeit gegangen.« Frau Grimm nahm ihr gegenüber Platz.

»Zwei Tage nach dem Tod seines Sohnes?«, fragte Mathilde erstaunt nach.

»Martin konnte die Leere im Haus nicht ertragen. Außerdem ist die Arbeit für ihn mehr als nur ein Broterwerb.« Frau Grimm strich sich die Haare hinter die Ohren. »Er arbeitet im Büro des Nevigeser Wallfahrtsdomes als Sekretär bei den Franziskanerbrüdern. Martin ist sehr religiös. Würde es das Zölibat nicht geben, hätte er eine Karriere als Kleriker angestrebt. Die Brüder werden ihn trösten, mich jedoch kann niemand von meinem Leid erlösen.«

Mathilde registrierte eine Bildercollage, die auf einem Küchenregal stand. Darauf war die Familie abgebildet. Unter den Personen entdeckte sie die Namen Karin, Martin und Lukas.

»Gehört Ihnen das Haus?«, wollte sie interessiert wissen.

»Ja, das ist ein großes Glück. Wir haben es schuldenfrei geerbt«, erklärte Karin Grimm. »Mein Mann kann uns zwar ernähren, große Sprünge machen können wir allerdings nicht.«

»Ich habe an der unteren Wohnungstür den Namen Ihres Sohnes gesehen. Ist die Wohnung im Parterre ähnlich geschnitten wie diese hier?«, fragte Mathilde weiter.

»Das ist eine kleinere Einliegerwohnung. Wieso interessiert Sie das?« Erstaunt zog Karin die Augenbrauen hoch.

»Ihr Sohn lebte in einer eigenen Wohnung. Das ist nicht die Regel für einen dreizehnjährigen Jungen.« Gedankenverloren kraulte Mathilde Lottes Kopf, die sich eng an ihre Beine geschmiegt hatte.

»Bei Lukas war nichts normal.« Karins Augen wurden feucht.

»Wären Sie so freundlich, mir das näher zu beschreiben?«, bat Mathilde.

»Lukas war hochintelligent. Sein Intelligenzquotient lag weit über 150.« Karin wischte sich mit einem Taschentuch über die Augen.

»Damit übertrifft er sogar Albert Einstein«, warf Mathilde überrascht ein.

»Wir haben das festgestellt, kurz bevor er auf die höhere Schule wechseln sollte«, fuhr Karin fort. »In der Grundschule wurde er als nicht für das Gymnasium qualifiziert eingestuft, weil er sich im Unterricht nicht hatte konzentrieren können. Zum Glück wurde Pater John auf Lukas aufmerksam. Er informierte uns darüber, dass unser Junge versucht hatte, sich mit Hilfe einer zweisprachigen Bibel eigenständig Latein beizubringen. In der Grundschule war es ihm schlicht und einfach zu langweilig gewesen. Pater John schlug uns vor, ihn auf Hochintelligenz testen zu lassen. Und siehe da, sein Verdacht bestätigte sich. Deswegen schulten wir ihn im Wuppertaler St. Anna-Gymnasium ein. Seit zwei Jahren ist er zudem an der Junior-Uni eingeschrieben.«

»Haben Sie etwas dagegen, wenn ich mein Diktiergerät einschalte? Die vielen Informationen kann ich mir sonst nicht merken.« Mathilde stellte ihre Beuteltasche auf den Tisch, das Ungetüm, wie Martha ihr Lieblingsstück ironisch nannte, suchte eine Weile und resignierte schließlich. »Ich kann das Gerät nicht finden und werde das Gespräch mit meinem BlackBerry aufzeichnen müssen.« Sie legte das Smartphone neben ihre Tasche und schaltete die Aufnahmefunktion ein.

»Stand dieser Pater John in einer besonderen Verbindung mit Ihrem Sohn?« Mathilde rückte ihre Brille zurecht und blickte ihrer Gesprächspartnerin direkt in die braunen Augen.

»Nach Lukas' Erstkommunion mit neun Jahren wurde er sofort für den Messdienst eingeteilt. Lukas war so religiös wie sein Vater.« Mathilde registrierte, dass Karins Hände unkontrolliert zu zucken begannen und sämtliche Farbe aus ihren Wangen wich. »Verzeihen Sie bitte, ich muss mein Medikament einnehmen. Ich halte diese Qual sonst nicht aus.« Karin erhob sich und ging schwankend zum Hängeschrank über der Spüle. Sie öffnete die Schranktür und griff nach einer Medikamentenschachtel. »Der Arzt hat mir Valium verschrieben.«

24

Sie kehrte mit einer Tablette zwischen den Fingern zu Mathilde zurück, schenkte sich Wasser nach und nahm hastig das Medikament. »Ich habe heute noch nicht viel gegessen. Das Valium wird schnell wirken.«

»Kommen wir zurück zu Pater John«, nahm Mathilde den Faden wieder auf.

»Pater John stand unserem Sohn sehr nahe, nicht nur, weil er ihn getauft und auf die Erstkommunion vorbereitet hatte. Lukas hatte zwei Leidenschaften, die Religion, wobei ihn speziell die Marienerscheinungen von Fátima und Lourdes faszinierten, und die Intelligenz der Tiere, insbesondere der Aras und der Krähen. Er belegte diesbezüglich ein Seminar.« Langsam hörten Karins Hände auf zu beben.

»Die Franziskanerbrüder verlassen Anfang des nächsten Jahres Velbert-Neviges«, bemerkte Mathilde und nahm sich im Stillen vor, Pater John alsbald einen Besuch abzustatten.

»Richtig«, antwortete Karin. »Die Zukunft meines Mannes ist ungewiss. Aber es wird Nachfolger für die Brüder geben. Davon bin ich überzeugt.« Sie nahm ein Taschentuch aus der Packung, die vor ihr auf dem Tisch lag, und schnäuzte sich die Nase. »Ich möchte ehrlich zu Ihnen sein.« Sie knüllte das Tuch zusammen und steckte es in die Tasche ihrer Jeans. »Ich hatte die Hoffnung, dass sich Lukas nach dem Abschied von den Brüdern mehr auf gleichaltrige Kameraden konzentrieren würde. Das war doch nichts. Sein Leben bestand fast nur aus dem Wallfahrtsdom und der Freiflugvoliere im Zoo.«

»Also hatte Lukas nicht viele Freunde?«, hakte Mathilde nach.

Traurig schüttelte Karin den Kopf. »Ehrlich gesagt, er hatte überhaupt keine Freunde. In der Grundschule nannten sie ihn *den dummen Lukas*, weil er sich nicht am Unterricht beteiligte. Und auf dem Gymnasium wurde es noch schlimmer. Lukas durfte zwei Jahrgänge überspringen und begann, sich für das Lernen zu interessieren. Jetzt war er nicht mehr der Dumme, sondern der Klugscheißer. Sehen Sie mir bitte diese Ausdrucksweise nach. Lediglich die Junior-Uni war ein Ort, an dem er nicht gemobbt wurde. Doch dort geht es ausschließlich um Wissenschaft. Freundschaften schloss er auch da nicht.« Karin seufzte tief.

»Was ist das für ein Seminar an der Junior-Uni?«, wollte Mathilde wissen.

»Dr. Kartens forscht mit den jungen Studentinnen und Studenten über die Intelligenz der Krähen«, erklärte Karin. »In den Sommerferien nahm Lukas an einer dreiwöchigen Exkursion nach Frankenberg an der Eder teil. In dem dortigen Wildpark gibt es besondere Krähen.«

»Frankenberg?«, entfuhr es Mathilde überrascht. »Dort war ich erst vor wenigen Tagen. Meine Schwester lebt in einem Ort dort ganz in der Nähe. Ich wusste gar nicht, dass der kleine Wildpark etwas Außergewöhnliches zu bieten hat.«

»Das kommt auf den Ausgangspunkt des Betrachters an.« Karin warf einen Blick auf ihre Armbanduhr. »Krähen gehören zu den intelligentesten Vögeln der Welt.« Sie räusperte sich unbehaglich. »Ich habe in einer Dreiviertelstunde einen wichtigen Termin und muss Sie bitten, mich jetzt zu verlassen.«

Mathilde schaute ebenfalls auf ihre Uhr, ein altmodisches, goldenes Erbstück ihrer verstorbenen Großmutter, die noch aufgezogen werden musste. »Wie die Zeit vergeht.« Sie erhob sich von ihrem Stuhl. Aufgeregt mit ihrer Rute wedelnd, sprang Lotte auf. »Es ist gleich sechzehn Uhr. Meine Haushälterin wird mit dem Kaffee auf mich warten. Vielen Dank, dass Sie mir etwas von Ihrer Zeit geschenkt haben, Frau Grimm. Ich wünsche Ihnen viel Kraft und alles Gute.«

*

Philippe Lefevres Blick verweilte auf dem großen Rothirsch. Jedes Jahr im September faszinierte ihn die Rotwildbrunft aufs Neue. Er konnte alle Tiere voneinander unterscheiden. In diesem Augenblick hatte er das Glück, Roman beobachten zu dürfen. Der über vier Zentner schwere Hirsch strahlte mit seiner Brunftmähne und dem langen Geweih pures Testosteron aus. Romans Röhren war laut und kraftvoll. Im Wildpark gegenüber der historischen Altstadt von Frankenberg an der Eder gab es kaum Zäune. Rot-, Dam-, Sika- und Muffelwild liefen frei auf dem Gelände herum. Dennoch bot der Park dem Wild ausreichend Möglichkeit, sich vor den Besucherinnen und den Wildpflegern zu verstecken. Lediglich das Schwarzwild und die Bergziegen hatten umzäuntes Terrain. Philippes Ziel war eigentlich nicht das Wildgehege, doch Romans hormongeladenem Werben konnte er nicht widerstehen. Er zog sein Smartphone aus der Tasche seiner olivgrünen Arbeitshose und betätigte vorsichtig die Aufnahmetaste. Das Video würde er sich am Abend zur Entspannung ansehen. Nachdem er eine Weile gefilmt hatte, riss er sich zusammen und entschied, sich auf den Weg zum Vogelhaus zu machen. Das erst vor drei Jahren auf dem Gelände errichtete Gebäude hatte eine kleine Außenvoliere. Dort konnten die Besucher die Krähen bestaunen. Philippe war hauptsächlich für die Pflege dieser intelligenten Vögel zuständig. Deswegen hatte ihn der Geschäftsführer des Wildpark-Fördervereins angefordert, und er hatte seine Heimatstadt Bordeaux im Südwesten Frankreichs verlassen. Philippes Meinung nach waren Krähen unterschätzte Lebewesen, die aufgrund ihres eher unscheinbaren Äußeren zu Unrecht weniger Beachtung fanden als andere intelligente Vögel. Dabei gab es große Unterschiede zwischen den Unterarten der Krähen und Raben. Die Glanzkrähe zum Beispiel gehörte mit einundvierzig Zentimetern Körperlänge zu den mittelgroßen Exemplaren. Philippe liebte das bläulich glänzende Gefieder dieser Tiere und deren Eigenart, menschlichen Kontakt zu suchen. In freier Wildbahn siedelte die Glanzkrähe mit Vorliebe in der Nähe menschlicher Behausungen. Wie die anderen Unterarten besaß sie die Fähigkeit zu abstraktem Denken. Jahrelang hatten die Zoologen dies nur Menschen und Menschenaffen zugestanden.

»Frodo«, rief Philippe, als er die Außenanlage erreichte. Augenblicklich setzte die gerufene Glanzkrähe zum Flug an. Wenige Sekunden später landete sie vor den Gitterstäben. »Mein Süßer, hast du heute Lust auf ein paar Übungen?« Philippe kniete sich auf den Boden, der feucht vom letzten Regenschauer war. Als hätte die Krähe seine Frage verstanden, wechselte sie von einem

Fuß auf den anderen. Dazu schlug sie mehrmals mit ihren Schwingen.

»Philippe, du spinnst«, hörte der Angesprochene die Stimme seiner Aushilfe Jana Mohr. »Du tust so, als könnte dich Frodo verstehen.«

»Manchmal denke ich, das ist tatsächlich der Fall«, murmelte Philippe und erhob sich vom Boden. »Los, Jana. Machen wir uns an die Arbeit.«

Mittwoch, 02. Oktober 2019

Florian Vogel genoss die Fahrt in der dunkelblauen BMW 5er Limousine, Herberts Dienstwagen. Pünktlich zu den ersten Oktobertagen zeigte sich das Wetter sonnig und warm. Er hatte die Fensterscheibe runtergelassen. Die sanfte Brise zerzauste seine Haare.

»Weißt du, was ich merkwürdig finde?«, fragte er nach einer Weile des Schweigens seinen Kollegen Hans Flachs, der sich mit Appetit seinem Pausenbrot widmete.

»Nö«, murmelte dieser.

»Als wir Lukas' Eltern über das Unglück informierten, waren sie zwar völlig aufgelöst; sonderlich überrascht, dass Verdacht auf Mord besteht, waren sie hingegen nicht«, stellte Florian fest und steuerte den Wagen zum Parkplatz der Junior-Uni.

»Stimmt.« Nachdenklich faltete Hans das Butterbrotpapier zusammen. »Bei einem dreizehnjährigen Jungen rechnet schließlich keiner damit, dass er gezielt vergiftet wird.«

»Der Verdacht hat sich laut Dr. Mathis bestätigt. Die

Fragen sind, wie gelangte das Gift in den Körper des Jungen, und warum ereilte ihn der grausame Tod mitten im Wuppertaler Zoo?« Florian fuhr den Wagen in die Parkbucht, öffnete die Fahrertür und trat ins Sonnenlicht. »Herrliches Wetter. Ein richtig goldener Oktobertag.«

»Ich bin mit der Adlerkralle einer Meinung«, erklärte Hans. »Der Junge muss das Gift freiwillig genommen, es gegessen oder getrunken haben. Und etwas davon hat er gewiss diesem zahmen Ara gegeben.«

»Laut Mathis hat der Vogel deutlich weniger gelitten als Lukas Grimm. Im kleinen Vogelkörper konnte das Gift seine Wirkung rascher entfalten.« Florian blickte interessiert auf das hohe, geschwungene Gebäude mit den bunten Wandbereichen zwischen den vielen Fenstern. »Warst du schon einmal in der Junior-Uni?«

Hans schüttelte den Kopf. »Aber von außen habe ich das moderne Design oft bewundert. Der Architekt hat ganze Arbeit geleistet.«

»Es wundert mich nicht, dass du das so siehst. Dir gefallen ja sogar die abstrakten Gebilde im Skulpturenpark und moderne Malerei«, erwiderte Florian. »Ich finde das Gebäude viel zu bunt. Zwei Farben hätten meiner Meinung nach auch gereicht. Aber blau, orange, grün und rot …«

»Über Geschmack lässt sich streiten. Zurück zu dem Gift«, wechselte Hans das Thema. »Lukas muss dem Ara beim Sterben zugesehen haben und dann binnen einer Stunde erbärmlich an Herzversagen gestorben sein. Ein furchtbarer Tod.«

»Hat Herbert sich eigentlich wieder beruhigt?«, wollte Florian wissen, während er das Gebäude betrat.

»Als ich ihn eben auf dem Weg zur Kantine getroffen habe, war er äußerst schlechter Laune«, gab Hans Auskunft. »Ich finde es nicht schlimm, dass die Adlerkralle gestern Abend im Präsidium aufgetaucht ist. Sie wollte uns eben über ihr Gespräch mit Karin Grimm persönlich informieren. Herbert soll sich nicht so anstellen. Schließlich war außer uns kaum noch jemand da. Ich habe mich über die leckeren Krapfen von Frau Awolowo gefreut.« Er hielt in der Bewegung inne und richtete seinen Blick nach oben. »Überall Röhren«, kommentierte er die Decke.

»Die waagerechten Röhren sind aus Edelmetall, die runden breiteren bunt wie die Außenwände«, ergänzte Florian und blickte auf die Zeitanzeige seines Smartphones. »Wir haben halb zehn. Dr. Kartens müsste jeden Augenblick auftauchen.«

Er hatte den Satz noch nicht zu Ende gesprochen, als ein großer, dunkelhaariger Mann Anfang dreißig, gekleidet in einen grauen Anzug, aus einem der Räume trat.

»Die Herren Flachs und Vogel von der Mordkommission?« Er blickte die Beamten fragend an.

Diese nickten zustimmend.

»Ich bin Dr. Kartens«, stellte er sich vor. »Folgen Sie mir bitte in den Seminarraum. Dort können wir uns ungestört unterhalten.«

Florian und Hans kamen der Aufforderung nach und betraten einen ovalen Raum mit einem Stahltisch auf dem roten Boden. Die Kissen auf den Stühlen waren grün, blau und gelb und spiegelten so die Gebäudefarben wider.

»Ich bin sehr traurig über den großen Verlust, der unsere Junior-Uni ereilt hat«, sagte Dr. Kartens und setzte

sich auf einen Stuhl. Er hieß die Beamten, ihm gegenüber Platz zu nehmen. »Lukas Grimm war ein kleines
Genie. Er hatte eine steile wissenschaftliche Karriere vor
sich. Darüber sind sich alle Dozenten einig. Manchmal
waren mir seine Geistesblitze und Erkenntnisse sogar
unheimlich.«

»Er hatte ein Seminar über tierische Intelligenz bei Ihnen belegt, das haben uns die Eltern des Jungen gesagt«,
stellte Florian fest.

Dr. Kartens schwieg und knetete nervös einen Gum-
miball, den er der Jackentasche entnommen hatte. »Ja,
das stimmt. Haben Ihnen die Grimms auch erzählt, dass
er einen Gottesbeweis entwickeln wollte?«

»Wie bitte? Im Sinne von René Descartes? Auf philo-
sophischer Grundlage?«, fragte Hans verblüfft.

»Nein, ganz im Gegenteil.« Dr. Kartens schüttelte energisch den Kopf. »Lukas war streng gläubig. Sein Ziel
war es, Theologie und Naturwissenschaften zu vereinen
und so eine ganz neue Richtung der Wissenschaft zu
entwickeln. Damit wollte er das Nachdenken über das
Leben revolutionieren und die Welt verändern.«

Florian fiel vor Überraschung die Kinnlade herunter.
»Kein schlechter Vorsatz für einen Dreizehnjährigen.«

»So neu ist das aber nicht«, warf Hans ein. »Anselm
von Canterbury, Theologe und Erzbischof des Mittelal-
ters, versuchte mittels der Vernunft Gott zu beweisen.
Und denken Sie an Thomas von Aquin.«

»Sie beeindrucken mich, Herr Flachs.« Dr. Kartens
blickte den Kriminalbeamten erstaunt an.

»Mein Kollege ist sehr vielseitig interessiert.« Florian
zwinkerte Hans zu.

»Was ist nun das Besondere an Lukas' Ansatz?«, fragte dieser unbeirrt weiter.

»Ich möchte ehrlich zu Ihnen sein.« Dr. Kartens öffnete die obersten Knöpfe seiner Anzugsjacke. »Ich habe nämlich keine Ahnung. Der Junge gab sich sehr geheimnisvoll. Aber selbstbewusst. Ja, sehr selbstbewusst. Das war keine Aufschneiderei. Er war von seinen Worten überzeugt. Er wollte wirklich die Existenz Gottes beweisen und zusätzlich zeigen, dass auch die Tiere Seelen haben. Natürlich standen meine Kollegen und ich diesen Gedanken äußerst skeptisch gegenüber. Dennoch faszinierte es uns, dass Lukas bereits im zarten Alter von dreizehn Jahren seine Lebensaufgabe klar und deutlich vor Augen hatte.«

»Das muss ich erst mal verdauen«, murmelte Florian und griff nach dem Ball, den Dr. Kartens auf dem Tisch abgelegt hatte.

»Herr Kartens, Sie wissen, dass Lukas Grimm keines natürlichen Todes gestorben ist?«, fragte Hans den Dozenten, dem der Schweiß auf der Stirn stand.

»Die Tageszeitungen deuteten es in ihren Berichterstattungen an, und der Anruf von Kriminalhauptkommissar Mucke hat meine Befürchtung bestätigt. Außerdem wäre ansonsten das Interesse der Reporter nicht derart stark.« Dr. Kartens wischte sich mit einem Tuch den Schweiß von der Stirn.

»Interesse von den Medien?« Hans zog die Stirn in Falten. »Was meinen Sie damit? Aktuell ist das Verbot ausgesprochen, über den Fall zu berichten.«

»Weiß das auch Mathilde Krähenfuß von der Ronsdorfer Gazette?«, wollte Dr. Kartens wissen.

Florian und Hans warfen sich bedeutungsvolle Blicke zu.

»Ja, das weiß auch Frau Krähenfuß.« Florian unterdrückte nur mit Mühe ein Grinsen.

»Jedenfalls war die Dame eine Stunde vor Ihnen hier. Sie hat sich nicht abwimmeln lassen.« Dr. Kartens war die Situation sichtlich unangenehm. »Ich muss Sie bitten, es mir nachzusehen, dass ich ihr Rede und Antwort gestanden habe.«

»Machen Sie sich keine Sorgen«, beruhigte Hans den Dozenten. »Frau Krähenfuß ist die Tante des Hauptkommissars und spielt gerne Detektivin. Sie wird keins Ihrer Worte veröffentlichen. Vielen Dank für die faszinierenden Informationen, die Sie uns geliefert haben. Es ist nicht auszuschließen, dass Lukas´ Forschungen mit seinem gewaltsamen Tod in Verbindung stehen.« Er erhob sich und gab Florian das Zeichen, dass es Zeit für sie war zu gehen.

*

Mathilde saß an ihrem Schreibtisch im Wohnzimmer, und in ihrem Gehirn ratterte es. Sie blickte auf die leere Voliere und dachte an alles, was sie bisher über die intelligentesten Tierarten wusste. In der Vergangenheit hatte sie sich viel mit Delfinen und Papageien beschäftigt. Wegen ihrer Begeisterung für die klugen Tiere hatte sie auch Peter und Paul ins Haus geholt. Sie ignorierte die furchterregenden Geräusche, die durch die geöffnete Wohnzimmertür an ihr Ohr drangen, und öffnete Google. Sie gab den Suchbegriff *Gottesbeweise* ein und wartete. Die Suchmaschine lieferte ihr als Ergebnisse die Versuche diverser Philosophen, Gott mit dem puren Verstand zu beweisen. Zudem zeigten die weiteren Seiten Gegenargumente der Landeskirchen, Sekten und Esoteriker. Gelangweilt scrollte sich Mathilde durch die Seiten, bis sie plötzlich stutzte. Auf Seite zehn gab es einen Wikipedia-Eintrag über Lukas Grimm.

»Das ist der pure Wahnsinn«, flüsterte sie und beugte sich weit nach vorne, sodass ihre Nasenspitze fast den Bildschirm berührte. »In solch jungen Jahren schon ist dem Jungen ein Artikel in der Wikipedia eingeräumt.«

Wikipedia-Einträge wurden in der Regel Personen des öffentlichen Lebens gewidmet, die auf viele Veröffentlichungen oder Lebensereignisse zurückblicken konnten. Eine weitere Voraussetzung für die Aufnahme in die digitale Enzyklopädie war, dass eine unabhängige Person den Beitrag verfasste. Des Weiteren wurde regelmäßig überprüft, ob der Artikel tatsächlich für die Öffentlichkeit von Bedeutung war. Sie musste unbedingt herausfinden, wer der Verfasser oder die Verfasserin des Eintrags war. Der Dozent des Verstorbenen, bei dem sie am Vormittag zu Gast gewesen war, hatte kein Sterbenswörtchen über diesen Eintrag verloren.

»Lukas Grimm war ein Wissenschaftler, der die Existenz Gottes beweisen wollte«, las sie flüsternd. »Ganz schön harter Tobak. Und bereits aktualisiert mit Todestag.«

Gedankenverloren griff sie nach dem Telefon und wählte die Nummer von Karin und Martin Grimm, die nicht schwierig zu recherchieren gewesen war. Die Grimms standen im Telefonbuch.

»Grimm«, meldete sich nach wenigen Augenblicken eine Männerstimme.

»Guten Abend, Herr Grimm, hier ist Mathilde Krähenfuß von …«, setzte Mathilde an, wurde jedoch sofort von ihrem Gesprächspartner unterbrochen.

»Ich weiß, wer Sie sind«, erklärte Martin Grimm unwirsch. »Meine Frau hat mir von Ihrem gestrigen Besuch berichtet. Was gibt es noch? Glauben Sie wirklich, unser Sohn sei ermordet worden? Wer hat etwas von dem Tod eines kleinen Jungen? Außerdem, was sind das für merkwürdige Geräusche? Sind Sie zu dieser Zeit im Zoo?«

»Beruhigen Sie sich bitte«, sagte Mathilde beschwichtigend. Mit dem Hörer in der Hand stand sie hastig auf, ging zur Tür neben der Voliere und schloss sie. »Ich bin Besitzerin zweier Graupapageien, die gerade von meiner Haushälterin geduscht werden. Herr Grimm, ist Ihnen bekannt, dass Ihr Sohn einen Eintrag bei Wikipedia besitzt?«

»Natürlich«, erwiderte Martin Grimm gelassen. »Pater John hat ihn verfasst. Und ich habe ihn vor wenigen Augenblicken aktualisiert.«

Mathilde biss sich vor Aufregung auf die Unterlippe.

»Mein Junge, ich bin …«, Martin Grimm stockte, »ich war schrecklich stolz auf seine Forschungen. Und jetzt ist alles verloren. Sein Genie wird mit ihm zu Grabe getragen. Ich kann nicht verstehen, wie Gott seinen Tod zulassen konnte, wollte Lukas doch allen Menschen seine Herrlichkeit und Existenz beweisen. Seine Forschungen hätten die Welt bis in die Grundfesten erschüttert und verändert.« Martin Grimm redete sich in Rage. »Er wollte sogar beweisen, dass Tiere eine Seele haben.«

»Wäre das im Sinne der Kirche gewesen?«, wollte Mathilde wissen. »Soweit ich weiß, basiert die Lehre der katholischen Kirche darauf, dass der Mensch die Krönung von Gottes Schöpfung ist und sich alle Tiere untertan machen darf. Was sagte Pater John denn dazu?«

»Ich glaube nicht, dass eine Frau von der Presse dafür geeignet ist, über geistliche Fragen zu diskutieren. Pater John hat Lukas wie einen Sohn geliebt, sonst hätte er ihn nicht gefördert, unterstützt und diesen Eintrag verfasst.« Mathilde hörte die Wut, die in Martins Stimme mitschwang. »Der Gottesbeweis hätte die katholische Kirche zur Staatsführung gemacht, wenn nicht gar zum politischen Oberhaupt der gesamten Welt. Alles wäre eins geworden, jeder Krieg wäre beendet worden …«

»Moment, Moment, Moment«, unterbrach Mathilde den fanatischen Mann. »Kommen Sie bitte wieder zurück auf den Boden der Tatsachen. Sie glauben diesen Unsinn nicht wirklich, oder? Lukas mag intelligent gewesen sein, sehr intelligent sogar, er mag auch Ideale und Forschungsziele gehabt haben, trotzdem war er ein kleiner Junge, der keine Freunde hatte und einsam war. Er hatte die Weltformel schließlich noch nicht im Gepäck. Oder wollte er morgen mit seinen Enthüllungen an die Öffentlichkeit gehen?«

»Frau Krähenfuß, ich erbitte mir etwas mehr Respekt Lukas gegenüber«, sagte Martin böse. Mathilde hörte seine Frau etwas im Hintergrund flüstern. »Karin, du hast Lukas nie verstanden. Du solltest unbedingt zur Beichte gehen, das meint auch Pater John.«

Mathilde verdrehte die Augen, während sich die Glastür langsam zur Seite schob. Sie räusperte sich mehrmals. »Könnten Sie mir bitte antworten, Herr Grimm?«

»Lukas arbeitete in jeder freien Minute daran. Mein Sohn hätte es geschafft«, sagte Martin schließlich.

»Wenn er nicht gerade im Zoo war und die Vögel studierte«, vernahm Mathilde wieder Karin Grimm.

»Karin, misch dich nicht ein. Kann ich noch etwas für Sie tun, Frau Krähenfuß?« Martin Grimm war merklich verärgert.

»Zwei kleine Papageien, die sind jetzt rein und fein. Zwei kleine Papageien, die dürfen jetzt wieder in ihre Voliere rein«, sang Martha munter, den kleinen Duschkäfig mit den meckernden Papageien in den Händen haltend. Sie bot einen lustigen Anblick, in ein lilafarbenes Kleid und eine blaue Schürze gekleidet. Ihre grünen Creolen wippten hin und her.

»Herr Grimm, ich danke Ihnen für das Telefonat.« Mathilde sah dabei zu, wie Martha die Vögel aus dem kleinen Käfig befreite. »Sollte ich noch Fragen haben, werde ich mich wieder bei Ihnen melden. Auf Wiederhören.«

Donnerstag, 03. Oktober 2019

Unbehaglich rückte Roswitha Mucke ihr Kopftuch zurecht. Der Wind pfiff ihr um die Ohren, während sie langsam den Frankenberger Wildpark betrat. Sie konnte sich nicht erinnern, wann sie zum letzten Mal hier gewesen war. Der Eintritt war immer noch frei, wie sie zu ihrer Freude feststellte. Ein geschwungener, steil ansteigender Pfad führte an dem eingezäunten Schwarzwild vorbei zum weitläufigen Freigehege für das Rotwild. Trotz des ungemütlichen Wetters bot sich Roswitha ein wunderschöner Anblick. Von der Höhe aus konnte sie im grünen Tal die Hirsche sehen. Besucher entdeckte sie keine, was sie trotz des Feiertages nicht weiter überraschte. Es nieselte, und die Temperaturen lagen bei gerade mal dreizehn Grad. Im Stillen ärgerte sie sich darüber, dass sie sich von ihrer Schwester zu diesem Unterfangen hatte überreden lassen. Sie mochte sich gar nicht vorstellen, wie ihr Sohn reagieren würde, wüsste er von ihrem Einsatz. Schnell beruhigte sie sich mit dem Gedanken, dass dieser nichts davon erfahren würde. Suchend blickte sie sich nach einem Wildpfleger um. Nach einer Weile entdeckte sie eine junge Frau, die aus dem umzäunten Areal der Bergziegen herauskam. Sie war in die typische olivgrüne Kluft einer Pflegerin gekleidet. So schnell Roswitha es vermochte, ging sie auf die Frau zu. Sie warf einen Blick auf das unter dem Kragen angebrachte Namensschild. »Guten Tag, Frau Mohr, entschuldigen Sie bitte. Ich möchte zur Vogelanlage und die Krähen besichtigen. Wären Sie so freundlich, mir den Weg zu zeigen? Ich bin ganz erstaunt, dass unser Wildpark auch ein Vogelhaus besitzt.«

Die brünette, kurzhaarige Frau trug eine Brille mit kleinen Gläsern in Zweieurostück-Größe und nickte freundlich. »Das gibt es auch erst seit drei Jahren, ein Projekt des engagierten Fördervereins. Gehen Sie einfach den Weg entlang durch das Freigehege. Sie laufen ganz automatisch auf das Vogelhaus zu. Es wurde ans Ende des Parks gebaut. Die Krähen leben im überdachten Außenbereich.«

Roswitha bedankte sich und folgte der Anweisung. Etwas außer Atem erreichte sie nach einigen Minuten das Gebäude. Sie lugte durch die Gitterstäbe, und ihr Blick fiel auf einen der attraktivsten Männer, den sie seit Langem zu Gesicht bekommen hatte. Der schwarzgelockte, schlanke und muskulöse Mann trug trotz des ungemütlichen Wetters eine knielange, olivgrüne Hose und ein enges, weißes T-Shirt, unter dem sich sein Waschbrettbauch abzeichnete. Roswitha schätzte ihn auf Mitte bis Ende dreißig. Der Adonis saß unbekümmert auf dem Boden und hantierte mit Bauklötzchen und anderen ihr unbekannten Gegenständen.

Roswitha räusperte sich mehrmals, um seine Aufmerksamkeit zu erlangen. Sie hatte Erfolg, und der Mann schenkte ihr sein Augenmerk. Er erhob sich lächelnd und kam auf sie zu. Seine Zähne blitzten weiß in dem leicht gebräunten Gesicht, und seine dunklen, von dichten Wimpern umrahmten Augen funkelten.

»Guten Tag, was kann ich für Sie tun?«, fragte er mit leicht französischem Akzent.

Ein Hauch von Rosa überzog Roswithas Wangen.

»Guten Tag, mein Name ist Roswitha Mucke, und ich bin im Auftrag des Vereins zur Förderung intelligenter Tierarten hier«, brachte sie schließlich heraus. Sie zwang sich zur Contenance, schließlich handelte sie in Mathildes Auftrag.

»Davon habe ich noch nie gehört«, erwiderte der Mann stirnrunzelnd. »Philippe Lefevre.« Erneut schenkte er ihr ein gewinnendes Lächeln. »Wie kann ich Ihnen helfen?«

»Der Verein ist an innovativen Bildungsalternativen interessiert. In diesem Zusammenhang sind wir auf diese

Junior-Uni gestoßen. Wissen Sie, die ist in Wuppertal, das ist die Stadt mit der Schwebebahn.«

Philippe nickte freundlich.

»Wie wir erfahren haben, war ein Seminar dieser Universität vor einiger Zeit für mehrere Wochen zu Studienzwecken hier«, fuhr Roswitha tapfer fort. »Jetzt möchten wir für unsere Vereinszeitschrift einen Bericht über dieses Seminar und die Forschungen in unserem schönen Frankenberger Wildpark verfassen. Schließlich sind wir mächtig stolz auf den Park. Ach, wie viele Jugendstunden habe ich hier verbracht«, flunkerte sie frech.

Philippe lächelte erneut.

»Warten Sie einen Augenblick.« Er befreite sich von seinen Arbeitshandschuhen. »Ich lasse Sie ins Gebäude.«

Kurze Zeit darauf saß Roswitha im geräumigen Büro des Franzosen an einem runden Tisch, auf dessen Mitte eine Krähe aus Kunststoff stand, die in der Mitte aufgeklappt werden konnte.

»Die Studenten des von Dr. Kartens geleiteten Seminars befassten sich explizit mit der Glanzkrähe, eine sehr intelligente, menschenbezogene Krähenunterart, die dazu noch wunderschön ist.« Philippes Augen glänzten. Die Begeisterung für diese besonderen Vögel war ihm deutlich anzusehen.

»Was macht diese Krähe so einzigartig?«, wollte Roswitha wissen, während ihre Blicke durch den Raum schweiften. Die Einrichtung war karg. Bis auf einige wenige Bilder von Vögeln und, zu ihrer Verwunderung, Hirschen war außer einem Spiegel kein weiterer Schmuck zu entdecken.

»Ich habe das Seminar dabei unterstützt zu entdecken, wie gut Glanzkrähen erfinden können. In unserem Tierpark lebt Frodo, ein auffällig cleveres männliches Tier. Er ist mein ganzer Stolz, ich trainiere ihn. Er ist mir ein Freund geworden.« Roswitha beobachtete ihr Gegenüber genau. Sie sah, wie sich die Liebe für Frodo in Philippes Augen widerspiegelte. In der Tasche ihrer Regenjacke versteckte sich Mathildes Ersatzdiktiergerät, das für alle Fälle bei Roswitha lagerte. Die Aufnahmetaste war seit ihrem Eintritt in den Park gedrückt. Sie hatte befürchtet, nicht geschickt genug zu sein, um das Gerät unauffällig einzuschalten. »Ich habe den Kindern Frodos Kunststücke gezeigt«, fuhr Philippe fort.

»Wie viele Teilnehmer hatte das Seminar?«, hakte Roswitha nach.

»Dr. Kartens war in Gesellschaft von sechs Kindern«, gab Philippe bereitwillig Auskunft. »Es waren drei Mädchen und drei Jungen.« Er stand auf, ging zu seinem am Fenster stehenden Schreibtisch und nahm eine Zigarettenschachtel und einen Aschenbecher in die Hand. »Stört es Sie, wenn ich rauche?«

»Nein, nein«, erwiderte Roswitha kopfschüttelnd. »Mein Sohn und meine Schwester rauchen ab und zu Zigarre, ich bin einiges gewöhnt. Wie lange waren die Kinder täglich hier?«

»Sie sind sehr neugierig.« Philippe grinste, während er wieder Roswitha gegenüber Platz nahm. Er zündete seine Gauloise an und inhalierte tief. »Meistens bis zum frühen Nachmittag. Was interessiert Sie das?«

»Wie bereits erwähnt, ist unser Verein sehr an innovativen und neuen Bildungswegen interessiert, insbesondere, wenn diese in Verbindung mit der Erforschung tierischer Intelligenz stehen«, spulte Roswitha die Worte ab, die Mathilde ihr eingetrichtert hatte.

»Ich stimme Ihnen zu, diese Wuppertaler Junior-Uni ist etwas Neues, etwas Faszinierendes. In diesem Seminar gibt es einen Jungen, meine Güte …«, er brach ab und räusperte sich nervös.

»Sie reden von Lukas Grimm«, stellte Roswitha fest.

Philippe blickte sie erstaunt an. »Woher wissen Sie von dem Jungen?« Genussvoll inhalierte er den Rauch.

»Ein Mitglied unseres Vereins lebt in Wuppertal«, erklärte Roswitha eifrig. »Unsere liebe Mathilde hat in der Zeitung gelesen, dass Lukas tödlich verunglückt ist. Vielleicht wurde er sogar Opfer eines Gewaltverbrechens. Die Westdeutsche Zeitung berichtete über die Hochintelligenz des Jungen. Unser Wildpark und das Seminar wurden ebenfalls erwähnt.«

Roswitha hörte ein kaum vernehmliches Klacken in ihrer Hosentasche. Sie unterdrückte einen Fluch. Die Aufnahmekapazität des Diktiergeräts war erschöpft.

»Mein Gott, wie schrecklich. Wie kann das denn sein? Lukas? Lukas ist tot?« Philippe senkte die Augenlider und drückte fassungslos seine Zigarette aus. »Sind Sie sicher?«

Er war merklich erschüttert.

»Leider ja«, sagte Roswitha weiter. »Es ist ein furchtbares Unglück.«

In Philippes Augen hatten sich Tränen geschlichen. Er griff in seine Hosentasche und entnahm ihr ein Taschentuch.

Roswitha gab ihm etwas Zeit, sich wieder zu fangen.

»Sie müssen ein wichtiger Mann sein, wenn ein Dozent und seine Kinder-Studenten Sie um Rat bitten«, unterbrach sie nach einer Weile das Schweigen.

»Nun ja.« Philippe holte tief Luft und strich sich eine vorwitzige Locke aus der Stirn. »Ich bin schon eine Koryphäe auf diesem Spezialgebiet der Zoologie.«

»Wieso arbeiten Sie dann hier in unserem Wildpark?«, entfuhr es Roswitha überrascht.

»Der Geschäftsführer des Fördervereins möchte die Attraktivität des Parks erhöhen, gegebenenfalls auch Eintrittsgelder erheben. Krähen haben besondere Fähigkeiten, ich arbeite mit den Tieren. Dass die Wuppertaler Junior-Uni Interesse an uns bekundet hat, macht die Mitglieder des Fördervereins sehr stolz«, berichtete Philippe bereitwillig. »Das Seminar wird im Winter erneut bei uns zu Gast sein. Ohne Lukas. Was für eine schlimme Geschichte. Er war etwas ganz Besonderes. Sein Interesse an den Krähen begeisterte mich. Er war ein hochintelligenter, äußerst sensibler Junge. Ich kann nicht begreifen, dass er tot sein soll.« Philippe schüttelte den Kopf und griff nach der halbgeleerten Limonadenflasche, die neben dem Aschenbecher auf dem Tisch stand. Er hob sie leicht an und warf Roswitha einen fragenden Blick zu. Diese nickte, und er schenkte ihnen ein. »Dr. Kartens und die Kinder übernachteten in der Jugendherberge Hessenstein. Doch nach einer Woche bat mich Lukas, länger als die anderen bleiben zu dürfen. Er hatte mitbekommen, dass ich hier wohne. Das mag Sie verwundern, doch ich möchte das so. Ich bin gern allein, und mir genügen die kleinen Räumlichkeiten im Hinterhaus.« Erneut holte er tief Luft. »Hier ist alles vorhanden, was ich benötige.

Dr. Kartens hatte nichts dagegen, dass Lukas bei mir übernachtete. Er führte ein kurzes Telefonat mit seinen Eltern, und einen Tag später war deren schriftliche Einverständniserklärung in meinem Briefkasten.«

»Verzeihen Sie die Nachfrage, aber ich muss gestehen, ein wenig verwundert zu sein«, warf Roswitha ein. »Seine Eltern haben einfach so zugestimmt, dass ihr Sohn bei einem wildfremden Mann übernachtet?«

»Ja«, erwiderte Philippe nickend. »Das fand ich auch merkwürdig. Aber seine Mutter rief täglich an. Sie freute sich, dass Lukas hier Spaß hatte. Ich alter Eigenbrötler muss zugeben, Lukas' Gesellschaft genossen zu haben. Von daher trifft mich sein Tod sehr.«

Das energische Läuten von Philippes Smartphone unterbrach die Unterhaltung.

»Raphael?« Philippes Augen leuchteten. »Ich bin hier gleich fertig und freue mich auf dich.«

Er drückte die Austaste und wandte sein Augenmerk wieder Roswitha zu.

»Leider muss ich Sie bitten, mich jetzt zu verlassen. Ich erwarte Besuch. Hoffentlich konnte ich Ihnen die erwünschten Auskünfte für Ihre Zeitschrift erteilen.«

»Für einen Bericht wird es reichen. Danke sehr«, sagte Roswitha und erhob sich.

Philippe schenkte ihr ein trauriges Lächeln. »Lassen Sie mir eine Ausgabe Ihrer Vereinszeitschrift zukommen? Wie kann ich mehr über Lukas' Tod erfahren?«

Roswitha warf einen letzten verstohlenen Blick auf die Muskeln, die sich unter Philippes Shirt abzeichneten, und sagte: »Selbstverständlich schicke ich Ihnen ein Exemplar. Gibt es hier Internet?«

»Natürlich.« Philippe nickte. »Wie bereits gesagt, ich habe hier alles, was ich brauche.«

»Sie finden die Berichterstattung online in der Ronsdorfer Gazette oder der Westdeutschen Zeitung«, erklärte sie und reichte Philippe zum Abschied die Hand.

Sobald sie den Wildpark verlassen hatte, wählte sie die Telefonnummer ihrer Schwester.

Freitag, 04. Oktober 2019

Mathilde parkte ihren Berlingo auf dem Parkplatz des Restaurants *Alter Bahnhof* in Velbert-Neviges. Es war früher Vormittag, und sie wollte vor ihrem telefonisch vereinbarten Termin mit Pater John einen kurzen Spaziergang mit Lotte unternehmen. Dankbar sprang die Hündin aus dem Wagen und schleckte Mathildes Hand. Ihre Nasenflügel bebten, während sie die fremden Gerüche aufnahm. Dabei wedelte sie aufgeregt mit ihrer Rute. Mathilde wandte ihre Schritte in Richtung des Schlosses Hardenberg. Sie erfreute sich an dem goldenen Oktobertag und schritt kräftig aus. Nach einer Weile wurde ihr warm, und sie zog ihren Parka aus und legte ihn sich um die Schultern. Ihre weit geschnittene, schwarzweiß gestreifte Stoffhose wehte in dem wohltuend leichten Wind. Die Sonne lachte vom Himmel, und Mathilde summte vergnügt vor sich hin. In ihren Gedanken ließ sie das gestrige Gespräch mit ihrer Schwester Revue passieren. Sie war stolz auf Roswitha, die den Auftrag zu ihrer Zufriedenheit erledigt hatte. Noch am gestrigen

Abend hatte Mathilde das Worddokument *Lukas Grimm* mit den neu erworbenen Erkenntnissen bereichert.

Es dauerte nicht lang, bis sie das Schloss erreichte. Sie überlegte kurz, ob sie mit Lotte das Gelände betreten sollte, entschied sich jedoch dagegen. Auf einmal begann die Hündin zu winseln. Eine deutsche Dogge, geführt von einer zierlichen Frau mit zwei auffälligen, weit über die Schultern fallenden Zöpfen, kam auf sie zu.

»Rüde oder Hündin?«, rief Mathilde der Frau besorgt entgegen. Lotte war zwar die Sanftheit in Person, jedoch kam es gelegentlich zu Diskrepanzen mit anderen Hündinnen.

»Rüde«, rief die Frau zurück, und Mathilde hielt den Daumen hoch.

Eine Weile beobachteten die Frauen ihre Hunde, die einander interessiert beschnüffelten. Die Dogge schien von Lotte äußerst angetan zu sein.

»Ist heute nicht ein herrlicher Tag?«, bemerkte die Frau mit den Zöpfen.

Mathilde nickte zustimmend und betrachtete ihr Gegenüber genauer. Sie hatte ein Piercing im linken Nasenflügel, die Augenbrauen waren zu schmalen Strichen gezupft und sie war dezent geschminkt. Eine Kette aus groben Gliedern mit einem Kreuz als Anhänger schmückte ihren Hals.

»Ich wohne in Wuppertal und habe gleich einen Termin im Wallfahrtsdom mit einem der Franziskanerbrüder«, erklärte Mathilde. »Die verbleibende Zeit haben Lotte und ich zum Spaziergang genutzt.«

»Mit welchem Pater sind Sie verabredet?«, wollte die Frau neugierig wissen.

»Ich habe einen Beichttermin mit Pater John.« Mathilde mühte sich, der ineinander verknäulten Hundeleinen Herr zu werden.

»Gibt es in Wuppertal keine Beichtgelegenheiten?«, wunderte sich die Frau, der die Leine aus den Fingern geglitten war. »Joschua, komm zu Nadine.«

»Ich möchte mein Gewissen anonym erleichtern.« Mathilde klatschte energisch in die Hände. Stolz blickte sie auf ihre Hündin, die augenblicklich von Joschua abließ und sich an ihre Seite setzte. Lobend tätschelte Mathilde ihr den Kopf.

»Pater John ist ein wunderbarer Mann«, sagte die Frau und errötete. »Ich nehme immer an seinen Vorträgen und Veranstaltungen teil. Es ist ein Drama, dass die Bruderschaft Neviges verlassen muss, zurückgerufen nach Füssen. Pater John erzählte, das liege am Nachwuchsmangel. Die Brüder werden in Füssen mehr gebraucht als in Neviges. Ich erwäge einen Umzug, um in der Nähe meines Seelenretters bleiben zu können.«

»Sie scheinen ja sehr von den Franziskanern angetan zu sein«, stellte Mathilde fest. »Darf ich fragen, wie Ihr Name ist? Ich heiße Mathilde Krähenfuß.«

»Mathilde Krähenfuß?« Die Angesprochene zog nachdenklich die Stirn in Falten. »Sind Sie etwa die Politredakteurin vom Wupperspiegel? Mein Name ist Nadine Marlon. Ich arbeite in der ambulanten Altenpflege und habe heute Spätdienst.«

»Meine redaktionelle Karriere beim Wupperspiegel ist vorüber«, erklärte Mathilde. »Ich bin berentet.«

»In Ihren Beiträgen haben Sie auf mich nicht gottesfürchtig gewirkt. Sie standen der katholischen Kirche eher skeptisch gegenüber«, bemerkte Nadine und klopfte ihrem Rüden auf sein Hinterteil. Gemächlich setzte sich das große Tier.

»Im Alter erkennt der Mensch die wahren Werte«, flunkerte Mathilde.

»Ich bin von der Lehre der Franziskaner überzeugt«, sagte Nadine Marlon mit leuchtenden Augen. »Pater John habe ich viel zu verdanken. Früher führte ich ein lasterhaftes Leben, ließ mich auf wechselnde Liebesbeziehungen ein. Jetzt versuche ich, ein bescheidenes Leben in Arbeit und Demut zu führen. Pater John hat mir die Stelle bei dem ambulanten Pflegedienst vermittelt. Ich habe leider keinen Beruf erlernt, müssen Sie wissen.«

»Sie wirken auf mich sehr jung. Was hält Sie davon ab, den Pflegeberuf richtig zu erlernen?« Mathilde blickte Nadine fragend an.

»Ich bin bereits vierundzwanzig und nicht mehr taufrisch«, erwiderte die Angesprochene ernst.

Mathilde konnte sich ein Grinsen nicht verkneifen. »Was zeichnet die Lehre der Franziskaner aus?«

»Franziskus hatte in jungen Jahren ein Leben in Saus und Braus geführt, bis ihn eine schwere Krankheit aus der Bahn warf. Anschließend erkannte er, dass wahres Glück nur in der Entsagung zu finden ist. Er führte ein Leben ohne Eigentum in Einklang mit der Natur und den Tieren.« Rote Flecke bildeten sich auf Nadines Gesicht und Hals. »Der heilige Franziskus war obdachlos wie die Vögel des Himmels.«

»Hm«, murmelte Mathilde nachdenklich und warf einen Blick auf ihre Armbanduhr. »Schön, Sie kennengelernt zu haben. Für mich ist es Zeit, den Rückweg anzutreten. Ich möchte Pater John nicht warten lassen.«

Gemächlich stieg Mathilde die zum Dom führenden Stufen hoch. Die Architektur des imposanten Gebäudes war modern, wenige Pilger in Wanderschuhen und mit Rucksäcken schritten andächtig und mit gefalteten Händen über das Gelände. Mathilde warf einen Blick auf das vor dem Eingang angebrachte Schild, worauf stand, dass sie ihr Smartphone auszuschalten und zu schweigen habe und dass Tiere verboten seien. Ihr Berlingo parkte im Schatten, und sie hatte Lotte guten Gewissens im geräumigen Kofferraum zurückgelassen.

Der Duft verbrennenden Kerzenwachses empfing sie. Sie mochte die Atmosphäre katholischer Kirchen. Die Stille, das gedämpfte Licht und die Heiligenbilder übten eine beruhigende Wirkung auf sie aus. Mathilde registrierte, dass es im Dom keine Kirchenbänke gab. Stattdessen reihten sich Stühle aneinander, hinter denen kleine Bretter zum Niederknien angebracht waren. Sie wandte sich nach links und ging die Treppe hinunter, die zur Unterkirche führte. Zwei Bänke luden zum Gebet ein, dem sie sich vor der Beichte widmen sollte. Mathilde verzichtete darauf und bemerkte zu ihrer Freude, dass an der Tür mit der Aufschrift *Beichtgespräch* ein grünes Licht leuchtete, das Zeichen für Mathilde, eintreten zu dürfen. Ihre letzte Beichte hatte sie mit zwölf Jahren hinter sich gebracht, und sie war neugierig, was sie hinter der Tür erwartete. Sie öffnete sie, ließ sich auf die harte Kniebank nieder und räusperte sich.

»Guten Morgen, Frau Krähenfuß«, hörte sie eine angenehme Männerstimme hinter dem weinroten Samtvorhang sagen.

»Guten Morgen, Pater John«, erwiderte Mathilde.

»Möchten Sie anonym beichten oder sich mit mir von Angesicht zu Angesicht unterhalten?«, wollte Pater John wissen.

»Ich würde Ihnen gerne in die Augen sehen«, antwortete Mathilde hastig. Sie brannte darauf, den Pater in Augenschein zu nehmen.

Zwei feingliedrige Hände schoben sich durch den Vorhang und teilten ihn. Ein weißhaariger Mann, gekleidet in ein schwarzes, weitgeschnittenes Gewand lächelte sie freundlich an.

Mathilde war überrascht, hatte der Pater in ihrer Vorstellung doch wesentlich jünger ausgesehen. Mit einem alten Mann hatte sie nicht gerechnet.

»Was brennt Ihnen auf der Seele, Frau Krähenfuß?«, fragte Pater John und faltete die Hände. »Sie können mir alles anvertrauen. Ich halte mich an das Beichtgeheimnis. Nur Gott und ich werden von Ihren Sünden erfahren.«

Mathilde beschloss, sich strikt an ihren Plan zu halten.

»Pater, ich habe mich in jüngeren Jahren mit einem verheirateten Mann eingelassen«, begann sie leise. Ihre Idee, die Verarbeitung des Erlebnisses, das sie seit Langem belastete, mit ihren Ermittlungen zu kombinieren, war ihr gestern Abend gekommen. Schließlich hatte sie bisher mit niemandem über ihre Vergangenheit geredet.

»Unsere Liebesbeziehung lief ein Jahr lang im Geheimen ab, bis er sich endlich entschied, sich von seiner Frau zu trennen und mit mir ein neues Leben zu beginnen. Eine Woche später war er tot. Seine Frau hatte ihn erschossen und sich anschließend selbst gerichtet.« Plötzlich zuckten Mathildes Schultern. Ihr zurechtgelegter Plan begann zu bröckeln. Tränen stiegen ihr in die Augen, als die Erinnerungen sie überfluteten. »Ich bin schuld an dem Tod zweier Menschen«, flüsterte sie und konnte die Tränenflut nicht länger zurückhalten. »Sogar Karriere habe ich gemacht, weil keiner von meiner Schuld wusste. Er war mein Chef gewesen, und ich trat seine Nachfolge an.« Mathilde wusste auf einmal nicht mehr, aus welchem Grund sie auf dem Beichtstuhl saß.

Nach einer Weile des Schweigens reichte der Pater Mathilde ein Papiertaschentuch. Ein Tränenfluss beim Beichtgespräch war anscheinend keine Seltenheit.

Dankbar trocknete Mathilde ihre Tränen und seufzte schwer.

»Du sollst nicht Ehe brechen!«, zitierte Pater John das sechste der zehn Gebote. »Gegen dieses Gebot haben Sie verstoßen.«

Langsam kehrte Mathilde auf den Boden der Tatsachen zurück. Sie streckte den Rücken durch und holte tief Luft.

»Du sollst nicht töten!«, fuhr Pater John fort. »Ich kann Sie diesbezüglich beruhigen. Gegen das fünfte Gebot haben nicht Sie, sondern die Frau des Mannes, mit dem Sie die Ehe gebrochen haben, verstoßen. Beten Sie zweimal das Vaterunser und viermal das Ave Marie. Danach seien Ihnen Ihre Sünden vergeben.«

Fieberhaft überlegte Mathilde, wie sie dem Gespräch die richtige Wendung geben konnte.

»Gott sei Dank«, sagte sie rasch. »Mord ist eine schlimme Sache. Haben Sie das von diesem schrecklichen Todesfall im Wuppertaler Zoo mitbekommen? Der ermordete Junge ist gebürtiger Nevigeser.«

»Sie dürfen zum Gebet auf der Bank draußen Platz nehmen.« Auf Pater Johns Mund erschien ein verbitterter Zug.

»Aber Pater. Ich muss darüber sprechen, es belastet meine Seele«, redete Mathilde eifrig weiter. »Ein dreizehnjähriger Junge wurde ermordet. Ich spreche von Lukas Grimm. Mir wurde zugetragen, dass Sie es gewesen seien, der dessen Hochintelligenz erkannt und gefördert haben.«

»Wer sind Sie?«, fragte Pater John unwirsch. »Haben Sie soeben die Beichte missbraucht? Das ist unerhört.«

»Nein, nein«, wiegelte Mathilde ab. »Was ich Ihnen erzählt habe, wollte ich wirklich loswerden. Allerdings muss ich eingestehen, Reporterin der Ronsdorfer Gazette zu sein. Aber keine Sorge, ich unterstütze lediglich meinen Neffen, den Kriminalhauptkommissar von …«

»Von der Mordkommission«, unterbrach Pater John ihre Worte. »Ich hatte bereits das Vergnügen, Herrn Mucke und seine Mitarbeiter kennenzulernen. Ich habe den Beamten gesagt, was ich von dem Gedanken halte, der Junge sei ermordet worden. So ein Schwachsinn.«

»Es steht außer Frage, dass der Gerichtsmediziner dasselbe Gift, das den Hyazinth-Ara sein Leben gekostet hat, im Körper von Lukas Grimm feststellen konnte. Die Obduktion ist beendet, und die Leiche wird in wenigen Tagen zu Grabe getragen«, konterte Mathilde.

»Damit erzählen Sie mir nichts Neues. Es ist für mich eine Selbstverständlichkeit, Lukas die letzte Ehre zu erweisen. Ich war dem Jungen sehr zugetan.« Pater John machte Anstalten, den Samtvorhang zu schließen.

Beherzt ergriff Mathilde seine Hände. »Wie können Sie das Ergebnis der gerichtsmedizinischen Untersuchung anzweifeln?«

»Das Ergebnis bezweifele ich nicht«, antwortete der Pater und befreite seine Hände. »Ich bin der Meinung, Lukas hat gegen das fünfte Gebot verstoßen, weil er sein eigenes Genie nicht mehr ertragen konnte. Die Bürde war ihm zu schwer geworden. Er hat sich selbst das Leben genommen.«

Mathilde schluckte mehrmals hintereinander.

»Und seinen gefiederten Freund soll er mit in den Tod genommen haben?«, hakte sie ungläubig nach.

»Vielleicht glaubte er, mit der Seele des Vogels nach dem Tod bei Gott vereint zu sein«, sagte der Pater und zog energisch den Vorhang zu. »Schade nur, dass jetzt das Fegefeuer auf ihn wartet.«

»Ich dachte, Lukas sei streng religiös gewesen.« Mathilde hörte das Geräusch einer sich öffnenden Tür auf der anderen Seite der Beichtkammer. »Würde er freiwillig die Hölle in Kauf nehmen?«

»Für mich macht es keinen Sinn, mit Ihnen über religiöse Fragen zu diskutieren. Ich erkläre das Gespräch hiermit für beendet. Sollten Sie beten wollen, die Bank steht zu Ihrer Verfügung.« Geräuschvoll schloss sich die Tür hinter dem Pater.

Samstag, 05. Oktober 2019

Johannes Kartens ließ die Eingangstür der Junior-Uni ins Schloss fallen. Obwohl es Wochenende war, hatte er Stunden damit verbracht, die Ergebnisse seiner Exkursion in den Frankenberger Wildpark auszuwerten. Wieder und wieder hatte er die Aufnahmen von Philippe Lefevres Übungen mit der Glanzkrähe Frodo über den Monitor laufen lassen. Konzentriert hatte er die jungen Seminarteilnehmer dabei beobachtet, wie sie eifrig auf ihre mitgebrachten Notebooks tippten. Oder sie nahmen mit ihren Smartphones kleine Videos auf. Alle außer Lukas Grimm natürlich. Dieser hatte es nicht nötig, die Bilder und Geräusche festzuhalten. Er speicherte die Informationen einfach in seinem Gehirn. Der Junge war ihm in Frankenberg noch unheimlicher geworden. Johannes ließ den strömenden Regen auf seinen Kopf prasseln. Seine Wangen glühten, und die Abkühlung tat ihm gut. Ihm war klar, dass seine Mutter mit ihm schimpfen würde, diese alte Hexe, ohne die er nicht leben konnte. Als hätte er nicht genügend graue Anzüge. Sie hingen aneinandergereiht in seinem Kleiderschrank. Was gäbe er dafür, endlich aus der gemeinsamen Wohnung in der Wichlinghauser Straße ausziehen zu können. Er konnte die Beengtheit dieser Kaschemme kaum noch ertragen.

Johannes war bis auf die Haut durchnässt, als er seinen silbernen Opel Insignia erreichte und den Kofferraum öffnete. Er wuchtete den Stahlkoffer hinein und lachte grimmig. Das immerhin war ihm gelungen. Für seinen kleinen Sonnenschein würde er alles machen. Auch wenn er es nicht schaffte, seiner Mutter zu widersprechen, dieses Glück konnte ihm keiner mehr nehmen. Irgendwann würde er soweit sein und sich für immer von der gehässigen alten Schachtel befreien.

*

»Du siehst entzückend aus, meine Liebe.« Professor Dr. Erwin Wunderlich überreichte Martha einen Topf mit einer Sonnenblume. »Das blaue Kleid steht dir ausgezeichnet. Und dazu dieses hellgrüne Kopftuch. Du bist wie immer eine Augenweide.«

»Alter Charmeur.« Martha zog die Augenbrauen hoch und nahm die Pflanze entgegen. »Spar dir deine Komplimente für Mathilde auf.« Sie begegnete dem Professor mit gemischten Gefühlen. Ihr behagte sein unbestreitbares Interesse an Mathilde ganz und gar nicht. Dennoch wusste sie seinen ausgezeichneten Appetit zu schätzen. »Die Sonnenblume werde ich gleich morgen in Mathildes Garten einpflanzen.« Der kleine, an den Hang gebaute Garten war Marthas ganzer Stolz. Trotz der ungewöhnlichen Lage war es ihr gelungen, dort Parzellen mit Salat und Zucchini anzupflanzen. »Jetzt gibt es erst mal Abendessen.«

Mathilde und Erwin blickten sich grinsend an. Während Martha in der Küche verschwand, schob Erwin kess Mathildes verrutschte Brille zurück an die richtige Stelle.

»Jetzt bin ich gespannt«, bemerkte der Professor, derweil er am gedeckten Wohnzimmertisch Platz nahm.

»Worauf? Was Martha Leckeres gezaubert hat?« Belustigt setzte sich Mathilde an seine linke Seite.

»Das auch, aber mehr noch interessiert mich, was du bereits alles über Lukas Grimm herausgefunden hast. Weißt du eigentlich, dass ich dem Jungen einmal begegnet bin?« Erwin griff nach der Karaffe mit Rotwein und schenkte sich großzügig ein.

»Erzähl«, forderte Mathilde ihn auf.

Erwin schüttelte augenzwinkernd den Kopf und strich sich die weißen Haare hinter die Ohren. »Zuerst bist du dran.«

Ergeben nahm Mathilde einen Schluck Wein. Anschließend erzählte sie ihrem Freund alles, was sie bisher herausgefunden hatte.

»Selbstmord? Nie im Leben«, stellte Erwin fest. »Ich habe in der Junior-Uni einmal über die Gottesbeweise der Philosophen, beginnend mit den Vorsokratikern und endend mit der Überwindung der Metaphysik durch Nietzsche, referiert. Es war eine einmalige Gastvorlesung.«

Das Geräusch scheppernden Geschirrs unterbrach seine Erzählung. Martha war mit einem großen Topf und einer Suppenkelle zurückgekehrt.

»Es gibt Chili con carne«, sagte sie stolz und füllte eifrig die Teller.

Eine Zeit lang kosteten sie schweigend von Marthas mexikanischem Eintopf. Schließlich fuhr Erwin fort: »Nach der Vorlesung kam Lukas Grimm zu mir ans Rednerpult. Weißt du, was er mich fragte?«

»Du wirst es mir hoffentlich gleich sagen«, erwiderte Mathilde und hob den Suppenteller hoch, um den letzten Rest besser auskratzen zu können.

»Er fragte mich, warum ich so viele Jahre mit dem unsinnigen Studium der Philosophie verbracht habe. Er werde die Philosophie und diese unsinnigen Gedanken abschaffen und durch eine neue Wissenschaft ersetzen, eine Theologie, die weder Physik noch Chemie, Astrophysik und Mathematik ausschließe.« Erwin nahm einen kräftigen Schluck seines Rotweins.

»Wieso nicht?«, mischte sich Martha ein. »Ich bete zu Gott und zur Jungfrau Maria. Deswegen vernachlässige ich noch lange nicht unsere afrikanischen Tiergeister.«

Erwin verschluckte sich fast an dem Chili, das Martha ihm nachgelegt hatte.

»Ich habe mich zu diesem Größenwahn nicht weiter geäußert«, sagte Erwin an Mathilde gewandt weiter. »Ich ging davon aus, dass dem Jungen die Flausen im Kopf wieder vergehen würden. Doch ich war neugierig und habe mich schlau gemacht, welches Seminar er in der Junior-Uni belegte. Ich traf mich mit Dr. Kartens, ein sehr engagierter Dozent. Dieser berichtete mir natürlich von Lukas' Hochintelligenz. Da wurde mir einiges klar. Mir tat der Junge leid.«

»Warum tat er dir leid?«, wollte Mathilde interessiert wissen.

»Wie dir Karin Grimm bereits mitgeteilt hat, haben es überdurchschnittlich intelligente Kinder noch wesentlich schwerer als die, die einen geringen Intelligenzquotienten besitzen. Sie werden gemobbt und fühlen sich allein mit ihrer Begabung. Das ist kein leichtes Leben«, stellte Erwin fest.

»Also hat er vielleicht doch Selbstmord begangen?« Mathilde hob abwehrend die Hand, als Martha ihr eine dritte Portion anbot.

»Dafür wirkte er auf mich zu verbissen in seine Idee.

Er hatte große Pläne, warum sollte er sich umbringen?«, entgegnete der Professor kopfschüttelnd. »Lukas Grimm hatte wirklich vor, eine revolutionäre Weltformel zu entwickeln. Er wollte Gottes Himmelreich auf die Erde holen. Du musst mich unbedingt auf dem Laufenden halten, wenn ich in Rom bin.«

Montag, 07. Oktober 2019

»Sieh mal, wer da parkt.« Florian bremste den Dienstwagen und wies mit der Hand auf den Bürgersteig links von der Straße.

»Ingo«, stöhnte Hans und löste seinen Anschnallgurt. »Und wo Ingo ist, ist auch die Adlerkralle nicht weit entfernt.«

Die Beamten stiegen aus dem Wagen und sprinteten die Straße hoch zum Eingang des erzbischöflichen St. Anna-Gymnasiums. Der Wind pfiff ihnen um die Ohren, und der Regen peitschte ihnen ins Gesicht.

»Mistwetter«, fluchte Hans, während sie die Schule betraten.

»Da steht sie«, flüsterte Florian und kniff seinen Kollegen in die Seite.

»Sie sieht zufrieden aus«, bemerkte Hans und ging zu dem kleinen Flur, der zum Lehrerzimmer führte.

»Guten Tag, die Herren«, wurden sie von Mathilde munter begrüßt. »Haben Sie einen Termin mit Frau Lux?« Verschwörerisch neigte sie sich zu den Beamten hin. »Den Besuch können Sie sich sparen. Ich konnte schon alles in Erfahrung bringen.«

»Nichts da«, entgegnete Florian und ließ Mathilde hinter sich. »Wir sollen Frau Lux in Herberts Auftrag verhören, und diese Dienstanweisung befolgen wir.«

Er hörte Mathilde leise kichern, während er energisch an die Tür des Lehrerzimmers klopfte.

Eine erschöpft dreinschauende, asketische Frau in einem cremefarbenen Anzug öffnete ihnen. Die grauen Haare waren zu einem strengen Dutt am Hinterkopf zusammengefasst. An einer Kette um ihren Hals baumelte eine Lesebrille. Der einzige Farbtupfer an ihr war das dunkle Lippenrot, das sie aufgelegt hatte.

»Sind Sie die Beamten von der Mordkommission?« Ihre Stimme war ungewöhnlich tief und laut, als wäre sie es gewohnt, vor ihren Schülerinnen und Schülern die Stimme zu erheben.

»Richtig«, bejahte Florian ihre Frage. »Wir sprechen mit Frau Lux?«

»Mit wem sonst. Schließlich haben Sie mit mir einen Gesprächstermin vereinbart. Wir waren um halb zwölf verabredet, mittlerweile ist es kurz vor zwölf«, erwiderte sie streng. »Folgen Sie mir. Ich habe einen Tisch hinten am Fenster für uns freigehalten. Dort können wir ungestört miteinander sprechen.«

Mit raschen Schritten ging sie voraus. Florian und Hans blickten sich grinsend an und verdrehten die Augen.

»Was möchten Sie von mir wissen?« Frau Lux faltete die Hände im Schoß und blickte die Beamten fragend an. »Übrigens war soeben eine Dame von der Zeitung hier. Sie tauchte einfach auf, ohne vorher um einen Gesprächstermin gebeten zu haben. Diese Pressefritzen sind schrecklich. Aber ich musste ihre Fragen beantworten. Sie meinte, der Fall Lukas Grimm sei von öffentlichem Interesse. Sie wird morgen einen Zeitungsartikel verfassen, wissen Sie das?«

Hans räusperte sich unbehaglich und blickte seinen jüngeren Kollegen fragend an.

»Ich glaube, das Schreibverbot ist aufgehoben. Die Berichterstattung unterliegt jedoch Kriterien, an die die Adlerkralle gebunden ist«, sagte dieser leise.

»Adlerkralle?« Die Beamten sahen der Lehrerin ihre Verblüffung an.

»Nichts, nichts. Kommen wir zur Sache«, wechselte Hans das Thema. »Was können Sie uns über Lukas Grimm erzählen?«

»Das meiste wird Ihnen bekannt sein. Schließlich haben Sie bereits Herrn und Frau Grimm ausgequetscht«, antwortete Frau Lux.

»Stehen Sie in engerem Kontakt mit Lukas' Eltern?«, hakte Florian nach. Seine Blicke schweiften interessiert durch den Raum. Das übrige Kollegium hatte sich am anderen Ende des Lehrerzimmers versammelt. Die Lehrerinnen und Lehrer gaben ihr Bestes, nicht allzu neugierig zu wirken, doch immer wieder wandten sie ihre Köpfe, um einen Blick auf die Beamten zu erhaschen.

»Natürlich«, sagte Frau Lux, deren Rücken so gerade war, als hätte sie einen Stock verschluckt. »Unser Verhältnis ist freundschaftlich. Lukas war ein besonderer Schüler, der viel Aufmerksamkeit verlangte. Einmal die Woche traf ich seine Eltern zum Gespräch.«

»Wer, glauben Sie, hätte ein Motiv, den Jungen ermordet zu haben?«, fragte Florian direkt.

»Woher soll ich das wissen? Ich hatte genug damit zu tun, ihn vor seinen Mitschülern und vor allem seinen Mitschülerinnen zu schützen«, erwiderte Frau Lux bitter.

»Können Sie ausführlicher darüber berichten?«, bat Hans und zog sein Notizbuch aus der Jackentasche.

»Lukas durfte oder musste zwei Klassen überspringen. Zum Zeitpunkt seines Todes war er in der zehnten Klasse. Für seine Intelligenz war das ein Segen, für seine Psyche ein Fluch«, erwiderte Frau Lux, und die Beamten konnten zum ersten Mal eine Gefühlsregung im Gesicht der Lehrerin entdecken. »Seine Mitschülerinnen und Mitschüler waren zwei bis drei Jahre älter als er und ihm in ihren schulischen Leistungen trotzdem weit unterlegen. Wir bemühen uns zwar, nur ausgewählte Kinder in St. Anna aufzunehmen, doch obwohl wir eine private Schule sind, müssen wir einen Anteil an Problemfällen akzeptieren. Natürlich nur, wenn wir sie als für das Gymnasium geeignet einstufen. In Lukas Klasse gibt es zwei Mädchen, die bereits zum wiederholten Male sitzen geblieben sind.« Frau Lux holte tief Luft und griff nach einem auf dem Tisch liegenden grünen Buch im DIN-A4-Format. »Henriette Mars und Gabriele Schunk. Sie sind bereits siebzehn, schwänzen gerne die Schule, stören den Unterricht und verhalten sich gegenüber ihren leicht zu beeinflussenden fünfzehnjährigen Mitschülerinnen wie Anführerinnen. Die zwei geben sozusagen den Ton an. Ihre Eltern sind wohlhabend und engagieren sich in verschiedenen Kirchengemeinden. Die Schuldirektorin traut sich nicht, die Mädchen von der Schule zu verweisen.«

»Warum nicht?«, erkundigte sich Florian erstaunt. Er beobachtete, wie Frau Lux fahrig das Buch aufschlug.

Sie griff nach der Lesebrille und setzte sie sich auf die spitze Nase.

»Unsere Privatschule wird vom Erzbistum Köln gefördert«, gab sie sichtlich ungern Auskunft. Unwillkürlich senkte sie ihre Stimme. »Die Eltern der Mädchen haben großen Einfluss. Herr Schunk betreibt eine Zahnarztpraxis in Wuppertal Cronenberg. Seine Patienten sind ausschließlich privat versichert. Nebenbei engagieren er und seine Frau sich in der Gemeinde, organisieren Wallfahrten und Ähnliches.« Sie warf einen vorsichtigen Blick über ihre Schulter, als fürchtete sie, dass hinter ihrem Rücken die Direktorin stehen könne. »Ich darf das nicht verraten. Mir ist angst und bange. Irgendwie ist es Frau Krähenfuß gelungen, mir diese Informationen zu entlocken. Sie hat mir zwar versprochen, darüber nichts in der Ronsdorfer Gazette zu schreiben, aber ...« Sie brach ab und warf den Beamten einen besorgten Blick zu.

»Wir kümmern uns um Frau Krähenfuß. Machen Sie sich keine Sorgen«, sagte Hans beruhigend. »Erzählen Sie bitte weiter. Jedes Detail könnte für die Aufklärung dieses Mordfalls von höchster Bedeutung sein.«

»Also ist eine natürliche Todesursache wirklich ausgeschlossen.« Sie schüttelte betroffen den Kopf.

»Ja«, entgegnete Florian. »Leider konnte unser Gerichtsmediziner Dr. Mathis feststellen, dass der Junge vergiftet wurde. Übrigens dieser Ara auch.«

Frau Lux schwieg eine Weile betreten. Schließlich fuhr sie fort: »Der Name Gottfried Mars dürfte Ihnen ein Begriff sein.« Auffordernd blickte sie die Beamten an.

Florian zuckte mit den Schultern und schüttelte den Kopf. »Von dem habe ich noch nichts gehört.«

»Gottfried Mars, natürlich.« Hans schlug sich mit der flachen Hand vor die Stirn. »Florian, den kennst du nicht? Mars ist ein aufstrebender Wuppertaler Politiker. Ein Bundestagsabgeordneter der CDU.«

»Ach der«, erwiderte Florian mit einem schiefen Grinsen. »Jetzt ist mir klar, warum die Mädchen nicht rausgeschmissen werden dürfen.« Er dehnte das Wort *jetzt*. Seine Stimme tropfte vor Ironie.

Frau Lux schien das nicht zu bemerken. Ruhig berichtete sie weiter: »Henriette hatte es von Anfang an auf Lukas abgesehen. Jugendliche können grausam sein. Ich zeige Ihnen Fotos von den Mädchen.« Sie blätterte in dem Klassenbuch. »Das hier ist Henriette.« Sie reichte den Beamten das Buch.

»Hübsch«, kommentierte Florian. »Keine Pickel wie andere Teenies. Volle dunkle Haare, schlank. Mit ihren Rehaugen sieht sie wie Schneewittchen aus.«

»Blättern Sie drei Seiten weiter. Auf der linken Seite finden Sie ein Foto von Gabriele«, erklärte Frau Lux, deren Brille ihr wieder um den Hals baumelte.

»Typische Konstellation«, bemerkte Florian, nachdem er das Foto studiert hatte.

»Wie meinst du das?«, fragte Hans erstaunt.

»Ich kenne das von meiner Schulzeit«, berichtete Florian. »Meist hat ein schönes Mädchen eine unscheinbare beste Freundin. Nicht unbedingt hässlich, nein, das wäre unter dem Niveau der Schönen. Die Freundin muss ihre Attraktivität wie ein netter Hintergrund hervorheben. Gabriele ist klein, Brillenträgerin und hat aschblonde, dünne Haare. Ich schätze, sie wird sich mit den Jahren zu einer hübschen Frau entwickeln. Doch davon ist sie momentan noch weit entfernt.«

»Da spricht der Experte«, sagte Hans augenzwinkernd. Er legte das Klassenbuch zurück auf den Tisch. »Jetzt haben wir die jungen Damen in Augenschein genommen. Was ist so schlimm an ihnen?«

»Henriette liebte es, Lukas zu ärgern«, erwiderte Frau Lux. »Obwohl ärgern das falsche Wort für ihr Verhalten ist. Sie wollte ihm wehtun. Seelisch und auch körperlich. Einmal hat sie ihm Kupfersulfat in sein Pausengetränk gekippt. Henriette hatte sich im Chemieunterricht bedient.«

»Das ist ein Ding. Aber Lukas hat das überlebt«, stellte Hans sachlich fest.

»Kupfersulfat wird bei Menschen als Brechmittel eingesetzt«, belehrte Florian seinen Kollegen. »Es wirkt nicht toxisch.«

»Herr Vogel hat recht«, stimmte Frau Lux zu. »Darüber war sich Henriette bewusst. Sie gab an, dass sie das im Chemieunterricht Gelernte einmal in der Praxis habe erleben wollen. Herr Frank, der Chemielehrer, berichtete mir von dem Vorfall, und ich stellte Henriette zur Rede. Frech und dreist sagte sie mir ins Gesicht, ich könne mich ruhig bei ihren Eltern beschweren, es werde sie nicht interessieren. Ich solle mich vorsehen, meine Stelle hier sei leicht zu ersetzen.«

»Sie drohte Ihnen?«, fragte Florian erstaunt.

»Ich habe mich nicht bedrohen lassen.« Eine steile Falte zeigte sich auf Frau Lux' Stirn. »Ich habe mich der Direktorin anvertraut und die Angelegenheit an sie abgegeben. Herr und Frau Grimm waren außer sich, weil die Direktorin Henriette mit einem blauen Auge davonkommen ließ. Sie musste zur Strafe ein Referat über Kupfersulfat halten.«

»Und? Hat sie die Aufgabe erledigt?«, wollte Florian neugierig wissen.

»Oh ja«, entgegnete Frau Lux verächtlich. »Sie referierte in zwei knappen Sätzen. *Kupfersulfat verursacht bei Menschen stundenlang anhaltende Übelkeit und Brechreiz. Es ist sehr unangenehm, aber nicht gefährlich. Das praktische Beispiel habe ich euch bereits an unserem kleinen Streber geliefert.* Die ganze Klasse applaudierte, Henriette bekam ihre Note *Ungenügend*, und damit war die Angelegenheit erledigt.«

Das melodische Geräusch der Schelle, die den Beginn einer neuen Unterrichtseinheit ankündigte, unterbrach die Unterhaltung.

»Verzeihen Sie, meine Herren.« Frau Lux erhob sich und reichte ihnen ihre Hand zum Abschiedsgruß. »Ich muss unterrichten. Wären Sie pünktlich gewesen, hätte ich mehr Zeit für Sie gehabt.« Sie drehte sich um und hastete zum Ausgang.

»Ob wir Herbert gleich etwas Neues erzählen?«, fragte Florian und schlenderte zur Tür.

»Die Adlerkralle ist gewiss schon im Präsidium«, befürchtete Hans. »Warten wir es ab.«

Dienstag, 08. Oktober 2019

Der Tod des Dreizehnjährigen in der Freiflugvoliere des Grünen Zoos gibt der Wuppertaler Kriminalpolizei weiterhin Rätsel auf!

Lukas G. und Hyazinth-Ara erlagen tödlicher Dosis eines Pfeilgifts der Indianer.

Von Mathilde Krähenfuß

WUPPERTAL / VELBERT-NEVIGES. Wie gelangte das Gift in den Körper des gebürtigen Velberter Jungen? Warum trat der Tod in der Freiflugvoliere »Aralandia« im Wuppertaler Zoo ein? Diese und weitere Fragen stellen sich die Beamten der Wuppertaler Mordkommission. Die Polizei ermittelt im Umfeld des Toten und schließt einen Suizid bisher nicht aus. Die Ronsdorfer Gazette wird weiter berichten.

Martin Grimms Knie schmerzten fürchterlich. Bereits seit zwei Stunden kniete er in der ersten Reihe vor dem Hauptaltar. Noch am Morgen hatte Karin ihn mit den bissigen Worten verabschiedet, dass er einen weiteren Tag des Trostes und des Zuspruchs durch die Franziskanerbrüder vor sich habe, während sie in der Wohnung gefangen und ihren Schmerzen ausgeliefert sei. Daraufhin hatte sie die Ausgabe der Ronsdorfer Gazette in den Papierkorb geworfen, zwei Tabletten genommen und sich aufs Sofa gelegt. *Von wegen Trost*, ging es ihm jetzt durch den Kopf. Pater John hatte ihm zu Beginn seines Arbeitstages seine These mitgeteilt, dass Lukas Selbstmord begangen habe. Weil dieser seine Schuld nicht mehr selbst sühnen könne, müsse er, Martin, diese Pflicht für seinen Sohn übernehmen. Das sei Lukas' letzte Chance, dem Fegefeuer zu entgehen. Pater John hatte ihm befohlen, zwei Stunden zu knien, zu beten und zu bitten. Anschließend dürfe er seine Arbeit wieder aufnehmen, jedoch müsse er den Tag über fasten. Seufzend erhob sich Martin. Das gedämpfte Licht und der Geruch nach Kerzen und Weihrauch verfehlten heute ihre ansonsten so wohltuende Wirkung auf ihn. Gebeugt wie ein alter Mann durchquerte er das Kirchenschiff. Eine Weile blieb er still vor der Ausgangstür stehen. Schließlich fasste er sich ein Herz und trat ins gleißende Sonnenlicht.

»Herr Grimm?«

Eine angenehme Frauenstimme drang an sein Ohr. Er blinzelte mehrmals und sah eine Frau in einer grünen Cargohose mit einer Baseballkappe auf den kurzen, graumelierten Haaren. Ein Hund war an ihrer Seite, und ihre Brille war ihr auf die Nasenspitze gerutscht.

»Mathilde Krähenfuß von der Ronsdorfer Gazette«, stellte sich die Frau vor.

In seinem Inneren erklangen sämtliche Alarmglocken. Das war die Frau, die Karin befragt und mit der er telefoniert hatte. Außerdem war er von Pater John vor ihr gewarnt worden.

Mathilde erschrak, als sie Martin Grimm den Dom verlassen sah. Er war nur noch ein Schatten des Mannes, den sie auf dem Familienbild in der Wohnung der Grimms gesehen hatte. Er schien sich mehrere Tage nicht rasiert zu haben, und seine Wangen waren eingefallen. Auf dem Foto war er schlank und muskulös gewesen, ein sportlicher Typ in weißer Leinenhose und locker sitzendem Hemd. Jetzt konnte Mathilde deutlich die Adern an seinen mageren Armen hervortreten sehen.

»Was möchten Sie schon wieder?«, brummte Martin unwirsch. »Ich muss in mein Büro. Es gilt, die Andachten der nächsten Wochen vorzubereiten. Schließlich bin ich nicht zum Spaß hier.« Er ging an dem Steinkreis vorbei, in dessen Mitte ein überdachtes Hexagon aus Holz stand. Mathilde blickte durch die Fensterscheiben und registrierte flüchtig weiße und rote Behälter, in denen Lichter flackerten. »Meine Frau und ich haben der Polizei Rede und Antwort gestanden. Sie verschwenden sowieso alle Ihre Zeit. Der Einzige, der noch etwas für Lukas tun kann, bin ich.«

»Sie?«, fragte Mathilde erstaunt, derweil sie sich mühte, mit Martin Schritt zu halten.

»Ich muss beten und fasten, damit Gott meinem Sohn gnädig gestimmt wird und ihn vom Fegefeuer erlöst. Er hat gegen das fünfte Gebot verstoßen, indem er sich selbst das Leben nahm.«

»Sie sind ein merkwürdiger Mensch«, murmelte Mathilde mehr zu sich selbst als zu dem Mann an ihrer Seite. »Noch vor wenigen Tagen sagten Sie am Telefon zu mir, Ihr Sohn sei mit der Erforschung einer neuen Weltformel, mit der Erschaffung eines Gottesreiches beschäftigt gewesen. Wenn dem so war, welchen Grund sollte er gehabt haben, sich zu vergiften?«

»Pater John ...«, setzte Martin an und beschleunigte seine Schritte.

»Ich weiß, was Pater John über Lukas′ Tod denkt«,

sagte Mathilde keuchend. »Wären Sie so freundlich, etwas langsamer zu gehen? Ist der Teufel auch hinter Ihnen her?«

»Sie unverschämte Person.« Martin dachte im Traum nicht daran, sein Tempo zu reduzieren. »Woher wussten Sie überhaupt, dass ich im Dom gebetet habe?«

»Ich wollte Sie in Ihrem Büro besuchen, doch es war leer. Reiner Zufall, dass ich Sie beim Verlassen der Kirche angetroffen habe«, erklärte Mathilde. Erleichtert nahm sie zur Kenntnis, dass Martin vor einer der vielen Türen des wellenförmig angeordneten, weitläufigen Gebäudekomplexes zum Stehen kam. »Ich möchte mit Ihnen über Henriette Mars und Gabriele Schunk sprechen.«

Bei der Erwähnung der Mädchen verdüsterte sich Martins Miene.

»Teufelsweiber«, fluchte er. »Früher hätte man sie als Hexen verbrannt. Pater John sagt, das Böse tarnt sich manchmal als Politiker und Arzt. Mars und Schunk geben vor, ach so fromm und in der Kirche engagiert zu sein. Von wegen. Das ist alles bloß Schau. Mars möchte damit seine Wähler beeindrucken und Schunk sich vor seinen reichen Privatpatienten profilieren. Wer solch eine Brut produziert, kann kein Mann des Glaubens sein.« Mit diesen Worten kehrte er der verdatterten Mathilde den Rücken und verschwand im Gebäudeinneren.

»Wer hätte gedacht, Lotte, dass ich hier derart religiöse Fanatiker vorfinden würde?« Zärtlich streichelte sie ihrer vierbeinigen Freundin über den Kopf, und gemeinsam traten sie den Heimweg an.

*

»Natürlich ist das eine gute Idee, Herbert«, sprach Mathilde in ihr BlackBerry. »Wir nutzen das Überraschungsmoment.« Sie nickte der auf dem Beifahrersitz wartenden Martha aufmunternd zu. »Woher ich weiß, dass Henriette heute im Bethesda Altenheim die Bewohner besucht?« Mathilde lachte verschmitzt und warf einen liebevollen Blick auf ihre Haushälterin. Diese hatte sich bei der Wahl ihrer Garderobe selbst übertroffen. Ihr weites Kleid bestand aus aneinandergenähten Quadraten in den verschiedensten Farben, gelbe Creolen baumelten an ihren Ohrläppchen und ein Haarband in derselben Farbe hielt ihr die krause Haarpracht aus der Stirn. »Nach meinem Gespräch mit Martin Grimm habe ich *Google* zurate gezogen. Du kannst dir vorstellen, wie überrascht ich war, das Mädchen in das Seniorenbesuchsprogramm eingeschrieben zu sehen. Vielleicht leben ihre Großeltern nicht mehr. Jedenfalls ist heute der Tag der Kulturen. Ich melde mich später bei dir, mein Lieber. Wir sind vor Ort.« Ohne Herberts Abschiedsgruß abzuwarten, beendete Mathilde das Telefonat. Flüchtig tätschelte sie das Dach ihres Autos und drückte Martha die Hundeleine in die Hand. »Bis gleich, Ingo«, sagte sie gut gelaunt.

Martha summte vergnügt vor sich hin, während sie neben Mathilde den steilen Weg zum Altenheim herunterging. Das Altenheim gehörte zum gleichnamigen Krankenhaus, das von einer methodistischen Ordensgemeinschaft geführt wurde. Die methodistisch evangelische Gemeinschaft war eine Freikirche.

»Dürfen Hunde wirklich ins Seniorenheim mitgenommen werden?«, erkundigte sich Martha und hielt vor der weit offenstehenden Eingangstür an. »Ich habe hier noch nie welche gesehen.«

»Im Bethesda Alten- und Pflegeheim sind Hunde ausdrücklich erwünscht. Darüber habe ich mich schlau gemacht«, erklärte Mathilde und schob ihre Brille zurück.

»Bist du sicher, dass das Kind heute anwesend ist?« Missbilligend beobachtete Martha, wie Mathilde in ihrer Handtasche wühlte. »Was suchst du?«

»Was wohl?«, stellte Mathilde unwirsch die Gegenfrage.

»Wenn du dein Diktiergerät vermisst, kannst du lange suchen«, stellte Martha fest. »Das ist so dreckig von dem ständigen Benutzen, ich habe es in Essig eingelegt.«

Vor Schreck ließ Mathilde ihre Tasche fallen. »Du hast was gemacht?«, fragte sie entsetzt.

»Reg dich nicht auf«, sagte Martha beschwichtigend. »Das Gerät badet nicht in Essig. Es ist in feuchte Lappen eingelegt, damit die Fettabdrücke verschwinden.«

Mathilde seufzte ergeben und hob die Tasche wieder auf. »Im Übrigen bin ich nicht sicher, ob Henriette tatsächlich heute hier ist. Google hat mich lediglich darüber informiert, dass am heutigen Abend ein Fest stattfindet, zu dem alle *Nennenkelkinder* eingeladen sind. Lass uns reingehen, damit wir es herausfinden. Ich weiß, wie das Mädel aussieht. Ihre Klassenlehrerin hat mir Fotos von ihr und ihrer Freundin gezeigt.«

Neugierig traten sie über die Schwelle. Lotte trottete brav neben ihnen her.

»Da sitzt sie.« Strahlend deutete Martha mit dem Finger auf eine dunkelhäutige, kräftige Frau mit weißen Haaren und unzähligen Falten im Gesicht. »Das ist Oluchi Omosede Okeke. Sie wird von der ganzen Familie

Mama Oluchi genannt und ist bereits einhundertsieben Jahre alt.« So schnell es Marthas üppige Figur zuließ, durchquerte sie den mit Luftballons geschmückten großen Raum. Mathilde eilte ihr hinterher und blickte sich dabei interessiert um. Weißgekleidete Frauen und Männer wuselten hin und her und kümmerten sich um die an ihren Tischen sitzenden alten Leute. Mama Oluchi schien die einzige dunkelhäutige Heimbewohnerin zu sein. Kinder und Jugendliche bevölkerten den Raum und brachten ihren Bezugspersonen, ihren Omas und Opas, etwas vom am hinteren Ende des Saales aufgebauten Buffets. Während Martha Mama Oluchi umarmte und anschließend an ihrer Seite Platz nahm, suchte Mathilde Henriette Mars. Zu ihrer Erleichterung entdeckte sie Henriette, die neben einem alten Mann saß und mit Messer und Gabel etwas auf seinem Teller klein schnitt. Zielstrebig steuerte Mathilde auf das ungleiche Paar zu. Erneut griff sie in ihre Handtasche und fand ihren Presseausweis ausnahmsweise auf Anhieb. Sie setzte ihr gewinnendstes Lächeln auf und sagte: »Guten Tag zusammen. Ich bin Mathilde Krähenfuß von der Ronsdorfer Gazette. Mein Auftrag ist es, über diese schöne Veranstaltung zu berichten.«

»Davon hat man uns gar nichts gesagt.« Henriette legte das Besteck am Tellerrand ab und blickte sie erstaunt an.

»Die Redaktion hat spontan entschieden«, log Mathilde frech. »Darf ich mich zu euch setzen?« Ohne eine Antwort abzuwarten, nahm sie den beiden gegenüber Platz. Sie zeigte ihnen den Ausweis und legte ihn vor sich auf den Tisch.

»Würdet ihr bzw. würden Sie mir ein paar Fragen beantworten?«, fragte sie scheinheilig.

»Sie dürfen mich Paul nennen«, sagte der weißhaarige Mann mit der schwarzen Hornbrille wohlwollend.

»Mich dürfen Sie auf keinen Fall mit Namen erwähnen.« Henriette hob abwehrend die Hände. »Es darf keiner wissen, dass ich an dem Projekt teilnehme. Mein Ruf wäre ruiniert.«

»Liebes Kind, ich habe deinen Namen in Zusammenhang mit dem Projekt des Pflegeheims online entdeckt. Nur zu deiner Information.« Mathilde lächelte das Mädchen an.

»Ach Henry«, sagte Paul und legte ihr liebevoll den Arm um die schmalen Schultern. »Ich bin überglücklich, in dir wieder eine Enkeltochter bekommen zu haben. Dafür brauchst du dich nicht zu schämen.«

Ein rosa Hauch überzog die blassen Wangen des Mädchens. Sie schien sich aufrichtig über die Worte des alten Mannes zu freuen.

»Entschuldigen Sie bitte«, mischte sich eine junge Männerstimme in das Gespräch ein. »Zu wem gehören Sie?«

Mathilde wandte dem Mann, den sie auf Mitte zwanzig schätzte, ihr Augenmerk zu.

»Ich begleite meine Freundin Martha Awolowo, die ihre Verwandte Mama Oluchi besucht«, sagte sie schnell. »Außerdem werde ich für die Ronsdorfer Gazette einen wunderbaren Artikel über diese besondere Enkelgeschichte veröffentlichen.«

»Das ist schön«, freute sich der junge Mann. »Ja, ja, Mama Oluchi. Die kann sich über mangelnden Besuch nicht beklagen.«

74

»Sie hat eine große Familie«, stimmte Mathilde lachend zu.

Der Mann verließ ihren Tisch, und sie fragte weiter: »Wie oft besuchst du Paul im Altenheim?«

»Einmal in der Woche«, gab Henriette bereitwillig Auskunft. »Manchmal auch öfter, so wie heute zum Fest der Kulturen. Ich habe Opa indische Teigwaren vom Buffet geholt.«

»Henry liest mir viel vor«, sagte Paul strahlend. »Wissen Sie, meine Augen tun's nicht mehr richtig. Netterweise holen mich Herr und Frau Mars immer Weihnachten zu sich nach Hause. Dann gibt's einen leckeren Festtagsbraten. Der ist zwar vegan, aber er schmeckt mir trotzdem. In Gesellschaft schmeckt alles, nicht wahr? Henry kann mit mir jederzeit über ihre Probleme reden.«

»Hast du denn Probleme?«, griff Mathilde den Faden auf. Beiläufig drückte sie die Aufnahmetaste ihres BlackBerrys.

»Wer hat die nicht?«, erwiderte Henriette und steckte sich einen Fleischklops in den Mund.

»Henry hat Probleme in der Schule«, plauderte Paul aus dem Nähkästchen, was ihm einen missbilligenden Blick seiner Nennenkeltochter bescherte.

»Wie kommt das?«, fragte Mathilde unwillkürlich.

»Meine Eltern haben mich gezwungen, aufs St. Anna-Gymnasium zu gehen, obwohl ich lieber die Gesamtschule besuchen würde«, sagte Henriette nach kurzem Zögern. »Ich brauche den Stress auf St. Anna und den Religionskrams nicht, zumal ich sowieso nicht studieren werde.«

»Das weißt du jetzt schon?«, wunderte sich Mathilde. »Warte doch erstmal ab.«

»Ich bin ein praktischer Mensch. Lernen ist nichts für mich.« Henriette strich sich eine dunkle Locke hinter das Ohr. »Ich möchte Altenpflegerin werden. Ganz einfach. Mich um die alten Menschen kümmern, sie hegen und pflegen.«

»Während der Ausbildung musst du auch lernen«, stellte Mathilde schmunzelnd fest.

»Aber dann weiß ich, wofür.« Henriette schenkte Paul etwas Wasser ein. »Meine Eltern regt mein Berufswunsch schrecklich auf. Wissen Sie, wer mein Vater ist?«

Mathilde gab sich unwissend und schüttelte den Kopf.

»Papa ist Bundestagsabgeordneter, und eine Tochter, die Altenpflegerin werden möchte, passt nicht ins Programm. Ich soll mich für Politik oder Jura begeistern. Das kann er vergessen.« Verächtlich verzog Henriette den Mund.

»Henry ist so ein liebes Mädchen«, mischte sich Paul ein. »Ich habe versucht, mit Herrn Mars darüber zu sprechen, aber er lässt nicht mit sich diskutieren.«

»St. Anna-Gymnasium, da habe ich doch letztens irgendetwas in der Zeitung gelesen.« Mathilde gab vor, in ihren Erinnerungen zu suchen. »Jetzt fällt es mir wieder ein. Der in der Freiflugvoliere tot aufgefundene Dreizehnjährige, hat der nicht auch das St. Anna-Gymnasium besucht?«

Henriette ballte die Hände zu Fäusten.

»Dieser kleine Mistkerl ging sogar in meine Klasse«, zischte sie und verengte die Augen zu Schlitzen.

»Henry hat mir erzählt, dass dieser Junge ein böser Mensch gewesen sei. Er habe seine Intelligenz dafür benutzt, alle Menschen an der Nase herumzuführen«, berichtete Paul.

»Das Superhirn hat so getan, als würde er Tiere lie-
ben, insbesondere seine Vögel«, sagte Henriette weiter.
»Aber ich weiß es besser. Tiere waren für ihn lediglich
Versuchsobjekte. Und jetzt habe ich keine Lust mehr,
über Lukas zu reden. Schließlich möchten Sie über unser
Projekt berichten, nicht über den Klugschei…«

»Henry.« Paul blickte das Mädchen vorwurfsvoll an.
»Du hast mir doch versprochen, nicht mehr zu fluchen.«

»Ich werde mich jetzt ein wenig im Saal umsehen«,
kündigte Mathilde an und erhob sich. »Vielen Dank für
das Gespräch. Macht euch noch einen netten Nachmittag.«

Gedankenverloren schritt sie zum Buffet. Henriette
Mars war ihr ein Rätsel. Zwei Seelen schienen in ihrer
Brust zu schlummern. Sie nahm sich einen Teller und
befüllte ihn mit spanischen Tapas, einer chinesischen
Frühlingsrolle und etwas Undefinierbarem, das der
mexikanischen Küche entstammen sollte.

Wenig später verspeiste sie an Marthas Seite genussvoll
die Köstlichkeiten.

»Es hat mich gefreut, Sie kennenzulernen, Mama Oluchi«, sagte sie beim Abschied zu der alten Afrikanerin.
»Martha und ich müssen Sie jetzt leider verlassen. Es gibt
heute noch viel für mich zu tun.«

Mittwoch, 09. Oktober 2019

Verstohlen wischte sich José Anton eine Träne aus dem
Augenwinkel. Er machte sich schreckliche Vorwürfe. Vor
wenigen Tagen war er es gewesen, der die Leichen seines

geliebten Jungen und des Hyazinth-Aras entdeckt hatte. Lukas Grimm war ihm in den letzten Monaten sehr ans Herz gewachsen, auch wenn er seine Gedankengänge nicht immer hatte nachvollziehen können. José seufzte schwer und strich sich über den kahl geschorenen Schädel. Seine Gene hatten es nicht gut mit ihm gemeint. Bereits Anfang zwanzig hatten sich seine Haare zu lichten begonnen. Schließlich war er es leid gewesen. Jetzt trug er Glatze. Das brachte ihm zwar gelegentlich irritierte Blicke ein, doch er hatte gelernt, diese zu ignorieren. Er verließ die Freiflugvoliere und trat heraus in den Morgennebel. Es war kurz vor neun, und der Zoo hatte erst vor wenigen Minuten seine Pforten geöffnet. Heute am späten Nachmittag würde er kein Gespräch mit Lukas führen, den Jungen nicht dabei beobachten, wie er mit Gamba kommunizierte. Er hatte das Gefühl, eine Würgeschlange hätte sich um seinen Hals geschlungen. Nie wieder würde er die einzigartige Beziehung zwischen Junge und Ara bewundern dürfen. Plötzlich fiel sein Blick auf einen großen Mann in einem grauen Anzug. Sein Gang war der eines Mannes, der es gewohnt war, dass andere zu ihm aufblickten. Er schien in Begleitung seiner Töchter zu sein. Je näher die Gestalten kamen, desto deutlicher konnte er ihre Gesichter erkennen. Das dunkelhaarige Mädchen war unbestreitbar eine kleine Schönheit, das andere wirkte in ihrem Schatten blass und unscheinbar. Bei näherer Betrachtung bezweifelte er, dass der Mann mit den Teenagern verwandt war. José schätzte ihn nicht viel älter ein als sich selbst. Vielleicht war er Anfang dreißig. Er überlegte, ob der Anzugträger ein Lehrer war. Schließlich war heute ein gewöhnlicher

Werktag. Mit aller Macht riss er sich aus seinen Überlegungen. Was ging es ihn an, wer wann und weshalb den Zoo besuchte. Er grüßte kurz, als die drei ersten Zoobesucher des heutigen Tages an ihm vorbeigingen, warf einen letzten, verwunderten Blick auf den Stahlkoffer in der Hand des Mannes und ging weiter in Richtung des Zooeingangs. Schließlich hatte er einen Termin, der ihn Kraft kosten würde.

*

Mathilde plauderte angeregt mit der Dame im Kassenhäuschen. Diese schien sich über etwas Abwechslung zu freuen.

»Heute wird wieder ein langweiliger Tag werden«, sagte sie gerade, als ein kahlköpfiger Mann auf sie zukam. »Obwohl ich tatsächlich bereits drei Eintrittskarten verkauft habe. Aber dabei wird es am Vormittag gewiss bleiben. Vielleicht kommt noch der eine oder andere Rentner mit Jahreskarte, mit mehr Besuchern rechne ich nicht.«

»Frau Krähenfuß?« Der Mann hielt vor ihr an und lächelte freundlich. »Mein Name ist José Anton. Sie wollten mich sprechen?«

»Guten Morgen, Herr Anton.« Mathilde reichte ihm die Hand zum Gruß.

Eilig zog er sich die schmutzigen Arbeitshandschuhe aus und schlug ein. »Wollen wir ein Stück spazieren gehen? In dem Gehege der Weißhandgibbons herrscht schon reger Betrieb«, schlug José vor.

»Gerne«, erwiderte Mathilde. »Sie können sich denken, bezüglich welcher Angelegenheit ich Sie befragen möchte.«

»Natürlich.« Langsam ging José den Weg entlang.

»Ich habe inzwischen viel über Lukas Grimm erfahren. Er war hochintelligent und angeblich streng religiös, wollte Gott beweisen und auch, dass Tiere eine Seele haben. Sein Vater ist ein religiöser Fanatiker, seine besten und einzigen Freunde waren ein Vogel und ein Franziskanerbruder.« Mathilde hielt vor der Hängebrücke über dem künstlich angelegten See an. Die sich munter hin und her hangelnden Affen boten einen hübschen Anblick.

»Einen Freund haben Sie bei Ihrer Aufzählung vergessen, nämlich mich«, entgegnete José ernst. »Ich bin in erster Linie für Aralandia zuständig, und dort war Lukas ein häufiger und gern gesehener Gast. Obwohl seine Eltern es nicht guthießen, dass er derart häufig den Zoo besuchte, besaß Lukas eine Jahreskarte.«

»Wie konnte Lukas unbemerkt auf dem Gelände bleiben? Irgendjemand muss doch nach Kassenschluss einen letzten Kontrollgang gemacht haben.« Mathilde sah ihren Gesprächspartner eindringlich an.

Diesem stieg die Röte ins Gesicht. »Ich hatte an dem Samstag Spätdienst und bin mitschuldig an seinem Tod.« José ließ sich auf eine Bank fallen und verbarg sein Gesicht in den Händen. »Lukas kannte sich in der großen Voliere sehr gut aus. Es hat doch niemand damit gerechnet, dass er die Nacht dort verbringen wollte.«

Mathilde registrierte das leichte Beben seiner Schultern.

»Ich habe beim Besuch seiner Mutter leider vergessen zu fragen, warum sie und ihr Mann Lukas in der besagten Nacht nicht vermisst hatten. Sie mussten doch mit seiner pünktlichen Heimkehr gerechnet haben.« Sie berührte José leicht an der Schulter. Daraufhin löste er die Hände von seinem Gesicht.

»Die Frage kann ich Ihnen beantworten.« Er blickte sie aus grauen, tränenverschleierten Augen an. »Lukas hatte mir von dem runden Geburtstag eines Freundes seines Vaters erzählt. Herr und Frau Grimm verbrachten die besagte Nacht in Solingen. Keiner vermisste den Jungen, bis ich ihn schließlich am Sonntagmorgen tot auffand.«

»Erzählen Sie mir bitte mehr über Lukas und diesen Hyazinth-Ara. Was halten Sie von der Idee, dass Lukas sich und dem Vogel das Leben genommen hat?« Mathilde fröstelte leicht in der Nebelnässe und zog den Reißverschluss ihres Parkas höher.

»Wie kommen Sie auf den Blödsinn?«, fragte José entrüstet. »Wenn Sie miterlebt hätten, wie langsam und vorsichtig er sich Gamba angenähert hatte. Wir nannten ihn den *Vogelflüsterer*. Lukas hat Gamba aufrichtig geliebt. Er hätte dem Ara nie ein Leid zufügen können.«

»Wissen Sie, mir gehören zwei Graupapageien, die sehr intelligent sind. Sie haben eine große Voliere in meinem Wohnzimmer und dürfen oft frei fliegen. Ich bilde mir ein, dass Peter und Paul viel von dem verstehen, was um sie herum geschieht. Aber die Frage, ob sie mich lieben, wie ein Kind seine Mutter zum Beispiel, scheue ich mich zu stellen.« Mathilde blickte den Pfleger interessiert an, dem der Kummer ins Gesicht geschrieben stand.

»Liebe«, sagte er langsam. »Ja, ich glaube, Gamba hat auf seine Art und Weise Lukas´ Liebe erwidert. Sie sind Reporterin, nicht wahr? Ich bin etwas in Sorge, dass

Sie seinen Tod ausschlachten wollen. Warum interessiert Sie das alles derart brennend? Vor allem wir Tierpfleger haben genug Ärger von unseren Vorgesetzten bekommen, weil wir die Beziehung der zwei zueinander nicht unterbunden haben. Die Tiere sollen schließlich Partner finden und Nachwuchs zeugen. Aber ich konnte nicht anders, als ein Auge zuzudrücken.«

»Machen Sie sich wegen mir keine Sorgen. Mein Ansinnen ist es, die Polizei bei den Ermittlungen zu unterstützen. Ich möchte ehrlich zu Ihnen sein, auch meine persönliche Neugierde will gestillt werden. Wer profitiert von dem Tod dieses Dreizehnjährigen?« Klassische Musik ertönte, und Mathilde zuckte zusammen. »Bitte entschuldigen Sie mich einen Augenblick.« Hektisch kramte sie in ihrer Handtasche und legte nacheinander Fernglas, Knirps und Taschenlampe auf die Bank. Als sie ihr BlackBerry endlich glücklich in den Händen hielt, verstummte die Ouvertüre der Oper *Carmen* von Georges Bizet. Mathilde stieß einen Fluch aus und drückte die Rückruftaste. »Martha, was ist los?«, wollte sie überrascht wissen. »Ist was mit Lotte?« Besorgt hielt sie den Atem an. »Wer ist da? Nadine Marlon?« Mathilde warf einen Blick auf ihre Armbanduhr. »Ich bin in zwanzig Minuten zu Hause.« Sie drückte die Austaste und schenkte dem Tierpfleger erneut ihre Aufmerksamkeit.

»Seit wann war Lukas ein regelmäßiger Besucher der Voliere?«, fragte sie rasch, während sie ihre Tasche wieder einräumte.

»Ich kann nicht genau sagen, wann er mir zum ersten Mal ins Auge stach. Plötzlich war er einfach da. Stand auf den Wegen und beobachtete die Tiere. Er strahlte eine ungemeine Ruhe aus. Das spürte auch Gamba. Seit etwa drei Monaten sind«, er brach traurig ab, zog ein Papiertaschentuch aus der Hosentasche und putzte sich die Nase. »Seit etwa drei Monaten waren wir Freunde.«

»Gibt es einen Zeitpunkt, ab dem er sich anders als gewöhnlich verhalten hat?«, hakte Mathilde nach.

»Den gibt es. In den Sommerferien war er drei Wochen nicht im Zoo und mit dieser Junior-Uni unterwegs. Als er zurück war, sprach er viel über Krähen. Lukas war fasziniert von Frodo, einer zahmen Krähe des Wildparks in Frankenberg an der Eder. Er erklärte begeistert, er werde versuchen, die Tricks, die diese Glanzkrähe beherrsche, Gamba beizubringen.« José streckte kurz die Beine aus, zog sie wieder an und erhob sich von der Bank. »Er war ganz aufgeregt und hatte einen merkwürdigen Glanz in den Augen. Vor der größten Herausforderung seines Lebens würde er stehen, sagte er weiter.«

»Mehr hat er Ihnen nicht verraten?«, wunderte sich Mathilde.

José senkte die Lider und schüttelte bedauernd den Kopf.

»Sehr merkwürdig, das Ganze. Ich danke Ihnen für das Gespräch.« Mathilde reichte ihm ihre Visitenkarte. »Sollte Ihnen noch etwas einfallen, dürfen Sie sich jederzeit bei mir melden. Ich würde gern einen Termin mit einem für den Zoo verantwortlichen Menschen vereinbaren. Können Sie mir einen Kontakt vermitteln?«

»Sicher«, sagte José schnell. »Rufen Sie die auf unserer Website angegebene Nummer an, und lassen Sie sich mit Andreas Landmann-Kaiser verbinden. Das ist der Geschäftsführer des Zoo-Vereins.«

Mathilde nickte dankbar und verabschiedete sich. Sie konnte das Zoogelände nicht schnell genug verlassen, so neugierig war sie darauf, was Nadine Marlon von ihr wollte.

*

Philippe Lefevre schnalzte mehrmals mit der Zunge. Frodo, der einen halben Meter vor ihm auf dem Boden stand, setzte sich augenblicklich in Bewegung. Mit kleinen Schrittchen trippelte er auf ihn zu. Philippe hatte zu seiner Rechten drei durchsichtige, quadratische Kästchen aufgebaut. Alle hatten gemein, dass ein etwa fünfzehn Zentimeter langes und fünf Zentimeter breites Eisenrohr in ihnen steckte. Zwei der Kästchen waren leer. Im dritten lag ein Ring, sein Ring. Diesen Ring hatte er Frodo schon oft gezeigt. Philippe war sich sicher, die Krähe wusste, dass der Ring sein Eigentum war.

»Brav, Frodo«, lobte er den Vogel, als dieser bei ihm angekommen war. Er zeigte ihm den Kupferdraht. Mit diesem hatte Frodo bereits des Öfteren kleine Obststücke aufgepickt und eine kurze Flugstrecke transportiert. Zur Belohnung durfte er das Obst anschließend verspeisen. »Frodo«, sagte er weiter und zeigte auf seinen bloßen Finger. »Mein Ring.« Er wies mit der Hand auf die drei Behälter. »Frodo, bring Philippe seinen Ring.«

Fasziniert beobachtete er seinen gefiederten Freund dabei, wie er den Draht in den Schnabel nahm, sich in die Lüfte schwang und auf die Kästchen zuflog. Er landete vor dem ersten und ging, ohne ihn weiter zu beachten, an ihm vorbei und zielstrebig auf den mittleren zu. Dort angekommen hüpfte er auf den Rand. Es bereitete ihm sichtlich Vergnügen, den Draht in das Metallrohr zu stecken. Vor Aufregung hielt Philippe den Atem an. Jetzt kam es darauf an. Würde das Experiment gelingen? Frodo versuchte, in den Ring zu picken, als sei er ein Stück Banane. Er erkannte recht schnell, dass er auf dem gewohnten Weg nicht weiterkam.

Philippe lag flach auf dem Boden, um den besten Blick auf das Geschehen zu haben. Vor Aufregung hielt er den Atem an. Die Glanzkrähe zog den Draht wieder aus dem Eisenrohr, umklammerte ihn mit dem rechten Fuß und verbog ihn mit dem Schnabel, sodass an einem Ende ein Haken entstand. Fasziniert sah Philippe dabei zu, wie Frodo einen zweiten, erfolgreichen Versuch startete, den Ring aus seinem Gefängnis zu befreien. Erneut schwang sich der Vogel in die Lüfte und flog auf ihn zu. Philippe rappelte sich auf, setzte sich in den Schneidersitz und nahm voller Stolz seinen Ring in Empfang. »Ich liebe dich, Frodo«, sagte er aus ganzem Herzen. Die Krähe schmiegte ihren Kopf an seinen Oberschenkel, und zärtlich kraulte er das blau schimmernde Gefieder.

*

Mathilde parkte ihren Wagen in der Garagenauffahrt, weil der Berlingo zu groß für die Garage war. Zum Leidwesen ihrer Haushälterin nutzte Mathilde diese als Abstell- und Sammelort aller möglichen Gegenstände. Ein Retrokühlschrank, der nicht funktionierte, ein Grammophon und ein alter Schaukelstuhl waren nur drei der vielen Sachen, die dort lagerten, ohne jemals benutzt zu werden. Zu Marthas großem Ärger konnte und wollte sich Mathilde nicht von ihren Sammelstücken trennen. Leider wurden dort auch die verschiedensten Honigtöpfe und Gläser mit selbst gekochter Marmelade aufbewahrt, sodass Martha gezwungen war, regelmäßig die Rumpelkammer, wie sie die Garage schimpfte, zu betreten.

Schwungvoll öffnete Mathilde die Haustür und wurde von dem Duft frisch aufgebrühten Kaffees empfangen. Sie stellte ihre Tasche auf den Küchentisch, schälte sich aus dem feuchten Parka und hängte ihn an die Garderobe neben dem Eingang. Die Geräusche zweier Frauenstimmen drangen aus dem Wohnzimmer heraus an ihr Ohr.

Als Mathilde das Zimmer betrat, bot sich ihr ein rührender Anblick. Auf dem Sofa saßen Lotte und die große, schwarzweiße Dogge einträchtig nebeneinander, auf dem Wohnzimmertisch lagen unzählige weiße Dreiecke mit schwarzen Punkten drauf. Mathilde hatte das Spiel, das sich Triomino nannte und eine Variante des klassischen Domino-Spiels war, ewig nicht mehr aus dem Schrank geholt. Martha, mit gerunzelter Stirn und wippenden goldenen Creolen, blickte konzentriert auf ihre Steine.

Mathilde räusperte sich. »Ich unterbreche euer Spiel nur ungern, doch ich möchte wissen, was Sie zu mir geführt hat, Frau Marlon.«

»Ich habe gestern Ihren Artikel in der Online-Ausgabe der Ronsdorfer Gazette gelesen und Sie gegoogelt. Ihre Adresse steht im Telefonbuch«, sagte Nadine sachlich. Wieder trug sie ihre Haare zu Zöpfen geflochten, doch Mathilde registrierte, dass sie beim Friseur gewesen sein musste. Blonde und rote Strähnen durchzogen die Flechten. »Bei unserem letzten Treffen haben Sie mir einen Bären aufgebunden.« Nadine vervollständigte mit ihrem Dreieck einen Kreis, und Martha fluchte leise.

»Sechzig Zusatzpunkte«, murmelte sie verärgert, und Nadine grinste.

»Was für einen Bären?«, fragte Mathilde scheinheilig. Sie setzte sich neben ihre Haushälterin und warf einen Blick auf deren Dreiecke. »Nimm das.« Sie griff nach einem Dreieck und legte es so an, dass es eine Brücke bildete. »Fünfzig Punkte.«

»Von wegen, Sie wollten Ihre Sünden beichten.« Nadine Marlon legte ihr letztes Dreieck an und drehte triumphierend den leeren Steinhalter um. »Ich habe 320 Punkte. Wie viele Punkte haben Sie, Frau Awolowo?«

»Nur 289«, erwiderte Martha zerknirscht, langte nach dem auf dem Tisch liegenden schwarzen Säckchen und hielt es ihrer Spielpartnerin hin. »Sie haben gewonnen.«

Nadine lachte zufrieden und räumte die verstreuten Steine zurück ins Säckchen.

»Ich kannte Lukas Grimm gut«, sagte sie plötzlich und blickte Mathilde fest in die Augen. »Um ihn geht es doch in Ihrem Artikel, nicht wahr? Lukas G. ist unser Lukas aus dem Dom.«

»Das ist richtig«, stimmte Mathilde ihr zu.

»Pater John hat mir von Ihnen berichtet, erzählt, dass Sie den Beichtstuhl missbraucht hätten, um ihn über Lukas auszuquetschen«, fuhr Nadine fort, derweil sie die Kaffeekanne in die Hand nahm und sich nachschenkte. »Ich glaube nicht, dass der kleine Mistkerl sich selbst das Leben genommen hat. In diesem Punkt bin ich ausnahmsweise nicht einer Meinung mit Pater John. Er lässt

Lukas' armen Vater stundenlang für seinen Sohn beten. Seine Frau ist schlauer und Pater John seit Langem ein Dorn im Auge. Lukas' Mutter glaubt genauso wenig wie ich an den Selbstmord ihres Sohnes. Aber sie schießt sich einfach mit ihren Tabletten ab und blendet die Welt aus.«

»Wissen Sie, was Lukas angeblich glaubte, bald beweisen zu können?«, wollte Mathilde interessiert wissen, während sie die junge Frau mit Argusaugen beobachtete. Sie schien aufgewühlt zu sein, fast wütend.

»Die Existenz Gottes braucht nicht bewiesen zu werden«, erwiderte sie, und ein bitterer Zug erschien um ihren Mund. »Hätte Gott gewollt, dass Lukas seine Intelligenz dafür missbraucht, die alten Lehren der Kirche zu widerlegen, würde er noch leben.«

»Moment, Moment, Moment«, unterbrach Mathilde ihr aufgeregtes Gegenüber. »Sie wissen von Anselm von Canterbury und Thomas von Aquin? Auch Klerikern ist es am Gottesbeweis gelegen. Lukas' Vater erschien mir bei dem Telefonat, das wir führten, sehr angetan von der Vision seines Sohnes zu sein. Er sprach von einer neuen Welt, geführt von der katholischen Kirche.«

»Martin Grimm mag so denken. Ich kenne Pater John besser als er. Es ist nicht alles so, wie es im ersten Moment zu sein scheint«, widersprach Nadine und tunkte eins der von Martha selbst gebackenen Plätzchen in ihren Kaffee. »Pater John wollte Lukas' Interesse auf andere Dinge richten. Die katholische Kirche braucht Gläubige, keine Wissenden. Er meint, die Welt sei noch nicht bereit für solch revolutionäre Gedanken. Anselm und Thomas hatten reine Gedankenmodelle.«

»Ontologische Gottesbeweise«, brummte Mathilde.

»Warum sollte Pater John für Lukas einen Wikipedia-Eintrag verfassen, wenn er nicht glaubte, dass Lukas etwas gelingen könnte, das sich von allen bisherigen Versuchen, die Existenz Gottes zu beweisen, unterscheiden würde?«

Nadine überlegte eine Weile. »Pater John versuchte, ihn zu einem Mann der Kirche zu machen. Einträge können geändert werden. Das geht sehr schnell. Er hatte gar vor, mit Martin Grimm darüber zu sprechen, Lukas mit nach Füssen zu nehmen. Stellen Sie sich das bloß vor. Er hatte einen Narren an dem Jungen gefressen.« Seufzend warf sie einen Blick auf ihre Dogge, die das Sofa verlassen hatte und jetzt Kopf an Kopf mit Lotte auf dem Fußboden ruhte. »Dass Tiere eine Seele haben, ist ein schöner Gedanke«, fuhr sie leise fort. »Doch leider ist das Himmelreich den Menschen vorbehalten. Wir sollen uns die Tiere untertan machen.«

»Was macht Sie sicher, dass Lukas ermordet worden ist?«, hakte Mathilde nach.

»Er war ein eingebildeter, verzogener Bengel«, erklärte Nadine. »Überall bekam er Sonderbehandlungen, an der Junior-Uni, an der Schule und sogar im Zoo.«

»Woher wissen Sie das?«, fragte Mathilde erstaunt.

»Von ihm selbst«, entgegnete Nadine selbstbewusst. »Wir waren schließlich beide Freunde und Anhänger von Pater John und sind uns zwangsläufig über den Weg gelaufen. Er erzählte mir, wie dumm seine Klassenkameraden und -kameradinnen seien, dass sein Dozent Herr Kartens ein Blender sei und vieles mehr. Ich bin mir sicher, es gibt viele Menschen, die ihm nicht nachtrauern. Was hat er schon Besonderes gemacht? Geredet wird viel. Diesen ach so tollen Beweis hätte er erst erbringen müssen, der kleine Wichtigtuer.«

»Sie trauern ihm anscheinend ebenfalls nicht nach«, stellte Mathilde sachlich fest.

»Also, ich habe mit seinem Tod nichts zu tun, nicht dass wir uns missverstehen«, sagte Nadine hastig und warf einen Zopf über den Rücken. »Ich konnte Lukas einfach nicht leiden. Joschua.« Sie wandte ihr Augenmerk erneut den aneinandergeschmiegten Hunden zu. »Wir müssen los. Ich habe Spätdienst.« Sie erhob sich und nahm den herangetrotteten Rüden an die Leine. Wenig später fiel die Haustür hinter ihr ins Schloss. Mathilde und Martha setzten sich nachdenklich an den Küchentisch.

»Warum war sie hier?«, überlegte Mathilde.

»Vielleicht hast du bei eurer ersten Begegnung einen guten Eindruck auf sie gemacht?«, mutmaßte Martha.

»Quatsch«, erwiderte Mathilde kopfschüttelnd. »Sie hatte Redebedarf, wollte etwas loswerden, das sie ihrem heiß geliebten Pater John nicht sagen konnte. Dass sie Lukas nicht leiden konnte, dass sie eifersüchtig auf ihn war, weil der Pater ihm viel Aufmerksamkeit schenkte, dass sie froh ist, Lukas los zu sein.«

»Sie hat sich selbst verdächtig gemacht«, sinnierte Martha und spielte gedankenverloren mit einer Creole. »Dabei ist sie eine entzückende junge Frau. Herzallerliebst.«

Mathilde verdrehte die Augen und verkniff sich ein Grinsen.

Das Läuten des Telefons riss sie aus ihren Überlegungen. Mathilde sprang auf und eilte ins Wohnzimmer. Martha folgte ihr etwas langsamer.

»Das darf nicht wahr sein!«, rief Mathilde aus. »Ich komme sofort.«

*

Mathilde stürmte in die Voliere, ihren Presseausweis jedem, der ihn sehen wollte, vor die Nase haltend. Das Schild mit der Aufschrift *Heute für Besucher gesperrt* hatte sie geflissentlich übersehen. Sie erkannte Gottfried Mars bereits von Weitem. Sein immer leicht gebräuntes Gesicht mit den ebenmäßigen Zügen, die denen seiner Tochter Henriette glichen, seine große, schlanke Gestalt und sein charakteristischer Zopf waren ihr von Wahlplakaten und Fernsehauftritten wohl bekannt. Heute war sein Gesicht vor Wut gerötet.

»Was soll ich mit diesem Jungen zu tun haben?«, hörte sie ihn toben. Er hatte die Hände zu Fäusten geballt und blickte finster um sich.

»Mathilde Krähenfuß«, keuchte Mathilde, als sie vor ihm zum Stehen kam. »Ronsdorfer Gazette.«

»Auch das noch«, fluchte Mars. »Keine Fotos. Ich bestehe darauf, dass Sie mich nicht fotografieren.«

»Sehen Sie hier irgendwo einen Fotoapparat?« Mathilde holte tief Luft.

»Hallo, Tante Mathilde, gut, dass du gekommen bist«, sagte Herbert freudestrahlend. »Wir haben den Fall gelöst.«

»Frau Krähenfuß«, hörte sie eine aufgeregte Stimme rufen. »Jetzt sehen wir uns heute bereits zum zweiten Mal. Schauen Sie sich das Elend an.« José Anton schob sich an Herbert und dem Politiker vorbei und packte Mathilde am Handgelenk. »Kommen Sie mit.« Er zog sie hinter sich her zur Felswand, vor der er vor wenigen Tagen Lukas' Leiche entdeckt hatte. Mit tränenerstickter Stimme sagte er: »Weitere fünf Leichen.« Er wies mit der Hand auf den Boden, und Mathildes Herz zog sich vor Mitgefühl zusammen. Ein Flamingo, drei Sittiche und ein Hyazinth-Ara lagen regungslos auf dem Boden. »Vergiftet«, erklärte er bitter. »Schauen Sie, diese Obststücke auf dem Silbertablett sind die Übeltäter. Es wurde eingeschmuggelt, um unsere Vögel zu töten. Zum Glück konnte ich weitere Leichen verhindern.«

»Mathilde, Jörg Tauben von der Spurensuche hat Fingerabdrücke auf dem Tablett entdeckt, die eindeutig identifiziert werden konnten.« Herbert war in der Begleitung des aufgebrachten Politikers herbeigetreten. »Sie gehören Gottfried Mars.«

»Wie gelang Tauben die Analyse in derart kurzer Zeit?« Mathilde zog verblüfft die Augenbrauen hoch.

»Seit Neuestem besitzen wir ein ultramodernes Gerät, das die Minutien, die persönlichen Merkmale des Fingerabdrucks, scannt und per Fernfeldtelemetrie zur Datenbank sendet. Innerhalb einer gewissen Reichweite funktioniert das. Von hier bis zum Präsidium ist die Reichweite gerade noch groß genug. Die Technik entwickelt sich immer weiter«, referierte Herbert begeistert.

»Seit wann führt ihr Fingerabdrücke von Politikern in eurer Datenbank?«, erkundigte sich Mathilde weiter.

»Seit einigen Jahren haben wir das eingeführt, um sicherzustellen, dass unsere Politiker keine Altlasten mit sich herumschleppen«, berichtete Herbert stolz. »Selbstverständlich war die Akte von Herrn Mars schneeweiß, bis heute natürlich nur.«

»Warum sollte ich Vögel vergiften?«, ereiferte sich Mars. Mit zitternden Fingern griff er in die Tasche seiner schmal geschnittenen, sündhaft teuren Lederjacke von May & Edlich. Er entnahm ihr ein goldenes Etui und diesem eine Zigarette.

»Sie dürfen hier nicht rauchen«, sagte José mahnend, doch Mars störte sich nicht daran.

»Was scheren mich Vögel?«, rief er aufgelöst.

»Das hoffe ich, von Ihnen zu erfahren, Herr Mars«, meldete sich Herbert zu Wort.

»Sie haben mich unter dem Vorwand, Werbung für den Zoo machen zu sollen, hierhergelockt. Ich werde Sie anzeigen, Herr Mucke, auch wenn Sie Polizist sind.« Mars zog hastig an seiner Zigarette.

»Hauptkommissar der Mordkommission«, verbesserte Herbert den Politiker. »Ich nehme Sie hiermit fest. Alles, was Sie ab jetzt sagen, kann vor Gericht gegen Sie verwendet werden.« Er winkte seinem Kollegen, und Florian legte Mars Handschellen an.

»Herbert, ist sichergestellt, dass die Tiere mit demselben Gift getötet wurden, das auch den Tod von Lukas Grimm herbeigeführt hat?« Mathilde zog nachdenklich die Stirn in Falten.

»Wir erwarten die Ergebnisse in den nächsten Stunden. Bezweifelst du das etwa?« Verwundert zwirbelte Herbert seinen Schnurrbart.

»Was sollte ich für ein Motiv haben, einen dreizehnjährigen Jungen zu ermorden?«, echauffierte sich Mars. Er warf die Zigarettenkippe auf den Boden und trat mit seinem schwarzen Lederschuh drauf.

»Aufheben«, rief José entrüstet.

»In Handschellen?«, erwiderte Mars sarkastisch.

»Ihr Motiv?«, mischte sich Mathilde wieder in das Gespräch ein. »Ihnen wird bekannt sein, dass Ihre Tochter und ihr toter Klassenkamerad sich nicht ausstehen konnten. Sich auf den Tod nicht ausstehen konnten.«

»Lassen Sie meine Tochter aus dem Spiel, Sie alte Hexe«, rief Mars erbost. »Wehe, ich lese etwas über Henriette in Ihrem Schmierblatt.«

»Vielleicht erhofften Sie sich, dass Ihre Tochter bessere schulische Leistungen erbringen würde, wenn sie nicht mehr von ihrem Hass auf Lukas Grimm abgelenkt sein würde«, bohrte Mathilde weiter.

»Sie haben nicht mehr alle Tassen im Schrank, genauso wenig wie Sie, Herr Mucke.« Mars spuckte verächtlich auf den Boden.

»Das ist Beamtenbeleidigung. Hüten Sie besser Ihre Zunge«, entgegnete Herbert verärgert. »Abführen«, befahl er, und Florian zog den schimpfenden Politiker mit sich davon.

»Damit wäre der Fall geklärt«, bemerkte Herbert stolz. »Ganz ohne deine Hilfe. Schreib morgen einen schönen Bericht.« Er drückte seiner Tante einen Kuss auf die Wange und folgte seinem Kollegen.

*

Zum wiederholten Male studierte Pater John Lukas' Aufzeichnungen.

»Daraus wird kein gewöhnlicher Mensch schlau«, versuchte er, sich zu beruhigen. »Lukas hatte noch eine lange Reise vor sich.« Er legte seinen Ausdruck beiseite und überlegte, ob er sich zu dieser Tageszeit bereits ein Glas Wein gönnen durfte. Seufzend entschied er sich dagegen. Eine alte, unbeantwortete Frage stieg in ihm hoch. Auch darüber hatte Lukas oft geredet, gerne mit ihm, seinem Vertrauten. Das dritte Geheimnis von Fátima hatte den Jungen fasziniert. Pater John brachte dafür vollstes Verständnis auf. Wie gerne würde er es kennen, dieses sagenumwobene Stück Wissen in der ansonsten auf dem Glauben beruhenden katholischen Kirche. Was hatten Lukas´ Forschungen mit diesem Geheimnis zu tun? Gab es überhaupt einen Bezug dazu? Hätte er, Pater John, längst den Heiligen Vater über die Aktivitäten des Jungen informieren müssen?

»Was gäbe ich darum, das Geheimnis des amtierenden Papstes zu erfahren oder das des abgetretenen zweiten Geheimnishüters«, murmelte er vor sich hin.

Lukas hatte ihm vertraut, so sehr, dass er ihm eine Kopie seiner Arbeit gegeben hatte. Besaß sonst jemand eine Kopie? Sein Dozent von der Junior-Uni? Pater John schüttelte den Kopf. Für den hatte Lukas nur verächtliche Worte übriggehabt. Wem sollten die Unterlagen auch von Nutzen sein? Fragen über Fragen, auf die er keine Antworten kannte. Ein Umstand, den er hasste und der ihn zutiefst beunruhigte.

»Martin«, rief er, und der im Hinterzimmer beschäftigt gewesene Sekretär betrat rasch den Raum. »Nimm dir zwei Stunden frei, um zu beten. Bete für das Seelenheil deines Sohnes.«

Donnerstag, 10. Oktober 2019

Überraschende Wendung im Fall Lukas G.!

Wuppertaler Spitzenpolitiker sitzt in Untersuchungshaft.

Von Mathilde Krähenfuß

SONNBORN. Gestern am späten Vormittag entdeckte der Tierpfleger José A. erneut fünf Tierkadaver in der Freiflugvoliere »Aralandia« des Wuppertaler Zoos. Außerdem fand er ein Tablett mit Früchten. José A. informierte unverzüglich die Polizei. Hauptkommissar Herbert Mucke geht von einem Zusammenhang zwischen den toten Tieren und dem vergiften Lukas Grimm aus. Fingerabdrücke auf dem Tablett führten zu einer sensationellen Spur. Der Wuppertaler Bundestagsabgeordnete Gottfried Mars ist der mutmaßliche Täter. Zum Zeitpunkt unserer Berichterstattung ist noch unklar, ob die Tiere demselben Gift erlegen sind wie der dreizehnjährige Junge. Auch über das Tatmotiv Gottfried Mars´ wird noch spekuliert.

Fluchend legte Herbert die Ronsdorfer Gazette beiseite. Es wäre auch zu schön gewesen, hätte er den Fall derart schnell aufklären können. Leider hatte die tiermedizinische Untersuchung ergeben, dass die toten Tiere mit Kaliumcyanid vergiftet worden waren. Sie hatten Gottfried Mars widerwillig aus der Untersuchungshaft entlassen müssen. Jetzt war es Aufgabe des Wuppertaler Zoos, Anzeige gegen den Politiker zu erstatten. Für die gestern ums Leben gekommenen Vögel war Mars laut Indizienlage verantwortlich. Das Gericht würde entscheiden müssen, für welches Verbrechen er zu belangen war. Er hatte die Worte seiner Tante von gestern Abend noch in den Ohren. Sie hatte ihn und seine Frau Jasmin spontan besucht und eine Zigarre mit ihm geraucht.

»Warum sollte der Mörder von Lukas Grimm so blöd sein und Tage später weitere Tiere vergiften? Beim Menschenmord hinterließ er keine Spuren, jetzt serviert er sie uns auf dem sprichwörtlichen Silbertablett? Und, mal im Ernst, warum sollte Mars Vögel ermorden? Das ergibt überhaupt keinen Sinn. Mir kribbelt meine Nasenspitze«, hatte sie gesagt und heftig an ihrer Zigarre gezogen. »Irgendjemand hat etwas davon, Mars' Ruf zu schädigen, und sich den Fall Lukas Grimm dafür zu Nutzen gemacht.«

Herbert seufzte schwer. Er hatte immer noch keine Ahnung, wer der Mörder des Jungen sein könnte. Fast war er geneigt, dem merkwürdigen Franziskanerbruder zuzustimmen, der bei seiner Befragung auf Selbstmord getippt hatte.

*

Johannes Kartens war aufgeregt wie ein kleiner Schuljunge. Er hatte sich ein Taxi genommen, nur für den unwahrscheinlichen Fall, jemand könnte seinen Wagen in der Nähe des Treffpunktes entdecken und ihm zuordnen. Er saß auf der Rückbank und genoss mit geschlossenen Augen den Fahrtwind. Der Nachmittag zeigte sich sonnig und warm, fast sommerlich. Es war ein richtig goldener Oktobertag. Während der Fahrer ihn in Richtung des Wuppertaler Stadtteils Cronenberg kutschierte, genauer gesagt zum Wanderparkplatz Arboretum Burgholz, hing er seinen Gedanken nach. Er erinnerte sich daran, wie alles angefangen hatte. Henriette Mars hatte er durch eine geschlossene Facebook Gruppe kennengelernt. Sie war wie er Mitglied bei *Von den Eltern verratene Kinder*. Auf dem Profilfoto sah sie wesentlich älter aus, als sie in Wirklichkeit war. Im Laufe ihrer Kommunikation hatte sie ihm irgendwann ihr wirkliches Alter verraten, doch zu diesem Zeitpunkt war er bereits hoffnungslos verliebt in sein Schneewittchen gewesen. In einem Jahr würde sie volljährig werden. Er hatte ihr von seiner Mutter erzählt, wie sie ihn erpresste, ihn finanzierte. Sein Job in der Junior-Uni wurde zwar recht anständig honoriert, jedoch die paar Seminare, die er leitete, machten ihn nicht reich. Er war studierter Zoologe, besaß aber nicht die psychische Kraft, eine Vollzeitstelle anzunehmen. Nach außen hin wirkte er souverän und erfolgreich. Niemand wusste, wie schlecht es um ihn in Wirklichkeit bestellt war. Er bewunderte Henriette dafür, dass sie sich den körperlich und seelisch belastenden Beruf der Altenpflegerin zutraute. Sie hasste ihren Vater, der sie zwang, das Gymnasium zu besuchen. Eigentlich hasste sie alles, was ihr Vater repräsentierte. Sie wollte nicht die Tochter eines Mannes der Öffentlichkeit sein. Henriette hatte ihm anvertraut, dass sie sich unendlich nach Liebe sehnen würde. Diese Liebe gab ihr der alte Mann im Pflegeheim. Johannes verstand nur zu gut, was es bedeutete, in einem lieblosen Elternhaus groß zu werden, in dem nur Leistung zählte.

»Wir sind da«, riss ihn die Stimme des Taxifahrers aus seinen Gedanken. »Macht dreizehn Euro.«

»Stimmt so.« Johannes gab dem Mann zwei Geldscheine. »Ich melde mich, wenn Sie mich wieder abholen sollen.« Er stieg aus dem Wagen und blickte sich um. Hohe Tannen und andere immergrüne Bäume säumten den Weg. Sie saß auf einem umgekippten Baumstamm, die schlanken, in engen Jeans steckenden Beine übereinandergeschlagen. Die rote, enge Strickjacke betonte ihre erblühenden Kurven, ihre volle Haarpracht ergoss sich über die schmalen Schultern. Johannes' Herz schlug Purzelbäume. Doch der Anblick des plötzlich aus dem Schatten tretenden zweiten Mädchens dämpfte seine Euphorie schlagartig. Henriette hatte sie schon wieder im Schlepptau. Dieses blasse Mädchen, das sich ständig in Henriettes Nähe aufhielt. Gabriele hieß die Nervensäge. Dabei hatte er sich erhofft, Henriette heute endlich einen Kuss abringen zu können, bei einem romantischen Spaziergang durch den dichten Tannenwald. Schließlich hatte er sich das mehr als verdient, nach allem, was er für sie riskiert hatte.

*

Roswitha Mucke parkte ihren vor Kurzem gebraucht erworbenen, rosafarbenen VW Käfer vor dem historischen Rathaus in Frankenberg. Er war ihr ganzer Stolz und passte farblich gut zu ihren weißen Haaren, die sie von ihrer Frankenberger Frisörin immer mit einem rosa Hauch überziehen ließ. Heute wollte sie ein wenig durch die Altstadt bummeln und den sonnigen Nachmittag genießen. Sie schlenderte am Hotel *Zur Sonne* vorbei die steile Straße herunter und bog, unten angelangt, in Richtung der Fußgängerzone ab. Ihr Weg führte sie an der Buchhandlung vorbei, und sie warf einen flüchtigen Blick durch das Schaufenster.

»Das ist doch ...«, entfuhr es ihr überrascht. Im Inneren der geräumigen Buchhandlung hatte sie den attraktiven Tierpfleger des Frankenberger Wildparks entdeckt. Sie zögerte keinen Augenblick und betrat neugierig das Geschäft. Lefevre stand vor dem Regal mit den Reiseführern und hielt sein Smartphone ans Ohr. Geistesgegenwärtig begann Roswitha, in den reduzierten Mängelexemplaren zu wühlen. Dabei spitzte sie wissbegierig die Ohren.

»Den Reiseführer Rom habe ich«, hörte sie Philippe sagen. »Möchtest du es tatsächlich durchziehen? Wäre Lukas noch am Leben, hätte ich der Aktion niemals zugestimmt.«

Roswitha hielt vor Aufregung den Atem an.

»Ich glaube nicht, dass außer mir jemand davon weiß, aber beschwören kann ich es natürlich nicht. Soweit mir bekannt ist, interessieren sich alle nur für seine Forschungen.«

Roswitha hörte ihn schwer atmen.

»Was du vorhast, ist sehr riskant. Natürlich traue ich Frodo das zu, aber der Erfolg hängt von vielen Faktoren ab. Lukas wurde mir genommen, dieser bemerkenswerte kleine Freund. Ich habe Angst, auch noch Frodo bei dem Unterfangen zu verlieren.«

Roswitha blätterte beflissen in einem Taschenbuch, das sie falsch herum in den vor Aufregung zitternden Händen hielt.

»Nein, ich werde nicht kneifen. Habe ich eine Wahl? Mein Flieger geht am achtzehnten Oktober um acht Uhr vierzig von Frankfurt nach Rom. Lufthansa DE 3844. Die voraussichtliche Ankunft auf dem Flughafen Rom-Fiumicino ist zehn Uhr zwanzig.«

Tonlos wiederholte Roswitha Flugnummer und Uhrzeit. Sie musste die Informationen unbedingt ihrer Schwester weiterleiten.

»Ich melde mich, wenn ich in Rom gelandet bin.«

Eine Weile war es still hinter Roswithas Rücken. Schließlich fluchte Philippe laut. »Ich bin an dem ganzen Mist selbst schuld. Jetzt komme ich nicht mehr aus der Sache raus.«

Roswitha verhielt sich völlig still und hoffte inbrünstig, nicht von dem Franzosen entdeckt zu werden. Sie wartete einige Minuten, bis Philippe Lefevre gezahlt und die Buchhandlung verlassen hatte. Anschließend stürmte sie hinaus, griff nach ihrem Smartphone und wählte die Nummer ihrer Schwester.

Freitag, 11. Oktober 2019

»Adlerkralle im Anflug«, sagte Florian Vogel grinsend. Er hatte eine Weile aus dem Fenster ihres Büros gesehen und sein Pausenbrot verspeist.

Kriminalhauptkommissar Herbert Mucke verzichtete darauf, seinen Kollegen dafür zu rügen, dass dieser Mathilde bei ihrem Spitznamen nannte. Viel zu sehr ärgerte er sich darüber, dass seine Tante sich zum wiederholten Male nicht an ihre Vereinbarung hielt. Er hatte zwar nichts dagegen, dass Mathilde ihn ein wenig bei den Ermittlungen unterstützte, im Gegenteil, er war ihr regelrecht dankbar für ihre Hilfe in diesem verzwickten Fall, aber auf die hämischen Kommentare der Beamten anderer Kommissionen konnte er gut verzichten.

Es dauerte nicht lange, bis sich die Bürotür öffnete und seine Tante in Begleitung von Lotte in den Raum trat.

»Herbert«, rief sie aufgeregt, warf ihren nassen Knirps achtlos in die Ecke und setzte sich auf die Kante seines Schreibtischs. »Deine Mutter konnte in Frankenberg etwas Interessantes bezüglich Lukas Grimm in Erfahrung bringen.«

»Meine Mutter?« Herbert zog die Stirn in Falten. »Was bitte hat sie mit dem Mordfall zu tun? Zieh sofort deinen Parka aus. Du machst alles nass.«

»Weißt du, ich habe Roswitha gebeten, sich in dem Wildpark umzuhören, in dem Lukas in den Sommerferien mit dem Seminar der Junior-Uni zu Gast war. Deine Mutter hat ein Gespräch mit Philippe Lefevre geführt, der so eine Art Krähenexperte ist.« Mathilde sprang auf, warf den Parka über Florians Stuhllehne und nahm wieder auf dem Schreibtisch Platz. Ihre Wangen glühten vor Begeisterung.

»Jetzt spannst du schon meine Mutter ein. Langsam reicht es mir«, erwiderte Herbert wütend, und er hieb mit der geballten Faust auf den Tisch. Er fühlte sich hilflos und überrumpelt. Trotzdem musste er sich eingestehen, dass er vor Neugierde beinahe platzte. »Erzähl schon. Was hat Mutter herausgefunden?«

Mit wenigen Worten berichtete Mathilde über Roswithas Besuch im Wildpark und über ihr Erlebnis in der Buchhandlung.

»Anscheinend ranken sich um Lukas mehr Geheimnisse, als wir bisher angenommen haben«, sagte sie und schob ihre Brille zurück.

»Aber was für welche?«, mischte sich Florian interessiert ein. Er hielt Mathilde einen Becher Kaffee hin. »Milch ist schon drin.«

»Vielen Dank, Herr Vogel. Sie sind zu liebenswürdig.« Mathilde grinste schief und nahm einen kräftigen Schluck.

»Was kann noch prekärer sein als Lukas′ Anmaßung, Gott beweisen zu wollen?«, fragte Florian und schob die Unterlippe vor.

»Wieso Anmaßung? Viele Philosophen, sogar Theologen, haben sich im Laufe der Geschichte da herangetraut. Mir ist viel mehr dieses Selbstbewusstsein suspekt, das Lukas hatte. Er scheint von dem überzeugt gewesen zu sein, was er sagte. Irgendetwas hat er definitiv gewusst, was er nicht wissen sollte, was zur Ursache seines Todes wurde«, stellte Mathilde fest. »Philippe Lefevre glaubt, etwas über Lukas in Erfahrung gebracht zu haben, was nur ihm bekannt ist. In wenigen Tagen geht sein Flieger nach Rom. Diese Reise steht in einer Verbindung mit unserem toten Dreizehnjährigen aus Aralandia. Und dieser Franzose scheint sich nicht wohl bei der Angelegenheit zu fühlen. Roswitha meint, er sei aufrichtig betroffen gewesen, als sie ihm vom Tod des Jungen berichtete.«

»Wir dürfen diese Information nicht außer Acht lassen. Wenn Mutter richtig zugehört hat, ist Lefevre nicht nur im Besitz von Lukas′ Dokumenten, sondern hat noch mehr in petto.« Herbert zwirbelte seinen Schnurrbart. »Es wird allerhöchste Zeit, diese mysteriöse Arbeit von einem Spezialisten untersuchen zu lassen. Oder von mehreren Spezialisten, sollte es von Nöten sein.«

»Ob Dr. Kartens uns Lukas' Arbeit zur Verfügung stellen kann?«, überlegte Florian laut. »Immerhin war er Lukas' Dozent.«

»In einem Seminar über tierische Intelligenz, nicht über Gottesbeweise«, sagte Mathilde zweifelnd. »Außerdem ist mir zu Ohren gekommen, dass Lukas Kartens nicht sonderlich geschätzt hat. Ich denke nicht, dass er ihm seine Unterlagen anvertraut hat.«

»Woher weißt du das schon wieder?« Herbert zog fragend die dunklen Brauen hoch.

»Ach, ich habe vergessen zu erzählen, dass ich eine aufschlussreiche Begegnung beim Hundespaziergang hatte«, berichtete Mathilde. »Eine Nadine Marlon, überzeugte Anhängerin des Franziskanerordens in Neviges, kannte Lukas durch Pater John sehr gut. Ihren Angaben zufolge soll Lukas ein sehr unangenehmer, überheblicher Zeitgenosse gewesen sein.«

»Wer könnte Zugang zu den Dokumenten haben?« Gedankenverloren kraulte Herbert die Ohren der Hündin, die ihren Kopf auf seinen Schoß gelegt hatte.

»Das ist doch logisch.« Energisch stellte Mathilde den Kaffeebecher auf dem Tisch ab. »Pater John hat gewiss eine Kopie, immerhin war er Lukas' Vertrauter. Aber warum Kopie, wenn ihr euch das Original ansehen könnt? Nehmt Lukas' Computer unter die Lupe. Wenn er passwortgeschützt ist, müssen eure Spezialisten es eben knacken.«

»Nach dem, was Mutter zu Ohren gekommen ist, werden wir Philippe Lefevre aus der Ferne beobachten und Informationen über ihn einholen. Die Frankenberger Behörden kann ich erst einschalten, wenn wir wissen, was der Gute in Rom zu suchen hat und was das mit dem Jungen zu tun hat. Sein Mörder wird er wohl nicht sein, wenn Mutters Aussagen stimmen«, erklärte Herbert.

»Johannes Kartens möchte ich auch noch mal auf den Zahn fühlen, unangekündigt, am besten bei ihm daheim«, stellte Mathilde fest, erhob sich vom Tisch und pfiff Lotte.

»Das halte ich für keine gute Idee«, erwiderte Herbert ernst. »Mach besser einen weiteren Termin an der Junior-Uni. Ich höchstpersönlich werde mir Pater John vorknöpfen. Florian, Hans, ihr fahrt morgen mit den Jungs von der IT zu den Grimms.«

*

José Anton saß an seinem Küchentisch und lauschte dem Regen. Er dachte fieberhaft nach. In der Zeitung hatte er gelesen, dass Gottfried Mars aus der Untersuchungshaft entlassen worden war. José war nicht besonders politisch engagiert, ging jedoch regelmäßig zur Wahl, um gegen radikale Randparteien zu stimmen. Mars hatte sich vorgestern zwar nicht gerade sympathisch präsentiert, jedoch in Anbetracht der ihm gegenüber gemachten Anschuldigungen erschien ihm dessen Wut verständlich. Unabhängig davon, was die Ermittlungen und folgenden Gerichtsverfahren ergeben würden, sein Ruf war geschädigt. Etwas blieb immer in den Köpfen der Menschen hängen. José fragte sich, wie der Bundestagsabgeordnete das Tablett in die Freiflugvoliere geschmuggelt haben sollte. Vor seinem inneren Auge tauchte immer wieder ein Bild auf. Er erinnerte sich an den Mann Anfang dreißig mit dem Stahlkoffer und die zwei Mädchen, die am Mittwoch die ersten Gäste im Zoo gewesen waren. Konnte es ein Zufall sein, dass er nur wenige Stunden später die fünf Tierkadaver vorgefunden hatte? Vielleicht war Gottfried Mars doch nicht der Saboteur? Einer Eingebung folgend, griff er nach der Visitenkarte von Mathilde Krähenfuß und wählte ihre Festnetznummer.

*

»Was führt Sie zu mir?«, erkundigte sich Mathilde, während sie ihren Besucher ins Wohnzimmer führte.

»Besuch«, krächzte Peter.

»Guten Abend«, fiel Paul ein.

»Wie hübsch«, entfuhr es José. Zielstrebig ging er auf die große Voliere an der hinteren Wohnzimmerwand zu und steckte mutig seinen Finger durch die Gitterstäbe. Die Graupapageien wackelten auf ihn zu. »Lasst ihr euch kraulen?«, murmelte José liebevoll, und Peter senkte seinen Kopf. Eine Weile strich ihm José zärtlich über das Gefieder. Schließlich seufzte er, drehte sich um und nahm Mathilde gegenüber am Wohnzimmertisch Platz. Martha, wie immer auffällig bunt gekleidet, betrat den Raum und servierte ihnen frisch aufgebrühten Ingwertee.

»Eine Sache geht mir nicht aus dem Kopf«, sagte José,

nachdem er einen vorsichtigen Schluck des heißen Getränks genommen hatte.

»Die wäre?«, fragte Mathilde interessiert. »Sie klangen vorhin am Telefon sehr aufgewühlt.«

»Am Mittwochmorgen, kurz vor unserer Verabredung, habe ich mich über drei für diese Tageszeit an einem Werktag ungewöhnliche Besucher gewundert.« José drehte die Tasse in den Händen.

»Stimmt. Darüber habe ich mich mit der Dame im Kassenhäuschen unterhalten«, erinnerte sich Mathilde. Ihr gefiel der tierliebe, glatzköpfige Tierpfleger.

»Er hatte einen Stahlkoffer in der Hand«, fuhr José fort. »Groß genug war er, um das eingeschmuggelte Silbertablett zu transportieren.«

»Könnte es Gottfried Mars gewesen sein?«, hakte Mathilde nach.

José schüttelte den Kopf. »Der Mann war nicht Gottfried Mars. Der Typ war wesentlich jünger und hatte keinen Zopf. Ich schätze ihn auf Anfang dreißig. Er war in Begleitung zweier Mädchen im Teenageralter. Eine dunkelhaarige kleine Schönheit und eine unscheinbare Aschblonde.«

»Sieh mal einer an«, murmelte Mathilde überrascht. »Wer hätte das gedacht?«

»Haben Sie eine Idee, wer der Mann sein könnte?«, erkundigte sich José hoffnungsvoll.

»Nein, ich habe keine Ahnung, wer der Mann ist«, gab sie kopfschüttelnd zu. »Aber ich bin mir ziemlich sicher zu wissen, wer die Mädchen sind.«

*

Pater John saß in der ersten Reihe vor dem Hauptaltar des Wallfahrtsdoms. Er brauchte göttlichen Beistand, während er sich den 2017 in der Zeitung *Die Welt* erschienenen Artikel wieder einmal zu Gemüte führte. Er hatte seinen Laptop auf dem Schoß und las jede schaurige Zeile. Tränen schlichen sich in seine Augen, während er den Regen gegen die Fenster prasseln hörte.

Warum verbarg der Vatikan die Prophezeiung Marias?

Im Jahr 1917 offenbarte sich Maria mehrmals drei portugiesischen Kindern. Eines brachte später die »Geheimnisse« zu Papier. Mehrere Päpste ließen die Botschaft im Archiv des Vatikans verschwinden.

Veröffentlicht am 13.07.2017 | Lesedauer: 5 Minuten

Von Matthias Hansen

Die drei Hirtenkinder Lúcia, ihre Cousine Jacinta und ihr Cousin Francisco hüteten am 13. Mai 1917 bei der Stadt Fátima in Portugal die Schafe der Familie Santos. Um die Mittagsstunde sei plötzlich ein merkwürdiges Leuchten über das Land gekommen, und in der Krone einer Steineiche sei eine Frau in Weiß erschienen, berichteten sie am Abend. Die Dame hätte ihre Hände gefaltet, mit ihnen gesprochen und versichert, sie würde die nächsten Monate jeweils am 13. Tag um dieselbe Stunde zurückkehren. Den kirchlichen Autoritäten war klar, dass es sich nur um Maria handeln konnte. Umgehend wurde Fátima zu einem populären Wallfahrtsort. Jacinta und Francisco wurden ein

Opfer der Spanischen Grippe. Lúcia trat in das Kollegium der Dorotheerinnen von Vilar bei Porto ein und wurde Nonne. 1941 brachte sie die ersten Geheimnisse, die ihr die Heilige Jungfrau anvertraut hatte, zu Papier, 1944 folgte der Bericht über Mariae Botschaft vom 13. Juli 1917. Der versiegelte Briefumschlag aus Portugal wurde für zwei Generationen die am besten gehütete Verschlusssache des Vatikans.

Während die ersten beiden sogenannten Geheimnisse umgehend veröffentlicht worden waren, lagerten die vier DIN-A5-Seiten über das dritte Geheimnis von Fátima im Geheimarchiv der heutigen Glaubenskongregation. Wilde Gerüchte und düstere Spekulationen rankten sich um diese Erscheinungen und das Geheimnis. Hielt der Vatikan hier bewusst Prophezeiungen über den Weltuntergang aus erster Hand zurück?

Papst Johannes XXIII. ließ sich den Briefumschlag, auf dem stand, dass er nicht vor 1960 geöffnet werden dürfe, 1959 bringen. Nach der Lektüre entschied er: »Lasst uns warten.« Sechs Jahre später las sein Nachfolger Paul VI. die vier handschriftlichen DIN-A5-Seiten. Auch er befand, es sei besser, die Öffentlichkeit nicht über den Inhalt des Schreibens zu informieren. Johannes Paul II. schließlich las das Geheimnis nach dem Attentat auf seine Person am 13. Mai 1981. Für den polnischen Papst war sofort klar, auf wen sich die Prophezeiung bezog: auf ihn selbst und die Schüsse auf dem Petersplatz, die der türkische Rechtsextremist Mehmet Ali Agca wahrscheinlich im Auftrag östlicher Geheimdienste auf ihn abgefeuert hatte, als er im offenen Papamobil zum Petersplatz fuhr. Johannes Paul II. war überzeugt davon, dass ihm die Madonna von Fátima das

Leben gerettet hatte. Denn der Anschlag erfolgte am Ge-
denktag Unserer Lieben Frau in Fátima, der ihrer ersten
Erscheinung vor den drei Kindern im Jahr 1917 gewidmet
ist. Doch auch Johannes Paul II. zögerte. Zwar pilgerte er
am 13. Mai 1982 nach Fátima und setzte eine der Kugeln
des Attentäters in die Krone der Madonna in der Marien-
basilika. Aber erst 18 Jahre später lüftete er den Schleier: Im
Jahr 2000 sprach der Papst die Seher Jakinta und Francisco
selig – Lúcias Seligsprechung wurde erst 2008, drei Jahre
nach ihrem Tod, in die Wege geleitet. Zugleich veröffent-
lichte er das dritte Geheimnis von Fátima im Wortlaut.

Was war so brisant an dieser Botschaft? Aus Sicht der
Päpste war es wohl vor allem diese Passage: »Und wir sa-
hen in einem ungeheuren Licht, dass Gott ist: etwas, das
aussieht wie Personen in einem Spiegel, wenn sie davor vo-
rübergehen, einen in Weiß gekleideten Bischof; wir hatten
die Ahnung, dass es der Heilige Vater war«, heißt es in dem
Text. Der Bischof in Weiß sei »halb zitternd und mit wan-
kendem Schritt« durch eine halb zerstörte Stadt gegangen,
schreibt Schwester Lúcia. Als er vor einem großen Kreuz
niedergekniet sei, habe ihn eine Gruppe von Soldaten mit
Feuerwaffen und Pfeilen getötet. Hier wurde offensichtlich
die Ermordung eines Papstes oder zumindest eines Bischofs
geschildert.

Pater John musste seine Lektüre unterbrechen. Die
Tränen liefen ihm in Strömen über seine Wangen. Ihm
war bekannt, dass das Geheimnis von Johannes Paul
II. nicht vollständig veröffentlicht worden war. Doch
schon dieser Auszug des dritten Geheimnisses von Fátima brachte ihn außer Fassung. Gott als verzerrtes Bild
vorbeiziehender Menschen in einem Spiegel zu erkennen,

was hatte das zu bedeuten? Lukas hatte dazu gesagt: »Pater John, Sie müssen hinter den Spiegel schauen. Dann werden Sie irgendwann alles verstehen.« Leider verstand Pater John überhaupt nichts. Weder Lukas' kryptische Aussage noch, dass der Vatikan zerstört und der Stellvertreter Gottes auf Erden ermordet werden würde. Und was sagte der verborgene Rest der Prophezeiung aus? Den Franziskanerbrüdern war klar, dass Papst Johannes Paul II. den Anschlag auf seine Person dafür benutzt hatte, um dem Geheimnis den Schrecken zu nehmen, indem er es auf sich selbst bezog und auf den Sieg der Kirche über das Böse. Ein eiskalter Schauder lief Pater John über den Rücken, während er sich dazu zwang, den Rest des Artikels weiterzulesen.

Doch ganz ohne Verständnishilfe wollte Johannes Paul II. das dritte Geheimnis den Gläubigen nicht zumuten. Daher beauftragte er den damaligen Präfekten der römischen Glaubenskongregation und Cheftheologen, Kardinal Manuel Klatz, der ihm als Papst Bernward XVI. 2005 nachfolgen sollte, die Prophezeiung mit einem gelehrten Kommentar zu versehen. »Was hat das Geheimnis von Fátima zu bedeuten? Was sagt es uns?«, fragte Klatz in seinem Kommentar. Seine Antwort: »Wer auf aufregende apokalyptische Enthüllungen über das Weltende oder den weiteren Verlauf der Geschichte gewartet hatte, muss enttäuscht werden.« Die Geschehnisse, auf die sich der dritte Teil des Geheimnisses beziehe, gehörten mittlerweile der Vergangenheit an, so der deutsche Kurienkardinal. Damit machte er sich unausgesprochen die Deutung Johannes Pauls II. zu eigen. Was von Fátima für Gegenwart und Zukunft bleibe, seien »die Führung zum Gebet als Weg zur Rettung der See-

len«, so das Resümee des Kardinals. Das war für fromme Marienverehrer beruhigend und ermutigend, für eingefleischte Weltuntergangspropheten hingegen ernüchternd. Sollte das wirklich alles gewesen sein? Das dritte Geheimnis von Fátima nichts weiter als eine Anleitung zum Gebet? Verschwörungstheoretiker mit apokalyptischen Neigungen hegten schon bald einen bösen Verdacht: Hatte der Vatikan das dritte Geheimnis möglicherweise nur unvollständig und in einer zensierten Fassung publiziert? Das Gerücht hielt sich über Jahre so hartnäckig, dass das vatikanische Presseamt sich noch 2016 zu einer Klarstellung genötigt sah. Anlass waren Medienberichte, der damalige Kardinal Klatz habe einem Weggefährten anvertraut, das dritte Geheimnis sei unvollständig veröffentlicht worden. Dem widersprach der emeritierte Papst Bernward XVI. höchstpersönlich. Die Mitteilung des Presseamtes zitierte ihn mit den Worten, »die Veröffentlichung des dritten Geheimnisses von Fátima ist komplett«.

Hundert Jahre nach dem ersten Auftreten Marias in Fátima reihte sich übrigens auch der amtierende Papst Dominikus I. ein in das Millionenheer der Pilger, die den Ort alljährlich besuchen. Am 13. Mai erschien er mit einem Helikopter und sprach Francisco und Jacinta heilig. Die erst 2005 verstorbene Lúcia hat mittlerweile den Status einer »Dienerin Gottes« erreicht. *

Pater John lachte bitter auf. Er hatte Lúcia bei einem seiner Besuche der Vatikanstadt kennenlernen dürfen. Damals hatte er sich gefragt, was diese Frau in Wirklichkeit davon hielt, wie mit ihrer Vision umgegangen wurde. Ihre Augen waren beseelt gewesen von der Wahrheit, die sie versucht hatte, in die Welt zu bringen. Ein

Schweigegelübde hatte ihre Lippen für immer verschlossen. Maria hatte ihr ein langes Leben vorhergesagt, und sie war achtundneunzig Jahre alt geworden. Dass die zwei anderen Hirtenkinder früh sterben sollten, war ebenfalls eingetroffen. Sie wurden in jungen Jahren von der Spanischen Grippe dahingerafft.

Dass der Vatikan schweigen konnte, hatten die Päpste immer wieder bewiesen. Sollte er, Pater John, den Heiligen Vater nachträglich darüber informieren, dass ein dreizehnjähriger Junge, ein hochintelligenter, gläubiger dreizehnjähriger Junge, sich auf den Weg gemacht hatte, die Existenz Gottes zu beweisen? Er seufzte tief und fuhr sich verzweifelt durch die Haare. Wer hatte außer ihm Zugriff zu Lukas´ Forschung und vor allem, wer konnte etwas damit anfangen? Lukas war zwar ein kleines Genie gewesen, jedoch nicht der einzige hochintelligente Mensch dieses Planeten. War die Gefahr gebannt oder immer noch in der Welt? Was Menschen von Gott wissen durften, entschied allein die katholische Kirche. Sie hatte das Recht an der Wahrheit. So war es immer gewesen und würde es immer sein.

Samstag, 12. Oktober 2019

Joche Rosario Franco löschte die Mail des Franziskanerbruders. Der zweiundachtzig Jahre alte Argentinier, der unter dem Namen Dominikus I. das Amt des Stellvertreters Jesu auf Erden übernommen hatte, war verärgert. Er würde sich schleunigst mit Manuel Klatz in Verbindung setzen müssen. Joche Rosario Franco war bisher der einzige Papst, dem es möglich war, sich mit dem *Papa emeritus* auszutauschen. Bernward XVI., sein Vorgänger, hatte mit der Niederlegung seines Amtes den Vatikan in einen Ausnahmezustand versetzt. Mittlerweile jedoch erkannte Dominikus I. die Vorteile, die es mit sich brachte, sich mit einem Geheimnisträger über Bedrohungen der Kirche verständigen zu können. Zum Beispiel waren er und sein Vorgänger sich darüber einig, dass Johannes Paul II. besser geschwiegen hätte, doch zumindest klug genug gewesen war, den Gläubigen nur einen Bruchteil des dritten Geheimnisses von Fátima zu verraten. Was sollte jetzt diese merkwürdige Geschichte über einen Jungen mit revolutionären Gedanken? Er war der Stellvertreter Christi auf Erden und verantwortlich für das Bewahren sämtlicher Mysterien.

Gedankenverloren wählte er die Telefonnummer seines Vorgängers. Noch im April hatte Joche Bernward XVI. persönlich zum zweiundneunzigsten Geburtstag gratuliert. In einer ruhigen Minute hatten sie über die 2005 verstorbene Lúcia gesprochen. Die Päpste hatten darüber diskutiert, ob nicht vielleicht doch alles nur ein Traum, eine Fantasie dreier Kinder gewesen sei. Fantasie hin, Fantasie her, für die Öffentlichkeit war der fehlende Rest der Vision auf keinen Fall bestimmt.

»Manuel, ich muss mit dir sprechen«, meldete er sich bei seinem Vorgänger. Er stellte sich vor, wie dieser mit zittrigen Fingern in seiner Residenz in den Vatikanischen Gärten, dem Kloster *Mater Ecclesiae*, das Telefon in den Händen hielt. »Ich habe mir den Umweg über Gregor gespart und dich direkt angewählt.« Gregor Hänsklein war zu Bernwards Amtszeit sein Privatsekretär gewesen und hielt ihm auch nach seinem Abtritt die Treue. »Ein Pater John aus Deutschland hat mir soeben eine merkwürdige Nachricht geschickt. Ein dreizehnjähriger, hochintelligenter Junge, der von Kindesbeinen an eine Faszination für die Marienerscheinungen in Lourdes und Fátima hatte, habe es sich zur Aufgabe gemacht, die Existenz Gottes zu beweisen.«

In seinen Privatgemächern zitterten die Finger des Zwei-undneunzigjährigen tatsächlich.

»Was ist daran so besonders?«, wollte Manuel Klatz wissen. Er tastete nach dem Glas warmer Milch, das ihm Gregor fürsorglich bereitgestellt hatte. »Es ist erfreulich, dass die Jugend sich mit Gott beschäftigt.«

Dominikus I. räusperte sich unbehaglich. »Du musst wissen, der Junge starb vor einigen Tagen eines unnatür-lichen Todes. Pater John zeigte sich äußerst besorgt we-gen der Forschungen des Kindes. Er hat die Dokumente vorliegen, kann sie jedoch nicht im Detail begreifen. Sie seien schließlich unvollendet. Pater John fürchtet, dass die Arbeit in falsche Hände gelangen könne. Natürlich wird jetzt polizeilich ermittelt und sich gewiss auch mit den Analysen beschäftigen. Pater John glaubt, dass Lukas tatsächlich der ersten Ursache auf der Spur war. Sollte ein ambitionierter, kluger Mensch die Gedanken des Jun-gen zu Ende denken, könnte dies den Fall nicht nur der katholischen Kirche, sondern sämtlicher Kirchen und Glaubensgemeinschaften zur Folge haben. Er sprach von einer ernst zu nehmenden Bedrohung.«

Manuel Klatz fiel das Milchglas aus den faltigen Händen. »Das fällt dem guten Pater früh ein«, sagte er wütend. »Wir hätten den Jungen nach Rom holen müssen, als er noch lebte. Wir hätten ihn gewiss beeinflussen können. Er war gläubig, warum sollte er der katholischen Kirche schaden wollen?«

»Pater John schrieb, der Junge war zutiefst religiös, habe sich aber mehr und mehr von der Vorstellung gelöst, dass eine Kirche im Besitz der Wahrheit sei. Laut Pater John wollte Lukas eine revolutionär neue Welt erschaffen, in der Gott der einzige Herrscher sei. Sollen wir diesen Pater ernst nehmen? Immerhin, Lukas war dreizehn, das ist keine gute Zahl, wie du weißt«, stellte Joche fest. »Was schlägst du mir vor zu tun?«

Der *Papa emeritus* blickte nachdenklich auf die Scherben und die Flüssigkeit zu seinen Füßen. »Ich fürchte mich für gewöhnlich nicht vor Hirngespinsten. Trotzdem kann es nicht schaden, einen Blick auf seine Aufzeichnungen zu werfen. Findet heraus, wer eine Datei oder eine Kopie der Arbeiten dieses Kindes besitzt. Sollte sich Lúcias Vision bewahrheiten, könnte Lukas durchaus derjenige sein, der das Ende einleitet. Ich bete zu Gott, dies nicht mehr erleben zu müssen.«

*

Mathilde steuerte den Berlingo die kurvige, steil ansteigende Straße hinauf. Vor jeder Biegung bremste sie aus Angst vor Gegenverkehr ab: Die Straße war eng und uneben. Der Ehrenberg im Wuppertaler Stadtteil Langerfeld-Beyenburg war bei gutem Wetter aufgrund des angrenzenden Waldes, der Grünflächen und des Wildgeheges ein beliebtes Ausflugsziel. An diesem regnerischen Samstagvormittag herrschte jedoch zu ihrer Erleichterung wenig Betrieb. Der Parkplatz auf der Bergkuppe war fast leer, sie wählte eine Parkbucht direkt vor dem letzten Haus. Dort lebte Gottfried Mars mit seiner Familie. Sie hatte sich nicht zuvor telefonisch angemeldet, weil sie das Überraschungsmoment nutzen wollte. Sie eilte durch den Regen und betätigte dynamisch die Türschelle. Es dauerte nur wenige Augenblicke, bis sich die Haustür öffnete. Zu ihrer Überraschung stand Gottfried Mars höchstpersönlich auf der Türschwelle, einen Geldschein in der Hand haltend. Vor Erstaunen kippte ihm der Unterkiefer runter. Anscheinend hatte er mit jemand anderem gerechnet.

»Ich dachte, Sie wären der Auslieferer der Bäckerei«, stammelte er nervös. »Was wollen Sie von mir, Frau Krähenfuß? Ich habe Ihr Geschmiere in der Zeitung gelesen. Sie haben wegen eines Artikels skrupellos meine politische Laufbahn ruiniert. Zum Glück konnte nachgewiesen werden, dass ich nichts mit dem Tod von Lukas Grimm zu schaffen habe.«

»Bleiben Sie bitte ruhig, Herr Mars«, entgegnete Mathilde beschwichtigend. »Ich bin hier, um Sie auch von dem Verdacht zu befreien, die Vögel in Aralandia vergiftet zu haben.«

»Das soll ich Ihnen glauben?« Mars lachte verächtlich, und Mathilde registrierte die dunklen Schatten unter seinen Augen.

»Gleich werden Sie erfahren, wer das vergiftete Obst den Tieren in Aralandia auf dem Silbertablett serviert hat. Bitte seien Sie so freundlich und lassen mich eintreten«, bat Mathilde eindringlich.

Gottfried Mars zögerte einen Augenblick, doch schließlich gewann seine Neugierde die Oberhand.

»Nun gut, kommen Sie rein.« Er stieg eine kleine Treppe empor, und Mathilde folgte ihm. Mars öffnete die Tür, und nacheinander betraten sie eine äußerst ungewöhnlich geschnittene und sehr modern eingerichtete Wohnung.

»Wahnsinn«, entfuhr es Mathilde. Die aus etwa hundert Quadratmetern bestehende Wohnfläche war durch kniehohe Steinmauern in einzelne Bereiche aufgeteilt. Die niedrigen Mauern folgten beim ersten Ansehen keiner architektonischen Regel, es gab runde Bereiche und eckige. Wie ein Fluss schlängelte sich die Mauer durch die Wohnung.

»Meine Frau mag keine Wände«, erklärte Mars, der Mathildes Erstaunen bemerkt hatte. »Dort hinten führt eine weitere Treppe in die zweite Etage, ins Reich meiner Tochter.« Er folgte dem Steinpfad und führte Mathilde zum Essbereich vor dem Fenster. Eine schlanke Frau mit einem asymmetrischen Bob in zwei Haarfarben legte letzte Hand an den gedeckten Frühstückstisch. Henriette saß bereits am Tisch und starrte Mathilde aus großen Augen an.

»Carmen, das hier ist Mathilde Krähenfuß«, stellte Gottfried bitter fest. »Sie möchte uns mitteilen, wer die Vögel im Zoo vergiftet hat.«

Mathilde konnte den Blick nicht von Carmen Mars abwenden. Schwarze und blonde Strähnen schimmerten im Schein der über dem Tisch hängenden Lampe, ein schmal geschnittener Hausanzug betonte ihre weiblichen Rundungen. Sie war gewiss zehn Jahre jünger als ihr Mann.

»Nehmen Sie Platz«, forderte sie Mathilde mit leiser Stimme auf.

»Henriette, ich setze mich neben dich.« Mathilde ließ sich auf den weiß gestrichenen Holzstuhl neben dem Mädchen fallen.

»Sie kennen meine Tochter?«, fragte Gottfried erstaunt, derweil er ihnen gegenüber Platz nahm. Seine Frau servierte Mathilde eine Tasse Kaffee und reichte ihr das Milchkännchen.

»Ich durfte einen Artikel über das Projekt des Bethesda Altenheims verfassen, an dem Ihre Tochter teilnimmt«, gab Mathilde bereitwillig Auskunft und goss etwas Milch in ihren Kaffee. »Henriette, du möchtest Altenpflegerin werden, hast du zu mir gesagt.« Mathilde blickte dem Mädchen fest in die dunklen Augen. »Aber dein Vater unterstützt das nicht, weil es für ihn einen Prestigemangel bedeuten würde. Stimmen meine Aussagen soweit?«

Das Mädchen nickte unbehaglich und warf einen verstohlenen Blick auf ihren Vater, der die Stirn in Falten gelegt hatte und düster dreinschaute.

»Jetzt soll es mir gleichgültig sein, was meine Tochter macht«, sagte er ernst, und seine Frau legte ihm beruhigend die zarten Hände auf die Schultern. »Meine Parteimitglieder haben mir zwar versprochen, mich so zu behandeln wie vor dem Skandal, sollte sich beweisen lassen, dass ich nichts mit den Tierkadavern zu tun habe, aber Sie wissen, wie das für eine Person des öffentlichen Lebens ist.«

»Ich fürchte, es wird für Sie nicht besser, wenn der tatsächliche Täter bzw. die Täterin ermittelt und der Öffentlichkeit präsentiert wird«, stellte Mathilde fest und registrierte, dass das Mädchen an ihrer Seite nervös auf ihrem Stuhl hin und her rutschte.

»Es tut mir schrecklich leid, Papa«, entfuhr es ihr plötzlich.

»Was tut dir leid?«, fragte Gottfried verständnislos.

»Ihre Tochter hat das Tablett in den Zoo geschmuggelt, oder besser gesagt, sie hat es einschmuggeln lassen.« Mathilde war sich ziemlich sicher, dass ihr Verdacht zutraf.

»Henriette?« Entsetzt starrte Gottfried seine Tochter an, und Carmen stieß einen spitzen Schrei aus.

»So, meine Liebe, jetzt kläre uns darüber auf, wie die Fingerabdrücke deines Vaters auf das Silbertablett gekommen sind«, forderte Mathilde energisch.

»Ach, das war nicht schwer«, sagte Henriette mit funkelnden Augen. »Papa, du hast es nicht anders gewollt. Warum musstest du mich auf dieses schreckliche katholische Gymnasium drängen? Selbst nachdem ich zweimal sitzen geblieben bin, hast du deinen Einfluss geltend gemacht, und ich durfte nicht auf die Gesamtschule wechseln. Du hast in mir immer nur die schöne Vorzeigepuppe gesehen, die sich ihre Hände nicht schmutzig machen darf.« Sie hielt inne und nahm einen Schluck Orangensaft. Die Türschelle kündigte den Lieferservice der Bäckerei an, doch niemand rührte sich von der Stelle. »Ich habe das Tablett verpackt gekauft, mir Pflegehandschuhe angezogen und es dir auf den Schreibtisch gestellt. Erinnerst du dich nicht mehr, wie du geschimpft hast, ich solle dir nicht immer meinen Krempel auf den Tisch stellen?«

Gottfried Mars wurde leichenblass im Gesicht, und Carmen Mars' Knie bebten so heftig, dass sie sich setzen musste.

»Aber wie bist du an das Gift gekommen?«, wollte Gottfried entsetzt wissen. »Es war Zyankali.«

»Das werde ich nicht verraten«, entgegnete Henriette trotzig. »Wollt ihr mich jetzt etwa zur Polizei bringen?«

»Bitte nicht, Frau Krähenfuß«, bat Carmen mit weinerlicher Stimme. Tränen glitzerten in ihren blauen Augen.

»Es führt natürlich kein Weg daran vorbei, dass Henriette ihr Geständnis vor den Beamten wiederholt. Ich habe ihre Worte mit meinem Diktiergerät aufgezeichnet, das ich bereits im Vorfeld eingeschaltet hatte«, flunkerte Mathilde frech. In Wahrheit war Martha immer noch mit der Reinigung des Gerätes beschäftigt.

Gottfried stand auf und kam um den Tisch herum auf Mathilde zu. Seine Gesichtsblässe war einem knalligen Rot gewichen. »Henriette wird ihre Strafe bekommen, seien Sie sich dessen gewiss. Aber ich werde nicht zulassen, dass sie ins Gefängnis kommt.«

Auch Mathilde erhob sich und blickte dem Mann furchtlos ins Antlitz.

»Von Gefängnis ist keine Rede, Herr Mars«, sagte sie fest. »Außerdem ist Ihre Tochter minderjährig, deshalb wird es keinen öffentlichen Prozess geben. Seien Sie beruhigt, Ihrem Ansehen in der Öffentlichkeit wird nicht weiter geschadet werden. Darum geht es Ihnen doch in erster Linie.«

Gottfried schnaubte verächtlich.

»Die Frage ist, wer hat Henriette das Gift besorgt?«
Ungerührt setzte sich Mathilde wieder und wandte ihr
Augenmerk erneut dem Mädchen zu. »Ein Tierpfleger
hat zwei Mädchen beobachtet, die am Tatmittwoch in
Begleitung eines Mannes, der einen Stahlkoffer in der
Hand hielt, durch den Zoo spazierten. Das wart ihr,
Henriette. Du und deine Busenfreundin Gabriele. Doch
wer war der Mann Anfang dreißig?«

»Ich habe bereits gesagt, dass ich niemanden verraten
werde«, erklärte Henriette bestimmt. »Gaby braucht ihr
gar nicht erst zu behelligen. Sie wusste von nichts, lief
nur neben mir, wie sie es immer macht.«

»Es ehrt dich, dass du deine Freunde schützen möchtest«, sagte Mathilde und legte ihre Hand auf Henriettes.
»Aber, Kind, was hast du dir bloß dabei gedacht? Der
Pflegeberuf ist eine soziale Arbeit, gehst du über Leichen
für deine Ziele? Du hättest gewiss einen anderen Weg
gefunden, deinen Vater zu überzeugen.«

»Es waren bloß Vögel«, stammelte Henriette, befreite
ihre Hand und verschränkte die Arme vor der Brust.

»Bloß Vögel?«, eiferte sich Mathilde. »Ich bin Besitzerin zweier Graupapageien. Diese Tiere sind sehr intelligent und haben Gefühle wie jedes Lebewesen auf
dieser Welt.«

»Jetzt klingen Sie fast wie dieser kleine Klugscheißer«,
entgegnete Henriette angewidert.

»Lukas Grimm«, sagte Mathilde leise. »Deine Lehrerin
hat mir von deinem kleinen Attentat auf den Jungen
erzählt. Was hatte er dir eigentlich getan?«

»Attentat«, wiederholte Henriette und tippte sich mehrmals mit dem Zeigefinger an die Stirn. »Ihm sollte bloß ein wenig schlecht werden.« Bei der Erinnerung daran musste sie grinsen. »Ich wusste, wie ich das Kupfersulfat zu dosieren hatte.«

»Wusstest du auch, wie du das Pfeilgift der Indianer zu dosieren hattest?«, fragte Mathilde hinterhältig.

»Was für ein Pfeilgift?«, wollte Henriette wissen.

»Jetzt halten Sie mal den Ball flach, Frau Krähenfuß«, sagte Gottfried aufgebracht. »Wollen Sie meiner Tochter etwa den Mord an ihrem Klassenkameraden unterstellen?«

»Ganz so abwegig ist der Gedanke nicht.« Mathilde erhob sich erneut. »Ihre Tochter hat Lukas bereits einmal eine Substanz ins Getränk gemischt. Außerdem hatte sie keine Skrupel, wehrlose Vögel zu vergiften. Henriette, ist dir die Tragweite deiner Aktion eigentlich bewusst? Deinen Vater diskreditieren zu wollen, ist an sich schon schlimm genug, aber er hätte unschuldig lebenslänglich ins Gefängnis kommen können. Und glaube mir, Mörder sind im Gefängnis nicht gut gelitten.«

Henriette wurde ganz blass im Gesicht.

»Ich werde jetzt Herbert Mucke von der Mordkommission über unsere Unterredung informieren. Er wird mit Ihnen Kontakt aufnehmen. Bis dahin kann sich Ihre Tochter überlegen, ob sie den Namen ihres Mittäters freiwillig nennt oder nicht. Auf Wiedersehen.« Sie kehrte der Familie den Rücken und folgte dem von Steinen gesäumten Weg zurück zur Wohnungstür.

Sonntag, 13. Oktober 2019

»Ich möchte unbedingt den kleinen Elefanten sehen«, sagte Martha aufgeregt.

»Wir können nicht einfach durch den Zoo spazieren, ohne Eintritt zu bezahlen«, wies Mathilde ihre Haushälterin zurecht. »Sei froh, dass ich dich überhaupt mitgenommen habe. Wir haben einen Termin mit Herrn Landmann-Kaiser, dem Geschäftsführer des Zoo-Vereins.«

Mathilde hatte es nicht übers Herz gebracht, Martha ihren Wunsch abzuschlagen, sie zu diesem Termin zu begleiten. Sie betrachtete ihre Freundin und verkniff sich ein Grinsen. Ein afrikanischer Dashiki-Mantel aus grünem Stoff und mit bunten Borden verhüllte ihre üppigen Kurven, grüne Creolen baumelten an ihren Ohrläppchen, und sie trug einen Safari-Hut. Ein Zoobesuch sei eine kleine Safari, deswegen passe der Hut, hatte Martha im Vorfeld verkündet.

Mathilde klopfte an die Fensterscheibe des Kassenhäuschens und lugte hinein. Diesmal saß ein junger Mann im Inneren, der mit seinem Smartphone beschäftigt war.

»Zwei Erwachsene?«, wollte er beiläufig wissen, und Mathilde schüttelte heftig den Kopf.

»Wir haben um zehn Uhr einen Termin mit Herrn Landmann-Kaiser«, informierte sie den jungen Mann.

»Am Sonntag?« Er zog überrascht die Augenbrauen hoch und griff nach dem Telefon. Wenig später wies er Mathilde an, den Eingang zum Souvenir Shop *Die Zoo-Truhe* zu nehmen, diesen zu durchqueren und die Treppe hoch zur ersten Etage zu gehen.

»Vielen Dank«, sagte Mathilde höflich und kam der Anweisung nach.

»Wie entzückend«, entfuhr es Martha, während sie sich neugierig in der Zoo-Truhe umsah. »Der kleine Löwe wäre ein schönes Geschenk für meine Nichte Jamila.«

Energisch packte Mathilde den Arm ihrer Haushälterin und zog sie an den Stofftieren vorbei in Richtung der Tür, die zum Treppenhaus führte. »Wir haben Wichtigeres vor.«

Sie erklommen die Stufen und erreichten japsend die Büroräume. Ein Mann Anfang vierzig, der eine Jeans und ein schlichtes, weißes Hemd trug, erwartete sie bereits.

»Frau Krähenfuß?« Lächelnd reichte er Martha die Hand.

»Nein, nein«, wehrte diese ab. »Ich bin nur die Haushälterin. Das ist Frau Krähenfuß.« Sie deutete mit der Hand auf Mathilde.

»Guten Tag, Herr Landmann-Kaiser«, begrüßte diese den Mann mit dem kurzen, lockigen Haar.

»Guten Tag, Frau Krähenfuß. Was führt Sie zu mir?«, wollte er wissen und hieß sie, ihm in sein Büro zu folgen.

»Ich möchte mehr über die Freiflugvoliere Aralandia erfahren. Wie konnte es geschehen, dass Lukas Grimm dort nächtigte und qualvoll zu Tode kam?« Sie nahm neben Martha an einem kleinen, runden Tisch vor dem Fenster Platz.

Herr Landmann-Kaiser seufzte schwer. »Was für eine Antwort erhoffen Sie sich von mir? So etwas darf nicht geschehen. Trotzdem haben wir es nicht verhindern können. Die Tierpfleger haben sich grob fahrlässig verhalten, zumindest José Anton. Er hätte die Freundschaft zwischen Gamba und dem Jungen von Anfang an unterbinden müssen. Damit hätte er wahrscheinlich verhindern können, dass sich Lukas in die Voliere einschlich, um allein mit den Tieren zu sein. Er ist vergiftet worden, das haben Sie in der Ronsdorfer Gazette geschrieben. Meinen Sie nicht, dass es Zufall sein kann, dass er das Gift konsumierte, während er sich in Aralandia aufhielt?« Andreas Landmann-Kaiser lief unruhig in seinem Büro auf und ab.

»Der Gedanke ist mir auch schon in den Sinn gekommen«, erwiderte Mathilde, derweil ihr Blick auf ein Gitter fiel, das an der Wand lehnte. Neugierig berührte sie es mit der Hand. »Ist das das Netz, das die Voliere umspannt?«

»Richtig erkannt.« Mathilde konnte die Begeisterung hören, die in Andreas' Stimme mitschwang.

»Wissen Sie, dass ich eine Bronze-Netzpatenschaft besitze?« Mathilde sah ihr Gegenüber fragend an. »Ich bin Besitzerin zweier Graupapageien und wollte unbedingt meinen Teil zur Förderung dieses einzigartigen Projektes beitragen.«

Andreas ließ sich auf den Stuhl neben ihr fallen und strich sich durch die mittelblonden Locken.

»Ja, das Projekt ist wirklich einzigartig, und bisher läuft alles so, wie wir es uns erhofft haben. Sie wissen, was das Hauptziel von Aralandia ist?«, fragte er interessiert.

»Ich habe mich schlau gemacht. Das Besondere ist das Speeddating der Aras«, erwiderte Mathilde und rückte ihre Brille zurecht. Aus dem Augenwinkel heraus beobachtete sie Martha, die mit gerunzelter Stirn im Inneren der Beuteltasche wühlte. »Martha, was machst du?«

»Ich suche dein Diktiergerät, oder möchtest du dir alles merken?«, antwortete diese genervt. »Hier, ich habe es gefunden. Ist es nicht schön sauber geworden?« Stolz reichte sie Mathilde das Gerät. Diese warf Andreas einen fragenden Blick zu, und als er zustimmend nickte, drückte sie die Aufnahmetaste.

»Wir möchten die gefährdeten Arten vor dem Aussterben bewahren«, fuhr Andreas fort. »Die früheren Versuche der Zoologischen Gärten, zwei Vögel zu vergesellschaften und darauf zu hoffen, dass sie sich paaren, waren nicht zufriedenstellend. In Aralandia haben die Aras Halsbänder um, die ein elektronisches Signal beim Ein- und Ausflug in die Voliere und beim Rückflug in die hinteren Hallen senden. Das ermöglicht uns festzustellen, welcher Vogel in Begleitung eines weiteren vom anderen Geschlecht ist. Wir möchten, dass die Tiere sich freiwillig finden und binden. Ein länger bestehendes Paar isolieren wir, damit es Nachwuchs zeugt und die Henne ein Ei legt. Wir haben für diesen Zweck Brutstationen eingerichtet. Die Jungtiere werden uns aus anderen Zoos zur Verfügung gestellt, Paare bekommen sie zurück. Dafür erhalten wir wieder ein Jungtier, und ein positiver Teufelskreis entsteht.«

»Wahnsinn«, entfuhr es Mathilde.

»Wir haben in Aralandia den Hyazinth-, den Rotohr-, den Lear- und den Blaulatz-Ara. Außerdem bevölkern Sonnensittiche die Anlage; über die Wege flanieren Chileflamingos und Pudus, die mit einer Größe von vierzig Zentimetern kleinsten Hirsche der Welt.«

»Ich unterbreche Sie nur ungern, Herr Landmann-Kaiser, aber ich möchte zurück zu Lukas Grimm kommen«, warf Mathilde ein, und ein Schatten fiel über Andreas′ Gesicht.

»Die Vögel sollen sich aufeinander konzentrieren und keine intensive Bindung zum Menschen entwickeln. Die Tierpfleger wissen das. Ich bin furchtbar wütend.« Sein Gesicht lief vor Zorn rot an.

»Dieser tote Hyazinth-Ara soll, so erzählte es mir José Anton, regelrecht zutraulich zu Lukas gewesen sein. Ob er ihn mit Futter zum Freund gewonnen hatte?«, wollte Mathilde wissen.

»Das ist ausgeschlossen, hoffe ich zumindest. Ich werde mich an den Kurator wenden, damit dieser ein ernstes Wörtchen mit Herrn Anton redet. Die Aras werden grundsätzlich nicht in der Voliere gefüttert. Unsere einzige Chance, die Tiere in die Hallen zu locken, ist die Aussicht auf Futter. In einer Voliere von solcher Größe ist es unmöglich, einen Ara einzufangen. Es ist keine Alternative, die Tiere mit einem gezielten Schuss zu betäuben«, berichtete Andreas weiter.

»Wie furchtbar«, rief Martha entsetzt. »Die verletzen sich doch, wenn sie zu Boden plumpsen.«

»Ganz so schnell würde die Wirkung der Betäubung nicht einsetzen«, erwiderte Andreas beruhigend. »Die Vögel würden noch landen, bevor sie das Bewusstsein verlieren. Aber Vögel haben besondere Knochen, sonst könnten sie nicht fliegen. Sie sind innen hohl. Deswegen sind Vögel im Verhältnis zu ihrer Körpergröße sehr leicht. Kein Vogel würde einen Schuss überleben.«

»Wie viel wiegt ein durchschnittlicher Hyazinth-Ara?«, erkundigte sich Mathilde wissbegierig. »Könnte ein dreizehnjähriger Junge den Vogel auf seiner Schulter tragen, obwohl der Hyazinth mit einem Meter Länge einer der größten Papageien ist?«

»Lassen Sie mich schätzen.« Andreas legte den Kopf schräg und dachte nach. »Ich tippe auf ein durchschnittliches Gewicht von drei Kilogramm.« Er erhob sich, ging zu seinem Schreibtisch an der gegenüberliegenden Wand und griff nach einer Broschüre, die er eingehend studierte. »Der Hyazinth-Ara wiegt gerade mal anderthalb Kilogramm.« Andreas legte das Heft beiseite und kehrte zu ihnen zurück.

»Mir ist sehr an der Aufklärung des Mordfalls gelegen. Nicht nur aus journalistischem Interesse«, gab Mathilde zu. »Ich danke Ihnen für die Informationen. Sie tragen dazu dabei, mir ein besseres Bild von der Anlage zu machen. Aber eine Frage habe ich noch. Als ich die Voliere vor einigen Tagen betreten habe, Sie wissen, an dem Tag, als Gottfried Mars vorgeworfen wurde, fünf Vögel vergiftet zu haben, ist mir aufgefallen, dass man durch zwei Türen muss, um ins Innere zu gelangen. Wieso ist das so?«

»Das dient dem Schutz der Aras«, berichtete Andreas bereitwillig. »Die zwei Türen der Schleuse öffnen sich niemals gleichzeitig. Damit versuchen wir, das Risiko zu minimieren, dass ein Vogel entwischt. Natürlich gibt es für den äußerst unwahrscheinlichen Fall einer Panik einen Notfallknopf.«

»Ins Auge gestochen sind mir die zwei großen Bäume innerhalb der Freiflugvoliere«, sagte Mathilde weiter. »Eine Augenweide in der grünen Anlage.«

»Einige Bäume mussten wir fällen, doch diese zwei haben wir gelassen.« Andreas Landmann-Kaisers Augen begannen zu leuchten. »Natürlich besteht ein gewisses Restrisiko, dass die Aras die Bäume verletzen. Dann werden wir Netze um sie ziehen müssen.«

Mathilde stand auf und griff nach ihrer Tasche. Achtlos ließ sie das Diktiergerät hineinfallen, was ihr ein missbilligendes Schnauben von Martha einbrachte. »Auf Wiedersehen, Herr Landmann-Kaiser.« Mathilde reichte Andreas zum Abschied die Hand. »Seien Sie nachsichtig mit Herrn Anton. Er hat seine Lektion gelernt.«

»Dürfen wir uns den kleinen Elefanten ansehen?«, mischte sich Martha ein, und Mathilde verdrehte die Augen.

»Sicher«, erwiderte Andreas und lachte gutmütig. »Schauen Sie sich in Ruhe auf dem Gelände um.«

*

Nadine Marlons Herz raste vor Aufregung. Sie war lange nicht mehr mit dem Pater allein gewesen. Nadine wusste, sie durfte keine romantischen Gefühle für Pater John hegen. Er hatte ein Keuschheitsgelübde abgelegt und war bereits sechsundsiebzig Jahre alt. Oft hatte er zu ihr gesagt, sie sei ihm wie eine Enkeltochter mit ihren zarten vierundzwanzig Jahren.

Seite an Seite knieten sie vor der sechsten Station des Kreuzweges, und die späte Nachmittagssonne wärmte sie. Der in Serpentinen den Hang hinaufführende Kreuzweg übte eine starke Faszination auf Nadine aus. Jetzt schaute sie auf die drei Kreuze mit den Gekreuzigten. Die Männer zur Linken und zur Rechten Jesu waren mit Seilen ans Kreuz gebunden, nur Jesus war mit Nägeln ans Kreuz geschlagen, und eine Krone aus Dornen brachte Blutstropfen auf sein Haupt.

»Jesus ist am Kreuz gestorben, der leibhaftige Sohn Gottes ist Mensch geworden, um unsere Seelen zu retten«, betete Pater John leise.

Nadine registrierte zu ihrer Überraschung, dass die gefalteten Hände des Paters zitterten. Nur mit größter Willensanstrengung unterdrückte sie den Impuls, ihre Hände auf die seinen zu legen.

»Am dritten Tag ist er auferstanden von den Toten«, fuhr Pater John fort. »Wie können wir Menschen die Wege Gottes verstehen? Wie können wir die Heilige Dreifaltigkeit verstehen, den Heiligen Geist, Gott und den Gekreuzigten? Das Mysterium offenbart, dass alles eins ist. Was hat Lukas mir verschwiegen? Wo ist der Spiegel, hinter den ich blicken soll?«

Nadines Herz zog sich zusammen. Der Junge war tot. Obwohl sie an seiner Seite kniete, dachte der Pater immer noch an ihn.

»Was soll er Ihnen verschwiegen haben, Pater John?«, fragte sie verbittert. »Er hat doch über alles mit Ihnen gesprochen, über seine Forschungen, seine Anmaßungen.«

»Du hast recht, Nadine«, sagte Pater John zögerlich. Mühsam rappelte er sich auf. »Doch kurz bevor er mit der Junior-Uni nach Frankenberg zur Exkursion fuhr, kam er von eben diesem Kreuzweg zurück und sagte zu mir, dass er jetzt alles verstehen würde. Natürlich wollte ich Genaueres wissen, doch er hat nur den Kopf geschüttelt. Ich solle mich gedulden, meinte er, ich würde früh genug alles erfahren.«

»Pater John, Sie müssen aufhören, sich zu quälen.«
Auch Nadine erhob sich, und ruhigen Schrittes setzten
sie ihren Weg fort. »Lukas ist tot. Die Lebenden brauchen Sie. Ich brauche Sie. Lukas hat seine Geheimnisse
mit ins Grab genommen. Das Rätselraten macht keinen
Sinn. Ich habe eine Neuigkeit für Sie.«

»Eine Neuigkeit? Möchtest du eine Ausbildung zur
Altenpflegerin machen? Das würde mich glücklich machen, mein liebes Kind.« Der Pater blickte sie liebevoll
an. Er war stolz darauf, die junge Frau auf den rechten
Weg und zu Gott gebracht zu haben.

»Nein, nein«, sagte Nadine und errötete. »Ich werde
weiter als ungelernte Kraft im Altenheim arbeiten. Aber
…«, sie machte eine bedeutungsvolle Pause, »in Füssen
wird im Januar eine günstige Wohnung frei werden. Ich
werde Velbert-Neviges verlassen und Sie nach Füssen begleiten, Pater John.«

Der Angesprochene seufzte schwer und hielt in der
Bewegung inne.

»Nadine, sei vernünftig.« Er legte ihr die immer noch
zitternde Hand auf die zarte Schulter. »In Neviges hast
du eine Arbeit gefunden, kannst du dich und Joschua
ernähren. Irgendwie wird es im Dom weitergehen. Sie
werden Nachfolger für uns finden. Außerdem bin ich
ein alter Mann.«

»Sie können mich nicht von meinem Vorhaben abbrin-
gen«, protestierte Nadine und schlang die Arme um den
Pater. Sie presste ihren Kopf in seine Halsbeuge.

»Mein Mädchen.« Pater John tätschelte ihr unbeholfen
den Kopf. »Meine Zukunft ist ungewiss. Gut möglich,
dass ich nach Paderborn versetzt werde.« Er befreite sich

aus der Umarmung. »Jetzt lass uns den Kreuzweg zu Ende gehen und des Gekreuzigten gedenken.«

*

Joche Rosario Franco saß in seinen Privatgemächern und studierte die Heilige Schrift. Genauer gesagt las er in der Johannesoffenbarung, die das Ende der Welt vorhersagt. Er flüsterte: »Und so jemand nicht gefunden ward geschrieben in dem Buch des Lebens, der ward geworfen in den feurigen Pfuhl.« Er schlug die Bibel zu und stützte den Kopf auf seinen Händen ab. Er selbst war es gewesen, der den Gläubigen verkündet hatte, dass die Vermehrung der fünf Brote durch Jesus nicht stattgefunden hatte. Es waren keine unzähligen Menschen durch Magie satt geworden, Jesus hatte es nicht nötig gehabt zu zaubern. Es gehe um das Miteinanderteilen, hatte Dominikus I. seinen Zuhörern erklärt. Joche Rosario Franco verließ mehr und mehr den eingeschlagenen Pfad der katholischen Kirche, die Heilige Schrift wörtlich zu nehmen. Er wusste geschickt, die heiklen Fragen nach der Auslegung mit uneindeutigen Antworten zu umschiffen. Er seufzte tief. Wie lang noch würde es der Kirche gelingen, die Christen von der Notwendigkeit des streng hierarchischen Vatikans zu überzeugen? Was würde mit der Welt geschehen, wenn das letzte Geheimnis offenbart werden würde? Jetzt schon verlor die katholische Kirche mehr und mehr an Macht. Er, Dominikus I., nahm sein Amt sehr ernst. Ihn betrübte das Leid auf der Welt, der zunehmende Atheismus. Wenn es keine Ideale, keine von Gott gegebenen Regeln mehr gab und die einzige autoritäre Kraft von den Politikern ausging, würde die Welt in Flammen aufgehen. Konnte Gott das wollen? Hatte Gott den Tod von Lukas Grimm zugelassen, um dieses Szenario zu vermeiden?

»Joche, schäme dich«, schimpfte er mit sich selbst. »Das sind gotteslästerliche Gedanken.«

Er hatte wieder mit dem Franziskanerbruder kommuniziert und nicht lange bitten müssen. Bereitwillig hatte Pater John dem Vatikan eine Kopie der Aufzeichnungen des kleinen Genies zukommen lassen. Dominikus I. selbst hatte sie studiert. Der Ansatz und das ausformulierte Ziel hatten ihn erschaudern lassen. Er war beinahe erleichtert darüber, dass der Verstorbene nicht weiter forschen konnte. Wieder schalt er sich sündiger Gedanken. Trotz des Todes von Lukas Grimm bestand eindeutig die Gefahr, dass jemand den Gedankenweg des Jungen weitergehen würde, sollten die Aufzeichnungen publik werden. Er hatte sozusagen in letzter Sekunde das Zeitliche gesegnet. Dominikus I. wusste, dass die Lage problematisch, doch nicht unlösbar war. Pater John hatte die Aufgabe, Lukas' frommen Vater von der Notwendigkeit zu überzeugen, dass die Daten auf dem Computer seines Sohnes gelöscht werden mussten. Außerdem musste ermittelt werden, wer noch alles Zugriff auf die Informationen hatte. Das sollte zu schaffen sein, beruhigte sich Dominikus I.

Ein Piepton riss ihn aus seinen Überlegungen. Er schob die Heilige Schrift beiseite und öffnete sein E-Mail-Programm. Pater John hatte ihm geschrieben. In der Betreffzeile stand *Innere Unruhe.*

Rasch öffnete er die E-Mail.

Ehrwürdiger Vater, mir bereiten im Nachhinein einige Worte von Lukas Grimm Sorgen, die mir damals nicht bedenklich erschienen, mir jetzt jedoch nicht aus dem Kopf gehen wollen. Nach einem seiner häufigen Kreuzgänge kam er zu mir und sagte, er wisse jetzt die Wahrheit und werde zu einem späteren Zeitpunkt damit an die Öffentlichkeit gehen. Obwohl er ansonsten keine Geheimnisse vor mir hatte, wollte er mir nicht mehr verraten. Ich denke nicht, dass er einem anderen Menschen mehr vertraute als mir. Trotzdem fühle ich mich verpflichtet, Ihnen davon zu berichten. Er selbst kann mit nichts mehr an die Öffentlichkeit gehen, denn Gott hat entschieden, ihn zu sich zu holen. Mit meinem ehrfürchtigen Gruß, Pater John.

Nachdenklich strich sich Dominikus I. über die hohe Stirn. Ein unbehagliches Gefühl breitete sich in ihm aus, wich jedoch kurz darauf unendlicher Erleichterung. Was immer Lukas Grimm beim Kreuzgang erlebt haben mochte, er hatte es seinem Vertrauten Pater John nicht verraten. Wem sonst sollte er davon erzählt haben? Nein, nein, beruhigte er sich. Dieses Geheimnis hatte Lukas mit ins Grab genommen. Zufrieden lächelnd begann er, seine Antwort zu schreiben.

Gottes Wege sind unergründlich.

Mein lieber Pater John, ich möchte Ihnen für Ihre Worte danken – und für Ihr Bemühen, die katholische Kirche vor potentiellen Gefahrenquellen zu beschützen. Gott hat Lukas' Tod zugelassen und gewollt. Wir können uns beruhigt

zurücklehnen, seine Arbeit analysieren und ggf. vernichten.
Mit meinem herzlichen Gruß, Dominikus I.

Montag, 14. Oktober 2019

Kraftvoll schüttelte Mathilde ihren Knirps aus, und unzählige Wassertropfen verteilten sich in der Luft. Der Vormittag war regnerisch trüb, und laut Angaben des Wetterberichts sollte es den Tag über nicht besser werden. Sie stand vor einem Haus in der Wichlinghauser Straße in der Nähe der Stadtteilbibliothek. Johannes Kartens' Adresse hatte sie über Umwege herausbekommen. Ihr guter alter Bekannter Prof. Dr. Mertens vom historischen Seminar der Uni Wuppertal war ihr dabei behilflich gewesen. Ihren Freund Erwin Wunderlich hatte sie nicht um Hilfe bitten können, weil dieser bereits an der Universität La Sapienza in Rom sein Auslandsseminar hielt. Prof. Mertens hatte seine Kontakte spielen lassen und recht schnell Kartens' Adresse ermitteln können. Mathilde selbst hatte sich über die Seminare des Dozenten der Junior-Uni schlau gemacht und wusste, dass heute sein freier Tag war. Zudem war es erst kurz vor neun, und ihre Chancen standen gut, den Mann zu Hause zu erwischen. Optimistisch betätigte sie die Türschelle. Es dauerte eine Weile, bis eine stark übergewichtige Frau, in einen einfachen Kittel gekleidet und mit einem Tuch über den langen, fettigen Haaren, ihr die Tür öffnete.

»Ja bitte?«, fragte sie mit heiserer Stimme.

Mathilde verschlug es vor Überraschung zunächst die Sprache. Auf dem Klingelschild der Erdgeschosswoh-

136

nung stand A. und J. Kartens. »A« hatte sie sich anders vorgestellt.

»Frau Kartens?«, fragte sie die Frau, die sie auf Ende sechzig schätzte.

»Die bin ich«, antwortete diese knapp, Mathilde abschätzend betrachtend. »Ihre Brille hängt Ihnen auf der Nasenspitze.«

»Danke für den Hinweis«, erwiderte Mathilde sarkastisch und rückte die Brille zurecht. »Ich möchte zu Herrn Kartens. Ich gehe davon aus, das ist Ihr Sohn?«

Ohne ein weiteres Wort drehte Frau Kartens sich um und ging durch den Flur zur geöffneten Wohnungstür. »Johannes, du hast Frauenbesuch«, rief sie.

Derweil trat Mathilde ins Gebäudeinnere. Sie kannte Johannes Kartens von ihrem Besuch der Junior-Uni. Dort hatte er einen grauen Anzug getragen. Jetzt begrüßte sie der dunkelhaarige Mann im schwarzweiß gestreiften Schlafanzug. Es war ihm sichtlich peinlich, von ihr in diesem Aufzug gesehen zu werden.

»Wer ist diese Frau? Verschweigst du mir etwas?«, wollte Frau Kartens unwirsch wissen. Sie entnahm der Kitteltasche eine Zigarettenschachtel, drehte sie um und klopfte auf den Deckel. »Fast leer! Johannes, du musst gleich los, mir Kippen kaufen.«

»Was wollen Sie schon wieder von mir?«, fragte Johannes an Mathilde gewandt, die Worte seiner Mutter geflissentlich überhörend.

Sie hielt Johannes ihren Presseausweis vor die Nase, den sie vorsorglich bereits vor der Haustür in ihrer Tasche gesucht und nach einer Weile auch gefunden hatte. »Ich habe noch mehr Fragen an Sie bezüglich Lukas Grimm.«

Johannes' Miene verfinsterte sich, und eine steile Falte zeigte sich auf seiner Stirn.

»Den Ausweis dürfen Sie wegstecken. Wir hatten ja bereits das Vergnügen. Alles, was ich über Lukas weiß, habe ich Ihnen und den Herren Flachs und Vogel bereits mitgeteilt«, brachte er gepresst hervor.

»Nein, das haben Sie nicht«, entgegnete Mathilde. »Dürfte ich einen Moment eintreten? Auf der Türschwelle spricht es sich schlecht.«

»Kommen Sie ruhig rein, aber wundern Sie sich nicht über das Durcheinander. Meine Mutter muss dringend aufräumen und putzen. Sehen Sie sich nicht um, und folgen Sie mir.« Er kehrte ihr den Rücken und ging durch einen Flur, der in ein muffiges Wohnzimmer führte. Der Wohnzimmertisch war mit Illustrierten überladen, der Boden mit Flecken übersät. Nachdem sie den Raum durchquert hatten, öffnete Johannes die Tür zu einem Zimmer, das er als das seine vorstellte. Die Einrichtung war karg, Wandschrank, Schlafcouch und Schreibtisch, jedoch herrschte penible Ordnung.

»Nehmen Sie Platz.« Johannes wies mit der Hand auf die Couch. Er selbst setzte sich auf den Schreibtischstuhl.

»Herr Kartens, haben Sie Zugriff auf die Forschungen von Lukas Grimm? Hat er Ihnen eine Kopie anvertraut?«, erkundigte sich Mathilde, während sie überlegte, ob sie den Mann auf seine Mutter und das Chaos, das in der Wohnung herrschte, ansprechen sollte.

»Wo denken Sie hin«, entfuhr es Johannes. »Der kleine Prinz erzählte uns zwar von seinem Vorhaben; Einblick in die Details gewährte er uns Dozenten nicht. Wir waren fasziniert von seinen Gedanken, wirklich ernst genommen haben wir sie aber nicht. Ich wollte Lukas′ Interesse an der Intelligenz der Tiere fördern, alles Weitere hat mich nicht interessiert. Wer beschäftigt sich heutzutage noch mit der Frage, ob Gott existiert oder nicht?«

Mathilde beobachtete ihn argwöhnisch. Sie konnte schwer einschätzen, ob er die Wahrheit sagte.

»Und Sie leben in diesem kleinen Zimmer?«, fragte sie verwundert.

»Es bleibt mir nichts anderes übrig«, erwiderte Johannes schulterzuckend.

»Sie sind studierter Zoologe, finden Sie keinen Platz an einer herkömmlichen Universität?«, hakte Mathilde ungläubig nach.

»Ich möchte ehrlich zu Ihnen sein«, antwortete Johannes nach kurzem Zögern. »Nach meinem Studium bin ich in eine schwere Depression abgerutscht. Das Tief konnte ich nach einem monatelangen Klinikaufenthalt zwar überwinden, aber meine psychische Belastbarkeit ist nach wie vor nicht hoch. Ich bin froh, überhaupt Seminare an der Junior-Uni halten zu dürfen, sonst würde ich komplett verblöden.«

»Also sind Sie auf finanzielle Unterstützung von Ihrer Mutter angewiesen«, stellte Mathilde fest, einen Blick auf den Laptop auf dem Schreibtisch werfend. Irgendetwas blinkte hektisch am unteren Rand des Monitors. »Bei Ihnen blinkt was.«

»Leider ja. Ich muss das Elend hier ertragen, aber ich denke nicht daran, meiner Mutter hinterher zu räumen. Ich habe genügend Anzüge, irgendwann schmeißt sie immer eine Maschine an. Mehr verlange ich nicht von ihr.« Er warf einen Blick über seine Schulter. »Ich habe eine E-Mail mit Wichtigkeitsmarkierung erhalten.« Er erhob sich, wandte Mathilde den Rücken zu und setzte sich rücklings wieder hin. Mathilde beobachtete, dass er das Blinken am Bildschirmrand mit einem Mausklick beendete und wie gebannt auf den Monitor starrte. »Mein armer dunkler Engel«, flüsterte er nach einer Weile entsetzt. Mit einem Ruck stand er auf und ging wutentbrannt auf Mathilde zu. »Machen Sie, dass Sie verschwinden«, zischte er, die Hände zu Fäusten geballt.

»Was ist passiert?«, wollte Mathilde neugierig wissen. »Was habe ich Ihnen getan? Woher dieser plötzliche Stimmungswandel?«

»Gehen Sie, bevor ich mich vergesse«, sagte Johannes drohend. »Wie konnten Sie ein Kind der Polizei ausliefern?«

»Welches Kind soll ich der Polizei ausgeliefert haben?«, fragte Mathilde verständnislos nach.

»Hauen Sie ab.« Johannes packte nach ihren Oberarmen und zog sie von der Couch.

»Fassen Sie mich nicht an«, wehrte Mathilde den aufgebrachten Mann ab. Plötzlich fiel es ihr wie Schuppen von den Augen. »Jetzt verstehe ich«, rief sie. »Sie reden von Henriette Mars.« Zu ihrem Erstaunen füllten sich Johannes' Augen mit Tränen.

»Sie ist mein einziges Glück«, flüsterte er. »Mein Stern in der Finsternis.«

»Das klingt so, als wären Sie verliebt in das Mädchen«, sagte Mathilde überrascht. »Sie ist noch minderjährig.«

»Aber nicht mehr lange«, antwortete Johannes und suchte in der Tasche seiner Schlafanzugshose nach einem Taschentuch. »In einem Jahr wird sie volljährig sein.«

»Erwidert Henriette Ihre Gefühle?«, erkundigte sich Mathilde ungläubig. Sie erinnerte sich an ihr Gespräch, das sie Samstag mit Henriette und Gottfried Mars geführt hatte. Standhaft hatte sich das Mädchen geweigert, den Namen ihres Mittäters zu verraten. Sollte sie tatsächlich romantische Gefühle für den Dozenten hegen?

»Ich bin mir nicht sicher«, erwiderte Johannes kläglich. »Ich hatte mir so erhofft, nachdem …« Er brach ab und blickte betreten zu Boden.

»Nachdem Sie den Namen von Gottfried Mars in den Dreck gezogen hatten, zur Belohnung von Henriette geliebt zu werden?« Fassungslos schüttelte Mathilde den Kopf. »Was haben Sie nur getan? Welcher Teufel hat Sie geritten?«

»Henriette wird nicht schwer bestraft werden. Sie alte Hexe werden unsere gemeinsame Zukunft nicht zerstören. Henriette braucht mich, hat nur mich. Henry konnten Sie der Polizei ausliefern, bei mir wird Ihnen das nicht gelingen«, fauchte Johannes, eilte zur Zimmertür und verriegelte sie.

Geistesgegenwärtig ließ sich Mathilde auf die Couch fallen und griff in die Oberschenkeltasche ihrer roten Cargo-Hose. Ohne zu zögern, drückte sie die Taste auf ihrem BlackBerry, die augenblicklich auf dem Smartphone ihres Neffen Alarm auslösen und ihren Standort übermitteln würde. Anschließend schaltete sie die Aufnahmefunktion ein.

»Was haben Sie sich dabei gedacht, Obststücke mit Zyankali zu vergiften, in die Freiflugvoliere einzuschmuggeln und den Verdacht auf Gottfried Mars zu lenken? Sie sind ein erwachsener Mann. Welche Macht hat ein

Teenager über Sie?«, versuchte Mathilde verzweifelt, das Gespräch in Gang zu halten. »Wollten Sie einen unschuldigen Mann skrupellos lebenslang hinter Gitter bringen?«

»Unschuldig? Gottfried Mars ist alles andere als unschuldig. Er hat seine väterliche Macht Henriette gegenüber mehr als einmal missbraucht«, entgegnete Johannes, während er zum Wandschrank ging und diesem eine bereits aufgezogene Einwegspritze entnahm. »Diese Spritze sollte irgendwann für meine Mutter bestimmt sein.«

Mathilde erschrak vor dem Wahnsinn in Johannes' Stimme.

Wie auf Kommando senkte sich die Türklinke, und sie hörten ein ärgerliches Schnauben.

»Johannes, meine Kippen sind alle«, keifte Frau Kartens. »Mach die Tür auf und hole mir gefälligst welche. Sonst drehe ich dir den Geldhahn ab.«

Johannes ignorierte die Stimme seiner Mutter. »Gottfried Mars quält Henriette, so wie meine Mutter mich quält. Mein kleiner Schatz wird ihre Ausbildung zur Altenpflegerin machen, dafür gebe ich alles. Und ich …«, langsam schritt er auf Mathilde zu, die sich ängstlich nach einem Gegenstand umsah, mit dem sie sich verteidigen konnte. Ein fiebriger Glanz verklärte Johannes' Augen. »Ich werde Sie daran hindern, mich auffliegen zu lassen. Und anschließend werde ich mich an meiner Mutter für all das rächen, was sie mir angetan hat. Es wird keine Zeugen geben.«

»Was haben Sie davon?« Mathilde blickte Johannes fest in die geröteten Augen. »Möchten Sie nicht nur des Vogelmordes, sondern auch des zweifachen Menschenmordes angeklagt werden? Meine Haushälterin weiß, dass ich bei Ihnen bin. Seien Sie vernünftig. Sie haben sich in eine irrwitzige Idee verrannt. Kommen Sie wieder zur Besinnung. Damit kommen Sie niemals durch.«

Johannes zitterte derart heftig, dass er kaum die Einwegspritze in der Hand halten konnte. Der Angstschweiß stand ihm auf der Stirn, während er auf Mathilde zuwankte.

»Mein erbärmliches Leben«, entfuhr es ihm verzweifelt.

Der schreckliche Schrei seiner Mutter ließ ihn zusammenzucken.

»Kriminalpolizei«, hörte Mathilde zu ihrer grenzenlosen Erleichterung die vertraute Stimme ihres Neffen. »Öffnen Sie augenblicklich die Tür, oder wir brechen sie auf.«

»Es ist alles vorbei. Ich kann und muss es nicht mehr ertragen.« Während die Tür mit einem lauten Krachen zersplitterte, setzte sich Johannes die Injektion.

Mit gezückten Pistolen stürmten die drei Beamten in den Raum.

»Hände hoch«, schrie Florian Vogel und rannte auf Johannes zu.

Lächelnd kam dieser der Aufforderung nach.

»Tante Mathilde, was ist passiert? Du hast einen Notruf abgesetzt«, wollte Herbert atemlos wissen. »Zum Glück waren wir gerade in der Nähe.«

Mathildes Beine waren plötzlich gummiweich. Es gelang ihr nicht, sich von der Couch zu erheben.

»Henriette Mars«, stammelte sie. »Johannes Kartens, Lukas' Dozent, hat das Zyankali besorgt und in den Zoo gebracht.«

»Ich verstehe nur Bahnhof«, erwiderte Herbert, aus dem Augenwinkel beobachtend, wie Florian dem bebenden Mann im Schlafanzug Handschellen anlegte. »Was hat Herr Kartens mit Gottfried Grimms Tochter zu tun?«

»Facebook«, erwiderte Johannes, der mittlerweile leichenblass im Gesicht war. »Wir haben uns über Facebook kennengelernt. Richten Sie ihr aus, dass ich sie liebe. Sie soll es zumindest wissen.«

»Wir brauchen einen Notarzt«, rief Mathilde und versuchte erneut, von der Couch aufzustehen. »Zunächst wollte er mich und seine Mutter vergiften, schließlich hat er sich das Gift selbst injiziert.«

Herbert unterdrückte einen Fluch. »Mathilde, du musst unbedingt hier raus. Schnell.« Er warf einen raschen Seitenblick auf Johannes Kartens, und ihm zog sich der Magen zusammen. Der Mann schluckte und schluckte, als versuche er, Essen hinunterzuwürgen. Florian gelang es nur mit Mühe, den Sterbenden auf die Couch zu legen. Auf einen Wink von Herbert hin öffnete er langsam die Handschellen.

Herbert griff nach den Händen seiner Tante, zog sie auf ihre Füße und bugsierte sie mit aller Kraft zum Ausgang. »Warte draußen an meinem Dienstwagen auf mich. Hans wird deinen Ingo zur Mirker Höhe bringen. Du bleibst bei Florian und mir. In dem Zustand lasse ich dich nicht Auto fahren.«

Noch immer etwas wackelig auf den Beinen, durchquerte Mathilde die Wohnung, nebenbei registrierend, dass weitere Beamte beruhigend auf die völlig aufgelöste Frau Kartens einredeten.

Mathilde lehnte erst drei Minuten an Herberts 5er

BMW-Limousine, als der Rettungswagen der Feuerwehr mit lautem Sirenengeheul mitten auf der Straße zum Stehen kam. Gleich dahinter hielt der Notarztwagen, dem ein weiß gekleideter Mann entsprang. Mit dem Notfallkoffer in der Hand eilte er durch die weit offenstehende Haustür.

Mathilde schloss erschöpft die Augen und atmete mehrmals tief durch. Mit dieser Wendung der Ereignisse hatte sie nicht gerechnet. Sie würde berichten müssen, da ging kein Weg daran vorbei. Sie nahm sich jedoch vor, Henriettes Namen nicht zu nennen, doch die Parteifreunde von Gottfried Mars würden eins und eins zusammenzählen. Es sah nicht gut für seine politische Laufbahn aus.

»Mathilde, was soll ich nur mit dir machen? Wie oft möchtest du dich noch in lebensbedrohliche Situationen begeben? Hatten wir nicht vereinbart, dass du dich in der Junior-Uni mit Johannes Kartens treffen solltest? Bitte gib Hans deinen Autoschlüssel«, forderte Herbert seine Tante auf, nachdem die drei Beamten den Tatort verlassen hatten. »Wir fahren. Alles Weitere wird später der Gerichtsmediziner erledigen. Obwohl ich bereits jetzt weiß, dass sich Johannes Kartens Kaliumcyanid gespritzt hat.«

Mit bebenden Fingern suchte Mathilde in ihrer Tasche nach dem Autoschlüssel.

»Woher bist du dir so sicher? Klar, der Verdacht liegt nahe, weil er die fünf Tiere in Aralandia ebenfalls mit Zyankali vergiftet hat.«

Hans nahm ihr die Tasche aus der Hand und kippte den Inhalt vorsichtig auf den Bordstein. »Frau Krähenfuß, mit Kaliumcyanid vergifteten sich am Ende des Zweiten Weltkriegs zahlreiche Anhänger Adolf Hitlers. Sie zogen den Freitod der Gefangenschaft vor und nahmen die grausamen Minuten des inneren Erstickens in Kauf.«

»Hans«, mischte sich Herbert mahnend ein. »Ich habe meiner Tante den furchtbaren Anblick der letzten Minuten von Herrn Kartens erspart. Verzichte bitte auf allzu detailreiche Schilderungen.«

Betreten fischte der Angesprochene den Schlüssel zwischen den auf dem Boden liegenden Sachen heraus, packte Knirps, Fernglas, Taschenlampe, Taschentücher und anderen Kleinkram in die Beuteltasche und gab sie Mathilde zurück.

»Auf geht's«, sagte Herbert und hakte seine Tante unter. »Wir bringen dich heim. Sei bitte in Zukunft vorsichtiger. Ach, hast du Kartens' Geständnis zufällig aufgezeichnet?«

Trotz allem musste Mathilde grinsen. »Sicher, mein Lieber. Ich spiele dir auf der Fahrt die Aufnahme meines BlackBerrys ab.«

Dienstag, 15. Oktober 2019

Die Todesfälle in der Freiflugvoliere »Aralandia« im Wuppertaler Zoo geben der Polizei weiterhin Rätsel auf.

Stehen die Morde an Lukas G. und dem Hyazinth-Ara in einem Zusammenhang mit dem einige Tage später erfolgten Anschlag auf weitere Tiere?

Von Mathilde Krähenfuß

WICHLINGHAUSEN. Gestern Vormittag führte der Hinweis einer anonymen Anruferin die Kriminalpolizei zur Wohnung des Dozenten des ermordeten Lukas G. in der Wichlinghauser Straße. Der Akademiker gestand, psychisch instabil zu sein und das vergiftete Obst aus Liebe zu einem jungen Mädchen in den Zoo geschmuggelt zu haben. Dieses habe mit der Tat das Ansehen des Wuppertaler Politikers Gottfried Mars beschmutzen wollen. Die Polizei konnte nicht verhindern, dass Johannes K. sich gestern aus einem Akt der Verzweiflung heraus selbst mit Gift das Leben nahm. Das noch minderjährige Mädchen ist nach ihrer Vernehmung bereits wieder zu Hause. Das Jugendgericht wird das Strafmaß bei einer späteren Gerichtsverhandlung festlegen. Kriminalhauptkommissar Herbert Mucke sagte der Ronsdorfer Gazette, er gehe nicht davon aus, dass das Mädchen ebenfalls für den Mord an Lukas G. verantwortlich ist.

Nachdenklich blickte Philippe Lefevre auf den Monitor. Er überlegte, ob das, was er vor sich hatte, nur die Fantasien eines kleinen Jungen waren. Die Gedanken eines intelligenten kleinen Jungen, aber eben doch nur die eines kleinen Jungen. Ein Junge, der sich mit einem Ara angefreundet hatte und der von seinem Frodo begeistert gewesen war. Bei dem Gedanken an die Glanzkrähe schlich sich ein Lächeln auf sein Gesicht. Er erinnerte sich, wie stolz er gewesen war, den sechs Kindern des Seminars der Junior-Uni Frodos Kunststücke vorführen zu dürfen. Besonders das Interesse von Lukas hatte sein Herz erwärmt. Als dieser fragte, ob er für weitere Studien bei ihm über Nacht im Wildpark bleiben dürfe, hatte er bereitwillig zugestimmt und die Erlaubnis des Dozenten und der Eltern eingeholt. Johannes Kartens hatte er von Anfang an nicht leiden können. Immer höflich und freundlich, doch etwas stimmte nicht mit ihm. Da war sich Philippe sicher.

Er schloss das Dokument, stützte den Kopf auf den Handballen ab und dachte nach. Wieder schweiften seine Gedanken zu den vergangenen Sommerferien. Er hatte mit Lukas draußen vor der Voliere gesessen, in der die Krähen zufrieden ihre Obststücke futterten. Philippe hatte den Grill angeschmissen und damit gegen die Regeln des Wildparks verstoßen. Er und der Junge hatten sich verschwörerisch angegrinst, während sie die Würstchen wendeten. Lukas war zwar erst dreizehn Jahre alt gewesen, dennoch der erste Mensch, der Verständnis für seine Liebe zu einer Krähe aufbrachte. Die Beziehung zu ihren intelligenten Vögeln hatte sie zusammengeschweißt.

Philippe seufzte schwer. »Jetzt ist der Kleine tot«, flüsterte er. »Und Gamba ist es ebenfalls.«

Es war am dritten gemeinsamen Abend gewesen. Philippe erinnerte sich noch genau, dass der Regen gegen das Fenster des kleinen Raumes geprasselt hatte, in dem sein Bett stand.

»Ich möchte dir etwas zeigen, Philippe«, hatte Lukas plötzlich gesagt und ihn aus seinen großen, blauen Augen angesehen. »Du brauchst dich niemals um Frodo zu sorgen. Alle Tiere haben eine Seele. Sie ist anders als die der Menschen, aber trotzdem ebenbürtig. Im Gegensatz zu den menschlichen Seelen sind Tierseelen grundsätzlich unsterblich. Menschen sind auf Gottes Gnade angewiesen.«

Philippe hatte sich fast an seinem Bier verschluckt, so erstaunt war er über die Bemerkung des Jungen gewesen. Er selbst war kein Christ. Ihn interessierte nur die Gegenwart. Das hatte er an diesem Abend auch zu Lukas gesagt.

»Ach, Philippe.« Dieser hatte ihn nachsichtig und mit einem Hauch Überheblichkeit angeblickt. »Gleich wirst du anders darüber denken.« Er hatte eine Datei auf seinem Laptop geöffnet und Philippe das Unglaubliche vorgelesen. »Und das, was du jetzt gehört hast, bestärkt mich nur darin, es trotz allem zu wagen und die Existenz Gottes zu beweisen. Ich mache das, um uns alle zu retten. Es wird mir gelingen, den letzten Zweifler zu überzeugen. Wir sitzen alle in einem Boot, einem Schiff, das sinkt. Möchtest du meine Ansätze sehen?«

Natürlich hatte Philippe gewollt und von seinem kleinen Freund sogar die Erlaubnis erhalten, die Datei kopieren zu dürfen.

»Lukas, magst du mir auch zur Verfügung stellen, was du mir zuerst vorgelesen und niedergeschrieben hast? Vertrau mir, ich bin wie du. Bei mir ist alles in guten

Händen. Wir bleiben in Kontakt, nicht wahr? Schließlich sind wir jetzt Freunde.« Damals hatte Philippe seinen eigenen Worten geglaubt und sich geehrt gefühlt, der einzige Mensch zu sein, dem Lukas bedingungslos vertraute. Doch nur kurze Zeit darauf hatte er Raphael Gonzales kennengelernt. Von da an war alles anders geworden.

*

»Die Schulleiterin hat soeben angerufen«, informierte Gottfried Mars seine Tochter mit bitterböser Mine. »Du hast deinen Willen bekommen. Am Ende des Schuljahres wirst du das St. Anna-Gymnasium verlassen müssen. Das war es mit deinem Abitur. Dass du überhaupt solange bleiben darfst, hast du nur mir zu verdanken. Ich werde jetzt versuchen zu retten, was zu retten ist. Morgen Abend werden meine Parteimitglieder über meinen Werdegang abstimmen. Zwar bin ich von aller Schuld freigesprochen, dennoch ist jedermann bewusst, dass mit dem Mädchen, das in der Ronsdorfer Gazette erwähnt wurde, meine Tochter gemeint ist. Das hast du super hinbekommen.«

Henriette warf einen unendlich traurigen Blick auf ihre Mutter. Seit Samstag behandelte Carmen Mars ihre Tochter wie Luft. Das Einzige, was sie jetzt zu ihr sagte, war: »Sobald das Schuljahr zu Ende ist, wirst du deine Ausbildung beginnen und ins Schwesternwohnheim ziehen. Ich möchte nichts mehr mit dir zu tun haben. Du hast mein Leben zerstört. Fast wäre ich die Frau an der Seite eines erfolgreichen Politikers geworden. Ich werde dir nie verzeihen, dass wegen deiner Taten mein Traum wie eine Seifenblase geplatzt ist.«

Henriette konnte ihre Tränen nicht mehr zurückhalten. Die Eltern waren zu ihr in die obere Etage gekommen und standen wie lebende Mahnmale vor ihr. Henriette lag im Bett. Sie konnte den Verlust von Johannes nicht ertragen. Er war der einzige Mensch auf der Welt gewesen, der ihr Leid verstanden hatte. Und jetzt hatte auch er sie im Stich gelassen.

»Mich rühren deine Tränen nicht, Henriette«, sagte Gottfried bitter. »Es ist alles deine Schuld. Du wirst eine Jugendstrafe erhalten, und dein ach so toller Mithelfer hat sich das Leben genommen. Ohne deine aberwitzige Idee wäre er jetzt noch am Leben.«

»Es ist Mathilde Krähenfuß' Schuld«, erwiderte Henriette verzweifelt. Die dunklen Haare umrahmten ihr bleiches Gesicht. »Sie hat Herrn Mucke auf mich angesetzt und bei Johannes herumgeschnüffelt. Ohne sie wäre er jetzt noch am Leben. Ich weiß, dass ich nicht richtig gehandelt habe, aber ich war so unglücklich. In der Schule spiele ich die Starke, doch in Wahrheit geht es mir nicht gut. Wer interessiert sich aufrichtig für mich? Gaby hat angerufen und mir die Freundschaft gekündigt. Die Ratte verlässt das sinkende Schiff, und das, obwohl sie Johannes und mich unbedingt in den Zoo begleiten wollte. Eifersüchtig war sie auf ihn, weil er mich geliebt hat. Jawohl, das weiß ich. Ihr liebt nur euch selbst und euer Ansehen in der Gesellschaft. Ich konnte es euch nie recht machen. Was aus mir wird, interessiert euch nicht. Euch geht es nur darum, dass eure Tochter Papas Ruf nicht noch mehr beschmutzt.« Henriettes

Tränen waren versiegt, derart wogte der Zorn in ihr. Sie richtete sich auf und sagte: »Eines Tages werde ich mich dafür, was ihr mir angetan habt und antut, rächen. Ich hoffe, Papas Karriere ist zu Ende. Dann ist Johannes zumindest nicht umsonst gestorben.«

Gottfried Mars schlug seiner Tochter mit aller Wucht ins Gesicht. Henriette hielt sich die schmerzende Wange und kreischte: »Ich zeige dich an, du gefühlloser Mistkerl von Vater.«

Carmen mischte sich mit eiskalter Stimme in das Streitgespräch ein: »Ich werde deine Großtante Ludmilla bitten, dich aufzunehmen. In Anbetracht der Situation halte ich es für besser, wenn du die Zeit bis zur mittleren Reife nicht in unserem Haus verbringst.«

»Von mir aus. Ich lebe lieber bei der alten Schachtel als hier in diesem Showroom. Seht euch eure Wohnung an. Wer lebt in so einer Steinwelt? Eure Herzen sind so hart wie eure Steine.« Henriette ließ sich in ihr Kissen fallen und zog die Bettdecke über den Kopf.

*

»Wie lange bleibt Erwin in Rom?«, wollte Herbert wissen, während er genüsslich an seiner Zigarre zog.

»Insgesamt ist er drei Monate weg«, gab Mathilde Auskunft, ebenfalls einen Zug von ihrer Zigarre nehmend.

Sie saßen, in zwei Decken gehüllt, auf der Plattform, von der sie einen Blick über Mathildes steil abfallenden Garten hatten. Dahinter sahen sie in der Dunkelheit die Lichter ihrer Stadt.

»Eine Siebzehnjährige bringt einen erwachsenen Mann

dazu, Tiere in Aralandia zu vergiften. Es ist pervers, soll die Voliere doch die bedrohten Arten vor dem Aussterben retten. Was muss Henriette erlebt haben, um so zu handeln? Im Altenheim wirkte sie verletzlich, zart auf mich.« Nachdenklich blickte Mathilde auf ihre glimmende Zigarre. »Unfassbar, was gestern geschehen ist. Dass Kartens der Mann war, der an der Seite von Henriette und Gabriele das vergiftete Obst in den Zoo geschmuggelt hatte, wäre mir im Traum nicht in den Sinn gekommen. Wer hätte gedacht, dass hinter dem Mann im grauen Anzug ein psychisch kranker Mensch steckt, der von seiner Mutter abhängig ist. Diese Mutter ...« Mathilde schüttelte fassungslos den Kopf. »Ungepflegt, stark übergewichtig, kettenrauchend, mir ist das alles ein Rätsel. Und in der heutigen Zeit lernen sich zwei verletzte Seelen bei Facebook kennen und werden gemeinsam unberechenbar. Zusammen fühlten sie sich stark genug, den Kampf gegen Henriettes Vater aufzunehmen. War Henriette auch stark genug, um Lukas Grimm zu vergiften? Oder war sie tatsächlich nur so schlau, die Gunst der Stunde zu nutzen, um Gottfried Mars zu diskreditieren? Habt ihr herausgefunden, woher Kartens das Zyankali hatte?«

»Das war nicht weiter schwer und ein Leichtes für ihn, das Kaliumcyanid aus dem Chemielabor der Junior-Uni zu entwenden.« Herbert griff nach der halbgeleerten Weißweinflasche und blickte seine Tante fragend an. Diese nickte auffordernd, und Herbert schenkte ihnen nach. Seine Frau würde ihn später abholen, und er konnte sich ein, zwei Gläser Chardonnay gönnen. »Florian und Hans waren bei Karin und Martin Grimm.

Und weißt du, was geschehen ist?« Herbert zwirbelte seinen Schnurrbart. »Martin Grimm gab an, auf Anraten des Franziskanerbruders die Festplatte von Lukas' Computer komplett gelöscht zu haben. Unsere Experten haben den Rechner auf den Kopf gestellt, doch es ließ sich nichts rekonstruieren. Herr Grimm hat ein spezielles Überschreibungsprogramm benutzt, das die Daten komplett vernichtet hat. Das hat ihm natürlich unser lieber Pater besorgt. Also ein totaler Reinfall. Wundert es dich, dass auch Pater John sämtliche Dokumente des Jungen von seinem Rechner entfernt hat? Aber unsere Leute bleiben dran und recherchieren. In ein paar Tagen werden wir Pater John erneut mit einem Durchsuchungsbefehl beglücken.«

»Da laust mich doch der Affe«, schimpfte Mathilde. »Wie kann dieser Franziskanerbruder das wagen?«

»Das habe ich mich auch gefragt«, entgegnete Herbert bitter. »Ich bin beinahe ausgerastet. Aber was sollte ich machen? Was weg ist, ist weg. Es ist zu spät. Wir waren zu spät. Es scheinen keine Kopien von dieser ach so weltverändernden Forschung mehr zu existieren.«

»Du vergisst diesen Philippe Lefevre«, widersprach Mathilde und nippte an ihrem Weinglas. »In wenigen Tagen fliegt er nach Rom. Im Übrigen habe ich auf der Website des Frankenberger Wildparks ein Foto von ihm entdeckt. Roswitha hat recht, er sieht aus wie ein männliches Top-Model. Jedenfalls habe ich Erwin den Link geschickt und ihn gebeten, am Flughafen Rom-Fiumicino nach ihm Ausschau zu halten. Es kann nicht schaden, wenn Erwin ihn ein wenig observiert.«

»Ich war ebenfalls nicht untätig und habe mit Kriminalhauptkommissar Schneider in Frankenberg telefoniert«, sagte Herbert mit einem raschen Seitenblick auf Mathilde.

Diese schnitt eine Grimasse. »Dem Guten werde ich nie verzeihen, dass er mir damals nicht helfen wollte, Martha zu befreien.«

»Im Fall Lukas Grimm zeigt er sich ebenfalls nicht kooperativ«, erwiderte Herbert bedauernd. »Ohne Durchsuchungsbefehl könne er nicht in den Wildpark spazieren und Philippe Lefevres Computer unter die Lupe nehmen lassen, meinte er am Telefon. Ich hatte den Eindruck, er nahm meine Schilderungen über Lukas Grimm nicht ernst.«

»Das kann ich ihm nicht verübeln. Es hört sich alles verrückt an.« Mathilde drückte den Zigarrenstummel im Aschenbecher aus. »Trotzdem müssen wir unbedingt Genaueres über den Inhalt von Lukas' Analysen in Erfahrung bringen. Geredet wird viel. Martha erzählt auch, dass es ihre afrikanischen Tiergeister wirklich gibt. Ich möchte Beweise sehen.« Mathilde wickelte die Decke enger um sich. »Wir müssen den Lösungsansatz wechseln und uns eingehender um das Gift kümmern. Wir brauchen mehr Informationen über das Batrachotoxin. Ich werde den Grimms auch einen Besuch abstatten. Vielleicht finde ich durch Zufall etwas heraus. Wir dürfen nichts unversucht lassen.«

Herberts Smartphone piepte. »Jasmin steht vor der Tür.« Er erhob sich und drückte Mathilde einen Kuss auf die Wange. »Gleich morgen werde ich mich um das Pfeilgift der Indianer kümmern.«

Mittwoch, 16. Oktober 2019

Vergnügt vor sich hin summend, stiefelte Mathilde den steilen Berg hoch, der an dem beliebten Gasthaus Eisenbach vorbei zum kleinen Wäldchen führte, das von allen *Wester Busch* genannt wurde. Die Sonne schien an diesem Vormittag, und Mathilde freute sich auf einen Spaziergang im Wald. Am Waldeingang angekommen, löste sie den Karabinerhaken von Lottes Halsband und ließ die Hündin laufen. Zwar bestand in Wuppertal generelle Leinenpflicht, doch im Wester Busch hielt sich kein Hundehalter an das Verbot. Auch der Streifenbeamte, der regelmäßig das Wäldchen inspizierte, drückte beide Augen zu. Mathilde schritt kräftig aus und genoss das laue Lüftchen, das die bunt gefärbten Blätter der Bäume in Bewegung brachte.

Plötzlich steigerte Lotte das Tempo, und Mathildes Blicke folgten ihr. Erfreut sah sie Ludmilla Klein und ihren Springer-Spaniel-Rüden Momo auf sich zukommen. Sie winkte ihr strahlend, doch zu ihrer Verwunderung reagierte Ludmilla nicht auf ihren Gruß.

»Ludmilla«, rief Mathilde der schlanken, achtundsechzigjährigen Frau mit den in kunstvolle Wellen gelegten Haaren entgegen. Wie immer war sie elegant gekleidet, sie trug ein wadenlanges Kostüm aus tannengrünem Samt.

»Wie konntest du es wagen«, sagte Ludmilla statt einer Begrüßung. Sie ignorierte das muntere Spiel der beiden Hunde.

»Was konnte ich wagen?«, wollte Mathilde verständnislos wissen.

»Gottfried Mars ist der Sohn meiner Schwester, wusstest du das nicht?«, stellte Ludmilla die Gegenfrage.

»Echt?«, entfuhr es Mathilde überrascht. »Woher sollte ich das wissen? Du hast nie von ihm gesprochen.«

»Ich bin seit vielen Jahren Mitglied in der SPD. Das sorgt für Diskussionsstoff, deswegen rede ich selten über ihn«, gab Ludmilla Auskunft. »Trotzdem bleibt Gottfried mein Neffe, und Henriette ist meine Großnichte. Dass Gottfried es jetzt schwer hat, kann ich dir gerade eben verzeihen, aber wie konntest du Henriette derart bloßstellen?«

»Wie ich sie bloßstellen konnte? Die junge Dame hat einem erwachsenen Mann schöne Augen gemacht und ihn dazu angestiftet, fünf Vögel des Wuppertaler Zoos zu vergiften. Und es wären noch mehr Tiere dem Gift erlegen, wenn der Tierpfleger José Anton das vergiftete Obst nicht relativ früh entdeckt hätte. Du selbst bist Tierliebhaberin, wie kannst du die Tat deiner Großnichte bagatellisieren?«

Ludmilla zögerte einen Augenblick. »Gottfried hat mir Henriette aufs Auge gedrückt. Carmen und er sind natürlich schrecklich wütend auf die Kleine.«

»Die Kleine ist siebzehn Jahre alt und so jung nicht mehr«, verbesserte Mathilde Ludmilla.

»Jedenfalls haben die zwei mir das Kind gestern am frühen Abend vorbeigebracht«, fuhr diese fort. »Ich habe ein weiches Herz. Natürlich lasse ich die Enkeltochter meiner verstorbenen Schwester nicht im Stich. Etwas Abstand voneinander wird den dreien gut bekommen. Irgendwann werden sich die Wogen hoffentlich wieder glätten.«

»Wo ist Henriette jetzt?«, hakte Mathilde wissbegierig nach.

»Bei mir zu Hause, wo sonst? Zum Glück sind jetzt Ferien. Bei ihren Mitschülerinnen und Mitschülern ist sie unten durch. Selbst ihre beste Freundin Gabriele redet nicht mehr mit ihr. Unfassbar, wie schnell das heutzutage geht. Gabriele und Henriette waren unzertrennlich.« Ludmilla seufzte schwer. »Gestern hat sie die ersten Stunden nur geweint. Sie scheint tatsächlich ein wenig verliebt in diesen Johannes Kartens gewesen zu sein. Das arme Kind. Ich versuche natürlich, sie so gut wie möglich aufzufangen. Momo hilft mir dabei.«

»Ehrlich gesagt, ich weiß nicht, was ich von deiner Großnichte halten soll. Ich möchte keinem jungen Mädchen schaden. Deswegen habe ich sie in der Zeitung nicht mit Namen erwähnt. Berichten musste ich. Sie hat es nicht anders gewollt«, rechtfertigte sich Mathilde.

»Wahrscheinlich hast du recht«, erwiderte Ludmilla. »Habe ich dir erzählt, dass zu mir morgens und abends jemand vom Pflegedienst kommt, der mir die Kompressionsstrümpfe an- und auszieht? Ich könnte das selbst, aber die Pflegeversicherung möchte das so.«

Mathildes Blick fiel auf die schlanken Waden, die unter Ludmillas Rock hervorlugten.

»Kann sein, dass du das irgendwann erwähnt hast. Kompliment, diese Stützstrümpfe sehen aus wie eine gewöhnliche Strumpfhose.«

»Sie bestehen aus einem besonders elastischen Material. Ich bin Privatpatientin, meine Krankenversicherung lässt sich nicht lumpen«, erklärte Ludmilla stolz. »Jedenfalls hatte gestern Abend Schwester Nadine Spätdienst.

Mit dem Pflegeteam bin ich sehr zufrieden. Die kommen aus Velbert-Neviges, weil ich an der Grenze zwischen Wuppertal und Velbert wohne. Du weißt doch, am Westfalenweg. Ich bin die letzte Patientin der Tour. Oft halte ich mit den Schwestern einen kleinen Plausch. Du kannst dir vorstellen, wie Henriette über Nadine hergefallen ist. Sie hat sie ausgequetscht wie eine Zitrone, wollte alles über die häusliche Krankenpflege wissen. Die Kleine ist richtig aufgeblüht. Wie sich rausgestellt hat, ist Schwester Nadine eine ungelernte Kraft. Das wusste ich gar nicht. Ich wünsche mir, dass Henriette ihren Weg findet.«

»Das wünsche ich ihr auch«, sagte Mathilde und rückte ihre Brille zurecht.

»Verständlicherweise wollte Nadine wissen, warum von heute auf morgen ein junges Mädchen bei mir eingezogen ist. Henriette hat ihrer Wut freien Lauf gelassen und mächtig über ihre Eltern geschimpft. In diesem Zusammenhang erwähnte sie Lukas Grimm, dessen Tod beschäftigt ja momentan ganz Wuppertal und Umgebung. Du wirst es nicht glauben, aber Schwester Nadine kannte den Jungen.« Ein leises Winseln stoppte ihren Redefluss. »Da hinten kommt Brutus.« Erschrocken leinte Ludmilla Momo an. Hektisch signalisierte sie dem auf sie zukommenden Mann mit dem Rhodesian Ridgeback, dass er seinen Hund an die Leine nehmen solle.

Mathilde blieb unbeeindruckt. Ihre Hündin vertrug sich mit jedem Rüden, sogar mit dem eindrucksvollen Brutus. Dieser spazierte mit aufgestellten Nackenhaaren und gefletschten Zähnen an ihnen vorbei. Momo versteckte sich hinter Ludmillas Beinen, und Mathilde musste schmunzeln. »Weißt du, wie Schwester Nadine mit Nachnamen heißt?«

»Leider nein, weshalb?« Ludmilla ließ Momo wieder frei. »Nadine hat sich viel Zeit für Henriette genommen. Die zwei waren sich trotz des Altersunterschiedes von knapp sieben Jahren sofort sympathisch. Nadine gab Henriette den Rat, zur Beichte zu gehen und sich einem der Brüder im Wallfahrtsdom anzuvertrauen.« Ludmilla blickte Mathilde aus weit geöffneten Augen an. »Ich habe im Stillen gedacht, dass Nadine mit dem Thema bei meiner Großnichte an der falschen Adresse ist, aber sie hat so von diesem Pater John geschwärmt, von seiner Wärme, dass Henriette ihr aufmerksam zuhörte.«

»Pater John?«, fragte Mathilde aufgeregt nach. Inzwischen war sie sich ziemlich sicher, dass Ludmilla von Nadine Marlon die Stützstrümpfe an- und ausgezogen bekam.

»Kennst du den Pater?«, wollte Ludmilla erstaunt wissen. »Es ist nicht zu fassen, aber Henriette möchte tatsächlich dort hingehen. Ausgerechnet unser Kind bereitet sich auf die Beichte vor.«

»Sie hat in den letzten Tagen einiges erlebt«, sinnierte Mathilde. »Solche Schicksalsschläge können einen Menschen verändern, besonders, wenn er so jung wie deine Großnichte ist.«

»Ach, Mathilde, sollen wir uns nicht vertragen? Du konntest nicht anders, ich verstehe es jetzt. Vielleicht sollten die Leben meines Neffen und meiner Großnichte andere Wendungen nehmen?« Ludmilla reichte Mathilde ihre schmale Hand.

Diese lachte aus vollem Herzen. »Meine liebe Ludmilla, wir haben keinen Streit. Ich bin doch kein Unmensch. Ich verstehe deinen Ärger. Grüß Henriette von mir. Ich wünsche ihr aus ganzem Herzen ein schnelles Gerichtsverfahren mit einer geringen Jugendstrafe.«

»Werde ich machen«, sagte Ludmilla lächelnd.

»Vielleicht bekommt dieser menschenbekehrende Pater John jetzt eine neue Jüngerin?«, murmelte Mathilde und pfiff nach Lotte. Diese ließ augenblicklich von Momo ab. »Ich wünsche dir viel Kraft, Ludmilla. Du bist wahrscheinlich das Beste, was Henriette passieren konnte.« Sie wandte sich um und trat den Heimweg an.

*

Florian Vogel blickte konzentriert auf den Bildschirm. Plötzlich ließ ihn das Geräusch der aufschlagenden Bürotür zusammenzucken. Er warf einen neugierigen Blick über seine Schulter. »Frau Awolowo, was machen Sie denn hier?«

Martha hängte ihre Jacke an die Garderobe und pfiff vergnügt vor sich hin.

»Sind Sie allein, Herr Vogel?«, erkundigte sie sich, anstatt Florians Frage zu beantworten. »Schauen Sie mal, was ich Feines für Sie habe.« Martha hievte die Stofftasche, die sie in den Händen hielt, auf Florians Schreibtisch. »Meine Nichte Faides hat eine große Schüssel afrikanischen Bananensalat für die Party heute Abend gemacht. Ich habe Ihnen etwas davon abgezweigt. Wo sind Ihre Kollegen?«

»Sie sind fast so neugierig wie die Adlerkralle«, sagte

Florian grinsend, interessiert das Innere der Tasche inspizierend. »Welche Party?«

»Unterstehen Sie sich, Mathilde so zu nennen. Sie heißt Krähenfuß«, empörte sich Martha. »Wir verabschieden meine Cousine Bintou.«

»Schon gut, schon gut, Frau Awolowo. Ich meine das doch nicht böse«, sagte Florian beschwichtigend. »Würden Sie so freundlich sein, mir den Grund Ihres Besuchs zu verraten? Sie sind gewiss nicht hier, um mich mit Salat zu versorgen.« Er stand auf, ging zum Schränkchen, auf dem die Kaffeemaschine ihren Platz hatte, kramte in einer der Schubladen und entnahm ihr schließlich einen Löffel und einen Teller.

»Mathilde hat mich ins Präsidium geschickt, weil sie schnellstmöglich wissen möchte, was Sie über das Pfeilgift der Indianer in Erfahrung bringen konnten«, erwiderte Martha und nahm auf Herberts Schreibtischstuhl Platz.

»Warum kommt Frau Krähenfuß nicht selbst?«, fragte Florian verwundert, derweil er sich großzügig am Bananensalat bediente. Er setzte sich lässig auf die Tischkante und begann zu löffeln. »Köstlich«, murmelte er mit vollem Mund.

»Mathilde ist in Neviges bei den Eltern von Lukas«, berichtete Martha bereitwillig.

»Heute scheint in unserer Nachbarstadt viel los zu sein«, grinste Florian. »Herbert und Hans sind unterwegs zum Dom, um Pater John erneut zu verhören.« Eine Weile widmete er sich schweigend der afrikanischen Spezialität. Schließlich brachte er den Teller zur Spüle und ließ Wasser darüber laufen. »Der Rest ist für meine

Kollegen?« Er blickte Martha fragend an und ging zurück zu seinem Schreibtisch.

»Selbstverständlich«, erwiderte Martha. »Ich freue mich, wenn es Ihnen allen schmeckt.«

»Spitzen Sie die Ohren, Frau Awolowo.« Florian fuhr mit der Computermaus über das Pad und wandte sein Augenmerk erneut dem Bildschirm zu. »Der Phyllobates terribilis, der sogenannte Schreckliche Pfeilgiftfrosch, weist auf seiner Haut eine Menge des Giftstoffes auf, die zehn erwachsene Menschen töten kann. Im westlichen Kolumbien verwenden die Noanamá-Chocó- und Emberá-Chocó-Indianer Batrachotoxin als Pfeilgift für Blasrohre. Es ist interessant zu wissen, dass die Frösche in Gefangenschaft ihre Giftigkeit verlieren. Von daher gehen die Wissenschaftler davon aus, dass die Tiere das Gift über ihre Nahrung aufnehmen und metabolisieren.«

»Können Sie mir diese Informationen ausdrucken?«, bat Martha den Beamten. »Das kann ich mir unmöglich alles merken.«

»Kein Problem«, erwiderte Florian jovial. »Batrachotoxin ist ein Krampfgift. Die tödliche Dosis beträgt pro Kilogramm Körpergewicht ein bis zwei Mikrogramm. Ich schätze einen normalgewichtigen, dreizehnjährigen Jungen auf fünfundfünfzig Kilogramm. Also brauchte es etwa hundertzehn Mikrogramm des Giftstoffes, um die letale Dosis bei dem Jungen zu bewirken.« Gedankenverloren fuhr Florian sich durch seinen roten Haarschopf. »Kolumbien liegt im nördlichen Teil Südamerikas. Das Gift ist nicht zu erwerben, zumindest nicht auf legale Weise. Lediglich die in Kolumbien und Panama lebenden Indianer machen sich die Giftfrösche zunutze.«

»Aber in den Zoos wird es diese Exoten zum Bestaunen geben«, mischte sich Martha in Florians Überlegungen ein.

»Wir können darauf verzichten zu überprüfen, ob es im Wuppertaler Zoo eine dieser Froscharten gibt und ob ein Tier entwendet worden ist«, murmelte Florian und schaltete den Drucker ein. »Eben haben wir gelernt, dass die Haut der in Gefangenschaft lebenden Tiere keinen Giftstoff vorweist.« Er erhob sich und ging mit dem Ausdruck zu Herberts Schreibtisch. »Hier.« Er reichte Martha die Blätter. »Vielleicht hat Frau Krähenfuß eine Idee. Ich finde alles sehr mysteriös. Wer hat die Möglichkeit, an dieses Gift zu kommen?«

*

Karin Grimm konnte sich kaum auf den Beinen halten, als sie Mathilde die Wohnungstür öffnete. Diese erschrak beim Anblick von Lukas′ Mutter. Ihre Haare waren fettig, die ungeschminkten Wangen eingefallen, sie trug einen fleckigen Bademantel.

»Frau Krähenfuß, was wollen Sie wieder? Ich habe keine Kraft mehr.« Unsicheren Schrittes durchquerte sie den Eingangsbereich und schwankte zum Küchentisch. Am heutigen Tag herrschte die Unordnung, die Karin Grimm bei Mathildes letztem Besuch angekündigt hatte.

Mathilde ließ sich auf den Stuhl gegenüber von Karin fallen. »Frau Grimm, mir liegt es fern, Sie zu quälen. Ich kann Ihr Leid sehr gut verstehen. Dennoch möchte ich Ihnen einige Fragen stellen. Lukas muss im Zoo etwas zu sich genommen haben, das seinen Tod verursacht hat.

Der Gerichtsmediziner fand in seinem Magen einen vergorenen Brei. Er konnte feststellen, dass Ihr Sohn Joghurt gegessen hat. Auch Spuren von Nüssen und Weintrauben hat er entdeckt. In dieser Kombination hatte sich das Gift versteckt, so viel steht fest.«

»Ich hätte es mir denken können«, hauchte Karin, schenkte sich ein Glas Wasser ein und griff nach ihrer Medikamentenschachtel.

Aufmerksam legte Mathilde ihre Hände auf Karins. »Wenn ich weg bin, kann ich Sie nicht daran hindern, sich mit Valium zuzudröhnen. Doch ich bitte Sie, damit einen Augenblick zu warten. Sie sind bereits jetzt kaum noch in der Lage zu sprechen.«

Karin zögerte einen Moment, seufzte und nahm einen Schluck Wasser.

»Lukas war verrückt nach Rosinen«, sagte sie leise.

»Rosinen?«, fragte Mathilde erstaunt nach.

»Er sammelte die verschiedensten Sorten, die angeblich alle unterschiedlich schmecken sollten.« Sie warf einen verlangenden Blick auf die Medikamentenschachtel.

»Wer wusste alles von dieser Eigenart?«, wollte Mathilde, hellhörig geworden, wissen.

»Das war allgemein bekannt.« Ein bitterer Zug erschien um Karins Mund. »Ich habe das ganze Zeug entsorgt, weil ich keine Rosinen mehr sehen kann.«

»So ein Mist«, entfuhr es Mathilde. Sie langte nach ihrer Handtasche, die sie neben ihrem Stuhl auf dem Boden abgestellt hatte. Während sie ihr BlackBerry suchte, sagte sie: »Sie hätten der Polizei von Lukas' Vorliebe für Rosinen berichten müssen. Vielleicht wären sogar noch einige von den vergifteten Exemplaren vorhanden gewesen. Ich bin mir ziemlich sicher, dass der Täter oder die Täterin sich Lukas' Vorliebe für Rosinen zunutze gemacht hat.« Stirnrunzelnd legte sie ihr BlackBerry auf den Tisch. »Gegebenenfalls hätte die Spurensicherung Fingerabdrücke auf einer der Verpackungen entdeckt. Sie haben wichtige Beweismittel vernichtet. Wann haben Sie die Rosinen weggeschmissen? Sind sie vielleicht noch im Abfalleimer?«

»Ich halte diesen Schmerz nicht mehr aus«, sagte Karin heiser. Ohne Mathildes missbilligenden Blick zu beachten, nahm sie die Packung mit den Beruhigungsmitteln an sich und schluckte gleich zwei Pillen auf einmal. »Ich muss Sie enttäuschen. Die Müllabfuhr hat am Montag unsere Mülltonnen geleert.«

»Wo hat Lukas die Rosinen aufbewahrt?«, fragte Mathilde weiter. Sie blickte Karin auffordernd an.

»In seiner Wohnung natürlich. Er hatte dort alles, was er brauchte«, flüsterte Karin.

Klassische Musik ertönte. Mathilde griff nach ihrem BlackBerry und nahm das Gespräch entgegen.

»Herbert? Das ist Gedankenübertragung. Ich bin bei Frau Grimm und wollte dich gleich anrufen. Konntet ihr Pater John eine wichtige Information entlocken?« Hoch konzentriert starrte sie an die Decke. »Er war nicht da? Bitte komm sofort bei den Grimms vorbei. Und ruf Jörg Tauben von der Spurensicherung an. Auch er soll sich auf den Weg nach Neviges machen. Warte kurz, ich muss Lukas' Mutter um ihr Einverständnis bitten.« Sie legte ihr Smartphone beiseite. »Frau Grimm, ist es in Ordnung für Sie, dass die Beamten gleich die Einliegerwohnung durchsuchen? Ansonsten muss mein Neffe einen richterlichen Durchsuchungsbefehl bewirken.«

Karin nickte nur verzweifelt. »Mein Junge ist tot. Mir ist alles gleichgültig. Mein Leben hat keinen Sinn mehr. Suchen Sie nur in seinen Sachen. In seiner Wohnung habe ich sonst nichts angerührt. Ich möchte wissen, wer meinen Sohn umgebracht hat, dem Mörder in die Augen sehen und verstehen, warum er die Tat begangen hat.«

»Herbert? Alles klar, ihr könnt euch auf den Weg machen. Melde dich bitte, solltet ihr in der Wohnung des Jungen fündig werden. Hör mal, Lukas hatte eine Sammelleidenschaft für Rosinen. Ja, du hast richtig gehört. Leider hat Frau Grimm alle Rosinen entsorgt. Ich gehe mit ziemlicher Gewissheit davon aus, dass Lukas mit dem Pfeilgift angereicherte Rosinen verspeist hat. Vielleicht entdeckt ihr trotzdem einen wertvollen Hinweis. Ich muss jetzt los. Sonst spricht Martha drei Tage lang nicht mehr mit mir. Du weißt schon, Bintous Abschiedsparty.« Sie beendete das Telefonat und erhob sich. »Woher bekam Lukas seine Rosinen? Kaufte er sich seinen Nachschub im Supermarkt?«

»Auch, natürlich.« Karin nickte. »Wie andere Menschen erlesene Weine sammeln und geschenkt bekommen, erhielt mein Sohn Rosinen als Präsente. Er hatte eine beachtliche Sammlung. Sorten aus Japan und Indonesien waren dabei, aus Frankreich und aus Kolumbien.«

»Erzählen Sie das alles den Beamten.« Mathilde reichte Karin die Hand. »Wir werden herausfinden, wer Ihren Sohn auf dem Gewissen hat. Das verspreche ich Ihnen.«

*

Mathilde gab ihrem Berlingo einen leichten Klaps aufs Dach. »Morgen früh hole ich dich wieder ab, Ingo.« Sie verließ den Wendehammer und spazierte den Weg entlang, der zu ihrer Miniaturwelt führte. Sie grüßte mal hier, mal dort einen Fußgänger und näherte sich schließlich der Mirker Höhe. Ihr Magen machte sich mit einem lauten Knurren bemerkbar, und sie freute sich auf die afrikanischen Spezialitäten. Sie beschleunigte ihre Schritte und erreichte nach wenigen Minuten ihr Knusperhäuschen. Die Haustür stand weit offen, und ein silberfarbener Toyota RAV4 parkte in der Garagenauffahrt. Beim Anblick der himmelblauen Bänder, die an der Antenne und den Rückspiegeln baumelten, musste Mathilde laut lachen.

In ihrer Küche bot sich ihr ein rührendes Bild. Martha saß auf einem Küchenstuhl und schaukelte ihre zwei fröhlich glucksenden Großnichten Fayola und Fanta auf den Oberschenkeln. Ihre Schwester Farah wuselte durch die Küche. Deren Tochter Faides, selbst stolze Mutter von Fayola und Fanta, rührte in zwei auf dem Herd stehenden Töpfen. Selten gab Martha das Zepter in Mathildes Küche aus der Hand, doch die Herstellung der afrikanischen Speisen überließ sie nur zu gerne ihrer Schwester und ihrer Nichte.

»Mathilde, endlich bist du da.« Bintou Babangida strahlte übers ganze Gesicht. Sie saß auf dem Stuhl neben Martha und strich Fanta und Fayola liebevoll über die krausen Haare.

»Wer übernachtet heute alles hier?« Mathilde befreite sich von ihrer Strickjacke und nahm gegenüber der Cousinen Platz.

»Nur Bintou und Faides. Faides fährt uns morgen zum Flughafen, deswegen bleibt sie direkt hier. Die süßen Mäuse schlafen bei Oma Farah.« Martha kraulte den Kleinkindern die Köpfe.

»Hast du die Informationen über das Gift?« Mathilde warf einen Blick auf die zusammengehefteten Blätter, die vor Martha auf dem Küchentisch lagen.

»Natürlich. Auf mich ist Verlass. Herr Vogel hat sich sehr über meinen Besuch gefreut. Er ist zwar manchmal frech, aber ein entzückender junger Mann, ganz entzückend. Herr Vogel hat einiges über das Pfeilgift der Indianer herausgefunden. Es wird von der Haut giftiger Frösche gewonnen, die nur in ihrer natürlichen Heimat in Kolumbien das Gift produzieren. In Gefangenschaft sind sie ungefährlich.« Martha reichte ihrer Freundin den Ausdruck.

»Kolumbien«, wiederholte Mathilde versonnen.

»Schade, dass ich morgen zurück nach Kapstadt fliege.« Bedauernd linste Bintou auf das Papier in Mathildes Hand. »Ihr müsst mich unbedingt über den Stand der Ermittlungen auf dem Laufenden halten.«

»Was hat dir meine liebe Haushälterin alles erzählt?« Mathilde warf Martha einen strengen Blick zu.

»Ich kann schweigen wie ein Grab.« Bintou hielt den Zeigefinger vor die Lippen. »Und jetzt vergessen wir Mord und Totschlag. Das Essen ist endlich fertig.«

Donnerstag, 17. Oktober 2019

Joche Rosario Franco spazierte, eskortiert von zwei Schweizer Gardisten, in Richtung der Vatikanischen Gärten im Westen des Kirchenstaates. Er genoss die wärmenden Sonnenstrahlen. In Italien lagen die Temperaturen in diesem Oktober um die fünfundzwanzig Grad. Dominikus I. hatte sich bewusst gegen das Tragen seiner weißen Soutane entschieden und war mit einem Holzfällerhemd und einer schwarzen Kordhose bekleidet. Mittlerweile hatten sich die Bewohner der Vatikanstadt und die zahlreichen Angestellten an den Anblick des Staatsoberhauptes in Zivil gewöhnt.

»Lasciami in pace«, sagte er zu den großgewachsenen, muskulösen Schweizern. Die Schweizer Garde bestand ausschließlich aus sportlichen Männern zwischen Anfang zwanzig und Mitte dreißig, die katholisch und unverheiratet sein mussten. »Lasciami in pace.«

Unbehaglich blickten sich die Männer an. Schließlich entschieden sie sich dafür, der Anweisung des Papstes Folge zu leisten. Der oberste Auftrag der Gardisten war, die Sicherheit des Heiligen Vaters zu gewährleisten, deswegen blieben sie ungern zurück. Dennoch nickten sie stumm und wandten Dominikus I. die Rücken zu. Sie würden warten, bis er zu ihnen zurückkehrte.

Gemächlich durchquerte Joche die Gartenanlage, die sich über zweiundzwanzig der vierundvierzig Hektar Fläche des Vatikans erstreckte. Sein Ziel war das Kloster Mater Ecclesiae, seit 2013 das Domizil des *Papa emeritus*. Dominikus I. war mit Bernward XVI. und dem Franziskanerbruder aus Deutschland in dem kleinen Wandelgarten direkt hinter dem Kloster verabredet. Die drei Geistlichen hatten im Vorfeld vereinbart, Pater John als alten Freund von Bernward XVI. vorzustellen, der ein paar Tage in der Gesellschaft von Manuel Klatz verweilen wollte. Dominikus I. entdeckte seinen Vorgänger auf Anhieb, der, in seine weiße Soutane gekleidet und beim Franziskanerbruder untergehakt, gemessenen Schrittes den geometrischen Pfaden folgte. Dominikus I. erhöhte die Frequenz seiner Schritte und erreichte die Männer schnell.

Zu Joches heimlichem Vergnügen fiel dem Franziskanerbruder beim Anblick des Papstes in Alltagskleidung die Kinnlade runter.

»Eure Heiligkeit«, stammelte er und neigte ehrfürchtig sein Haupt.

»Pater John, was führt Sie in die Vatikanstadt?« fragte Dominikus I. ernst. »Sie wollten unbedingt mit mir persönlich sprechen, sind deswegen aus Deutschland angereist. Wir werden Ihnen zuliebe die Unterhaltung in der deutschen Sprache führen. Einverstanden, Manuel?«

Der *Papa emeritus* nickte zustimmend.

»Was möchten Sie uns Wichtiges unter sechs Augen anvertrauen, Pater John?« Dominikus I. blickte den Pater fragend an.

»Martin Grimm, das ist der Vater des ermordeten Jungen, arbeitet als Sekretär im Dom. Ich konnte ihn problemlos dazu bewegen, die Festplatte von Lukas' Computer zu löschen.« Pater John griff erneut nach dem Arm Bernwards XVI. Die beiden alten Männer schienen sich gegenseitig Halt geben zu wollen.

»So war es abgesprochen.« Dominikus I. zog die Augenbrauen hoch. »Und weiter?«

»Ich habe ihn darauf angesprochen, dass Lukas etwas vor mir verborgen hat.« Pater John holte tief Luft. »Martin Grimm war darüber ganz und gar nicht überrascht.«

»Nein?« Die Miene des amtierenden Papstes verdüsterte sich. »Fahren Sie fort, Pater John.«

»Martin Grimm konnte mir nicht sagen, was der Junge mir verschwiegen hat, aber er gab an, dass Lukas eine intensive Brieffreundschaft mit einem Mitarbeiter des Wildparks in Frankenberg an der Eder gepflegt habe«, berichtete der Franziskanerbruder.

»Ein Tierpfleger?« Dominikus I. schüttelte verständnislos den Kopf.

»Frankenberg? Liegt das in Hessen?«, meldete sich Bernward XVI. zu Wort.

»Ja, ja, in Hessen«, stammelte Pater John aufgeregt. »Dieser Mensch, ein gewisser Philippe Lefevre, soll Lukas sehr nahegestanden haben. Die zwei lernten sich bei einer Exkursion kennen. Lukas war in der Junior-Uni eingeschrieben. Das ist eine Institution, die Wuppertal neben der Schwebebahn zu einer einzigartigen Stadt in Deutschland macht.«

»Der Pfleger stand ihm näher als Sie? Ich bin davon ausgegangen, Sie seien der engste Vertraute des Jungen gewesen.« Dominikus I. verschränkte die Arme vor der Brust.

»Das dachte ich auch«, erwiderte Pater John verbittert. »Mir gegenüber hat er Lefevre nur einmal erwähnt. In letzter Zeit hatte er sich von mir distanziert und noch mehr Zeit in der Freiflugvoliere Aralandia des Zoos verbracht. Er war besessen von einem Ara, nannte ihn einen Freund. Martin Grimm erwähnte, Lefevre habe ebenfalls einen Vogel zum Freund. Wahrscheinlich hat dieser Umstand den Pfleger und den Jungen zusammengeschweißt.«

»Also bitte, mein Freund.« Dominikus I. deutete mit der Hand auf eine Bank vor der grünen Hecke. »Sie fliegen nach Rom, um mit mir über Krähen und Papageien zu plaudern? Manuel, setz dich. Du wirkst heute sehr wackelig auf den Beinen.«

Dankbar nahm der Zweiundneunzigjährige auf der Gartenbank Platz. Der zehn Jahre jüngere Dominikus I. setzte sich neben ihn. Lediglich Pater John blieb vor ihnen stehen. Wäre jemand im Park gewesen, die drei Männer zu beobachten, dem hätte sich ein merkwürdiger Anblick geboten. Einer der weißhaarigen Männer trug Schwarz, einer war in Zivil und einer trug die dem Papst vorbehaltene Farbe Weiß. Niemand wäre auf die Idee gekommen, dass das Oberhaupt der katholischen Kirche der Mann mit der Kordhose war.

»Eure Heiligkeit, das alles mag in Ihren Ohren belanglos klingen, aber ich fürchte, dass Lefevre eine Kopie der Unterlangen von Lukas besitzt.« Pater John nestelte nervös mit den Fingern am Gürtel seiner Kutte.

»Wie kommen Sie darauf? Wir reden von einem einfachen Tierpfleger.« Dominikus I. trommelte ungeduldig mit den Fingern auf seine Beine.

»Die Wahrscheinlichkeit ist immerhin gegeben. Ich mache mir Sorgen, nicht, dass alles umsonst war.« Die Hände des Franziskanerbruders begannen zu zucken.

»Setzen Sie sich zu uns. Sie zittern und sind ebenfalls

nicht mehr der Jüngste.« Dominikus I. rutschte zur Seite und machte Platz für den Pater.

»Eminenzen, es kann sein, dass Lukas diesem Menschen sein Geheimnis anvertraut hat.« Pater John ließ sich langsam neben dem Papst nieder.

»Wenn es dieses Geheimnis überhaupt gibt.« Dominikus I. ließ seine Blicke gelangweilt über den Garten schweifen.

»Martin Grimm hat mir erzählt, es sei Lukas' sehnlichster Wunsch gewesen, Philippe zu Gott zu bekehren. Deswegen habe er ihm als einzigem Menschen ein Geheimnis anvertraut. Dass Martin mir das jetzt erst mitgeteilt hat, macht mich fassungslos. Die Menschen scheinen mir zu entgleiten.« Pater John seufzte schwer. »Bezweifeln Sie noch, dass von Lefevre eine Gefahr ausgeht?«

Dominikus I. schürzte nachdenklich die Lippen. »Vertrauenswürdige Experten haben sich mit Lukas' Gedanken auseinandergesetzt. Der Junge hat nicht übertrieben. Er hat gewissermaßen von hinten angefangen, die erste Ursache, unsere *causa sui*, Gott zu suchen.«

»Der Spiegel«, flüsterte Pater John. »Er sagte zu mir, ich solle hinter den Spiegel schauen.«

»Genau das hat Lukas gemacht. Es ist verblüffend einfach. Das meinen die Experten. Eigentlich ist es ein Wunder, dass bisher kein Wissenschaftler diesen Weg eingeschlagen hat.«

»Ich verstehe nicht.« Pater John faltete die Hände und stützte den Kopf darauf ab. »Ich bin aus den Formeln nicht schlau geworden.«

»Sie sind Kleriker, kein Wissenschaftler. Tatsache ist, dass, sollten Lukas' Ansätze in die falschen Hände geraten, damit der Urknall erklärt werden könnte. Wir dürfen das nicht zulassen. Die Gründe dafür sind Ihnen bekannt. Wenn Gott wollen würde, dass die Welt davon erfährt, wäre Lukas Grimm noch am Leben.«

»Eminenzen, ich möchte nicht vermessen erscheinen, aber ist es in Anbetracht unserer Zusammenarbeit nicht angebracht, dass Sie mir das vollständige dritte Geheimnis von Fátima offenbaren?« Pater John krallte die Finger in seine Mönchskutte. Er hatte seinen ganzen Mut zusammengenommen. Von der Reise nach Rom hatte er sich viel versprochen – und erhofft, eingeweiht zu werden.

»Das eine hat mit dem anderen nichts zu tun«, erwiderte Dominikus I. brüsk und erhob sich. »Das dritte Geheimnis wurde den Gläubigen in seinem vollständigen Wortlaut verkündet. Mehr sage ich dazu nicht.«

»Was machen wir jetzt mit Lefevre?«, fragte Bernward XVI. heiser.

»Uns bleibt nichts anderes übrig, als ihn in den Vatikan zu holen, um ihn zu überprüfen«, erklärte Dominikus I. bestimmt. »Ich werde eine vertrauenswürdige Person auswählen, die mit dem Mann Kontakt aufnimmt. Eine Frage habe ich an Sie, Pater John.«

Der Angesprochene zuckte zusammen. Er konnte sich denken, was der Papst von ihm wissen wollte.

»Warum haben Sie diesen Wikipedia-Eintrag verfasst?«, stellte dieser die erwartete Frage.

»Ich habe Lukas wie einen Sohn geliebt«, flüsterte Pater John und verbarg das Gesicht hinter seinen Händen. »Zu Beginn war ich stolz auf ihn, darauf, dass er Menschen zu Gott bringen wollte. Das Ausmaß dessen, was Lukas vorhatte, wurde mir leider zu spät bewusst. Wir Menschen neigen dazu, den Geliebten viel nachzusehen, viele Probleme, die sie verursachen könnten, zu übersehen.«

»Sie sind kein einfacher Mensch. Sie sind ein Geistlicher«, entgegnete Dominikus I. »Löschen Sie diesen Eintrag. Sofort.«

»Ist bereits geschehen«, berichtete Pater John eifrig.

Der höchste Würdenträger der katholischen Kirche sah den Franziskanerbruder eindringlich an. »Nachdem wir uns mit Lefevre befasst haben, wird der letzte Rest von Lukas´ Vermächtnis ausgelöscht sein wie der Wikipedia-Eintrag und wie er selbst.« Er kehrte den noch auf der Bank sitzenden Männern den Rücken und machte sich auf den Weg zurück zu seinen Leibgardisten.

*

Zufrieden beendete Mathilde das Telefonat. Sie hatte sich mit Erwin Wunderlich besprochen und ihn für morgen um zwanzig nach zehn Uhr am Vormittag zum Flughafen Rom-Fiumicino bestellt. Dort würde der Professor Ausschau nach Philippe Lefevre halten. Mathilde platzte fast vor Neugierde und wollte unbedingt herausfinden, weswegen der Franzose nach Rom reiste und was die Glanzkrähe damit zu tun hatte.

Martha und Faides waren mit Bintou unterwegs zum Flughafen und noch nicht zurückgekehrt. Nach der gestrigen Feier und einer auf der Luftmatratze auf dem Wohnzimmerboden verbrachten Nacht schmerzten Mathildes Kopf und ihr Rücken. Sie langte in die

Schreibtischschublade und entnahm ihr eine Schachtel mit Paracetamol. Gestern hatte sie dem Oshikundo ein wenig zu eifrig zugesprochen. Sie liebte dieses traditionelle afrikanische Getränk, hergestellt aus gegorener Hirse. Vom Geschmack her erinnerte das Getränk an Bier, doch der Alkoholgehalt variierte von Familie zu Familie. Faides hatte ein starkes Getränk gebraut und mitgebracht.

Mathilde öffnete das Worddokument, das sie unter dem Titel *Aralandia* abgespeichert hatte. Sie überflog ihre Einträge und fügte schließlich die von Florian Vogel gewonnenen Informationen über das Batrachotoxin hinzu.

»Karin Grimm hat erwähnt, dass ihr Sohn auch Rosinen aus Kolumbien besessen habe«, murmelte sie vor sich hin. »Ich bin mir ziemlich sicher, dass diese mit dem Pfeilgift der Indianer versetzt waren.« Sie reckte sich, stand auf und griff nach der auf der Couch liegenden Hundeleine. Sie musste dringend mit ihrem Neffen sprechen.

*

Henriette war schrecklich aufgeregt, als sie aus dem Bus ausstieg. Sie hatte nur ein Ticket für die Kurzstrecke lösen müssen, es war keine weite Fahrt von der Wohnung ihrer Großtante nach Velbert-Neviges. Sie hatte den Wallfahrtsdom in ihrem Smartphone gespeichert, eine App schlug ihr den kürzesten Fußweg zur Kirche vor. Henriette knöpfte ihre Steppjacke zu. Der Ferientag war sonnig und trocken gewesen, doch jetzt, am späten Nachmittag, versteckte sich die Sonne hinter grauen Wolkenbänken, und es nieselte leicht. Sie ging am Kindergarten der Kirche vorbei und erreichte das moderne, weitläufige zum Dom führende Gelände. Sie war mutterseelenallein auf der Anlage und beschleunigte ihre Schritte. Als sie Nadine Marlon den Dom verlassen und auf sich zukommen sah, fühlte sie sich seltsam erleichtert.

»Was ist los?«, fragte Henriette erschrocken, als sie nah genug an Nadine herangekommen war, um zu erkennen, dass deren Gesicht tränenüberströmt war.

»Er ist weg«, schluchzte Nadine.

»Wer ist weg?«, fragte Henriette verständnislos.

»Pater John.« Nadine zog ein Taschentuch aus ihrer eng sitzenden Jeans und schnäuzte sich kräftig die Nase. »Ich habe Herrn Grimm gefragt, wo er ist, doch er hat mir keine Auskunft gegeben.«

»Herr Grimm? Der Vater von Lukas?«, wollte Henriette erstaunt wissen.

»Er arbeitet hier als Sekretär, weißt du das nicht?« Nadine blickte sie fragend an.

»Es hat mich nicht interessiert, was der Vater dieses kleinen Giftzwergs macht«, gab Henriette schulterzuckend zu.

»Anscheinend haben wir viele Gemeinsamkeiten«, erwiderte Nadine und musste trotz ihres Kummers lachen. »Ich konnte Lukas ebenfalls nicht leiden.«

»Aber lass uns das Thema wechseln«, bat Henriette. »Ich habe in wenigen Augenblicken ein Beichtgespräch mit Pater Marco.«

»Es freut mich, dass du dir meinen Rat zu Herzen genommen hast«, murmelte Nadine und öffnete ihren Regenschirm. Der Nieselregen war einem heftigen Schauer gewichen. »Ich bring dich rasch zum Domeingang, damit du nicht bis auf die Haut durchnässt zu beichten brauchst. Anschließend muss ich fix heim. Joschua wartet auf mich.« Untergehakt spazierten sie die Stufen hoch zum Kirchengebäude. »Halte dich nach dem Eintreten links. Eine kleine Treppe führt zur Unterkirche, und ein Licht vor dem Beichtstuhl zeigt dir, ob der Pater bereit ist. Es ist wie bei der Verkehrsampel. Bei Rot musst du warten, bei Grün darfst du eintreten.«

»Du schwärmst für Pater John, habe ich recht?«, erkundigte sich Henriette, Nadine wissend anblickend.

Diese errötete. »Er hat mir ein neues Leben geschenkt. In seiner Nähe zu sein, ist mein einziger Wunsch.«

»Ich bin gespannt darauf, ihn kennenzulernen.« Henriette war mittlerweile sehr neugierig auf den Pater. »Vielleicht geht es mir nach der Beichte tatsächlich besser.« Sie zögerte einen Augenblick. »Das Beichtgeheimnis besagt, dass alles, was ich dem Pater erzähle, unter vier Augen bleibt. Kann ich mich darauf verlassen?«

»Natürlich, selbst wenn du einen Mord gestehen würdest, müsste Pater Marco schweigen«, versprach Nadine. »Er ist ebenfalls nett. Vertrau ihm an, was dich belastet, und beginne dein neues Leben.«

*

»Hilfe«, rief Hans Flachs und lachte, als die pitschnasse Lotte freudig erregt an ihm hochsprang.

Energisch pfiff Mathilde die Hündin zurück und spannte ihren Knirps neben der Bürotür auf.

»Sind Sie alleine, Herr Flachs?«

Dieser nickte zustimmend. »Auf dem Rathausvorplatz in Barmen gab es eine Messerstecherei, bei der ein junger Mann ums Leben kam. Herbert und Florian sind am Tatort.«

Mathilde hängte ihren Parka über die Stuhllehne und nahm an Florian Vogels Schreibtisch Platz.

»Das Batrachotoxin wird von der Haut giftiger Frösche gewonnen, die in Kolumbien leben. Karin Grimm hat erwähnt, dass zu Lukas´ Rosinensammlung auch welche aus eben diesem Land gehört haben.« Gedankenverloren rückte sie ihre Brille zurecht.

»Frau Krähenfuß, warum tragen Sie Ihre hübsche neue Brille nicht mehr?« Hans grinste schief. »Nervt es Sie nicht, ständig die Brille auf der Nasenspitze hängen zu haben?«

»Also wirklich, Herr Flachs«, erwiderte Mathilde entrüstet. »Es gilt, einen mysteriösen Mordfall aufzuklären, und Sie interessieren sich für meine Brille? Der Mörder oder die Mörderin hat ein Gift gewählt, das selten und schwer zu erhalten ist. Im Gegensatz zu dem Zyankali, das Johannes Kartens im Auftrag von Henriette Mars für den Vogelmord ausgesucht hat.«

»Und für seinen Selbstmord«, fügte Hans hinzu.

»Warum greift ein Mensch zum Edelweiß, wenn er Blumen auf der Wiese pflücken kann?«, überlegte Mathilde und strich über Lottes Kopf, die sich gemütlich zu ihren Füßen zusammengerollt hatte.

»So poetisch, Frau Krähenfuß?« Hans kratzte sich nachdenklich das schüttere Haupt. »Aber Sie haben recht. Das ist merkwürdig. Darüber haben wir noch nicht nachgedacht.«

»Wissen Sie, was ich glaube?« Mathilde hob beide Zeigefinger in die Höhe und legte den Kopf schief.

»Verraten Sie es mir«, entgegnete Hans interessiert.

»Das Gift muss durch einen Zufall in den Besitz des Mörders oder der Mörderin gelangt sein. Vielleicht war es ursprünglich gar nicht dafür bestimmt, zum Einsatz zu kommen«, sagte Mathilde nachdenklich.

»Im Labor der Junior-Uni besitzen sie im Übrigen kein Batrachotoxin. Und die Durchsuchung der Einliegerwohnung der Grimms hat uns auch nicht weitergeholfen. Alles dort war unauffällig. Das heißt, alles war typisch für einen Jungen in seinem Alter, der Papageien, Krähen und den Herrgott liebte, bis auf ein geöffnetes Teakholz-Kästchen, in dem wir einen Anhänger aus Sterling Silber entdeckt haben. Das Kästchen ist im Verhältnis zu seinem Inhalt relativ groß. Wahrscheinlich lag noch etwas anderes im Inneren, das Lukas entnommen haben wird.« Hans bewegte seine Computermaus und öffnete eine Bilddatei.

»Haben Sie das Kästchen konfisziert?«, wollte Mathilde aufgeregt wissen. »Silber ist wertvoll. Haben Sie sich bei Frau Grimm erkundigt, woher Lukas das Schmuckstück hat? Woher wissen Sie, dass das Schmuckstück aus Sterling Silber besteht?«

»Sie löchern mich mit Fragen.« Hans runzelte die Stirn. »Natürlich hat Jörg Tauben von der Spurensicherung das Kästchen samt Inhalt mit zur Analyse ins Labor genommen. Fingerabdrücke auf dem Schmuckstück selbst gab es viele, jedoch keine, die Tauben einer Person aus den Datenbanken zuordnen konnte. Das Gleiche gilt für das Kästchen. Für die Aufklärung des Falles haben diese Sachen keine Bedeutung.«

»Hm«, brummte Mathilde. »Wäre es möglich, dass ich mir Kasten und Inhalt ansehen kann?«

»Kommen Sie zu mir«, forderte Hans Mathilde auf. »Wir können uns die Fotos davon auf dem Bildschirm ansehen.« Während Mathilde Florians Bürostuhl zurückschob, aufstand und der Aufforderung des Beamten nachkam, vergrößerte dieser die Bilddatei.

»Das werde ich abfotografieren«, murmelte Mathilde. »Mir scheint, die Symbole darauf sind eine Eidechse und eine Feder.«

»Sie haben viel Fantasie«, entgegnete Hans und machte seinen Stuhl für Mathilde frei.

Während sie mehrere Fotos schoss, erwiderte sie: »Ich habe nicht nur Fantasie, sondern ebenfalls eine afrikanische Haushälterin.«

»Apropos Frau Awolowo.« Hans eilte zum Schrank, auf dem die Kaffeemaschine stand. Er öffnete ihn und entnahm ihm eine Schüssel. »Richten Sie der Nichte Ihrer Haushälterin bitte aus, dass der Bananensalat köstlich war.«

Freitag, 18. Oktober 2019

Carlo Esposito schlenderte durch den Wildpark. Ab und zu fotografierte er mit seinem Smartphone einen Hirsch oder eines der anderen freilaufenden Tiere und lächelte den wenigen abendlichen Besuchern des Parks freundlich zu. Dabei murmelte er das deutsche Wort für *corvo* vor sich hin. »Krähe, Krähe, Krähe.« Er hatte klare Anweisungen erhalten, die er in wenigen Minuten umzusetzen gedachte. Ihm war mitgeteilt worden, dass sein Auftrag sehr wichtig für den Vatikan sei. Carlo habe nicht zu zaudern, sollte sich Philippe Lefevre uneinsichtig zeigen. Er war sich sicher, dass es ihm gelingen würde, den Franzosen, falls er Probleme machen würde, zu überwältigen und unbemerkt aus dem Wildpark zu bringen.

Ein Mädchen stach ihm ins Auge, das eine Schubkarre mit Stroh vor sich herschob.

»Ragazza«, rief er der Kleinen zu, und sie hielt irritiert in der Bewegung inne. »Hey, kannst du helfen mir?«

»Was kann ich für Sie tun?« Das Mädchen lächelte ihn freundlich an.

»Krähe. Wo kann ich finden Vögel?« Carlos Blick schweifte über ihre sanften Rundungen. Er schätzte sie auf sechzehn Jahre, gewiss eine der wenigen Aushilfskräfte des Parks.

Mit ihrer schmalen Hand deutete sie auf den Weg entlang des Rotwildgeheges. »Ganz am Ende, bevor der Weg eine Kurve macht, finden Sie das Vogelhaus. Ein Besuch lohnt sich. Wir sind mächtig stolz darauf.«

»Grazie, Bella.« Carlo schenkte ihr sein schönstes Lächeln. Das kleine Persönchen mit den kurzen, blonden Haaren gefiel ihm außerordentlich gut. Im Stillen bedauerte er, keine Zeit für einen Flirt zu haben. Seine Mission hatte Vorrang. Also beschränkte er sich auf ein kurzes Augenzwinkern und machte sich auf den Weg zum Parkende. Dort angekommen, sah er einen Mann im schwarzen Anzug aufgeregt vor der Außenvoliere auf und ab gehen. Er war in Gesellschaft zweier in olivgrüne Arbeitskluft gekleideter Männer.

»Philippe ist einfach verreist?« Der Anzugträger war vor Wut knallrot im Gesicht. »Und hat eine der Glanzkrähen mitgenommen? Das erfahre ich erst jetzt? Ich bin der Geschäftsführer des Fördervereins, zum Herrgott noch mal.«

Carlos ungeteilte Aufmerksamkeit war geweckt. Er war Italiener, doch er verstand genug. Der Vogel war im wahrsten Sinne des Wortes ausgeflogen. Carlo gab vor, die Tiere im Inneren der Voliere zu bestaunen, während seine Sinne bis zum Äußersten gespannt waren.

»Herr Zacharias, Philippe ist meist allein bei den Vögeln. Sie wissen, dass außer ihm nur Aushilfskräfte hier arbeiten«, rechtfertigte sich einer der Pfleger. »Wir haben Sie sofort informiert, nachdem wir Philippes Notiz auf seinem Bürotisch entdeckt hatten. Er schreibt, er sei in einer sehr dringenden Angelegenheit unterwegs, die keinen Aufschub dulde.«

»Warum hat Philippe mich nicht informiert? Ich habe ihm vertraut. Wie kann er einfach eine Krähe entwenden? Sein Laptop ist ebenfalls weg. Das darf alles nicht wahr sein.« Herr Zacharias ballte die Hände zu Fäusten.

»Das ist uns ebenfalls ein Rätsel«, sagte der Tierpfleger eingeschüchtert.

»Was ist das hier für ein Saftladen?«, schrie Herr Zacharias aufgebracht. »Sein Handy hat er auch ausgeschaltet.«

Carlo hatte genug gehört. Er konnte seinen Auftrag nicht ausführen. Philippe Lefevre war verschwunden. Er unterdrückte einen Fluch. Schnellstmöglich musste er dem Vatikan von dieser unvorhergesehenen Wendung

Bericht erstatten und sich auf den Weg zurück nach Rom machen.

*

Erwin Wunderlich steuerte seinen alten Uni-Dienstwagen durch den Abendverkehr und pfiff leise vor sich hin. Am Morgen war es ihm problemlos gelungen, Philippe Lefevre am Flughafen abzufangen und ihm bis zum Al Ponte Del Papa B&B zu folgen. Von dem Bed and Breakfast im Herzen Roms waren es dreihundert Meter Fußmarsch bis zum Petersdom und etwa fünfhundert Meter bis zum Vatikan. Erwin hatte den Franzosen beim Einchecken beobachtet und anschließend mehrere Stunden der Dinge geharrt, die da kommen würden. Jedoch hatte er vergeblich darauf gewartet, dass Lefevre das Gebäude wieder verließ. Am frühen Nachmittag war er zurück zur Universität gefahren, um dort eine Vorlesung zu halten.

Jetzt zockelte der Lancia Dedra gemächlich durch die Straßen, und Erwin war in ständiger Sorge, von einem der halsbrecherischen Römer angefahren zu werden. Als er das Bed and Breakfast endlich erreichte, war es kurz vor neunzehn Uhr. Er überlegte, wie er vorgehen sollte, und entschied, sich an der Rezeption nach Lefevre zu erkundigen. Kaugummi kauend entstieg er dem Wagen und schritt zielstrebig auf den Eingang zu. Die Haustür stand weit offen, und Erwin erblickte eine alte, grauhaarige Frau hinter dem Empfangstresen, die gelangweilt in einer Illustrierten blätterte.

»Buona sera, buona moglie«, begrüßte er die Frau freundlich. »Do you speak English?«

»Sì, sì«, erwiderte diese und legte die Illustrierte beiseite. »Do you want a room?«

»Nein, nein«, wehrte Erwin ab. »I just want ...«

»Ich sprechen bisschen german. Tochter verheiratet mit deutscher Mann«, sagte sie stolz.

»Ich möchte einen Ihrer Gäste besuchen«, flunkerte Erwin und hoffte, dass Lefevre nicht ausgerechnet in diesem Moment beschloss, das Haus zu betreten oder zu verlassen. »Philippe Lefevre. Wissen Sie, ob er in seiner Suite ist?«

»Sì, sì«, sagte die Frau und nickte heftig. »Noch nicht Zimmer verlassen seit heute vor dem Mittag.«

»Vielen Dank«, entgegnete Erwin erleichtert. Anscheinend hatte er keine Aktivität Lefevres verpasst. Er lächelte die alte Frau an, die sich wieder ihrer Lektüre widmete. Er gab vor, den Flur entlangzugehen, hielt mit klopfendem Herzen in der Bewegung inne, wartete einen Augenblick und huschte schließlich geduckt an der lesenden Frau vorbei ins Freie. Er holte sein Smartphone aus der Tasche seiner abgeschnittenen Jeans und wählte Mathildes Nummer. Für ihn gab es nichts weiter zu tun, als abzuwarten.

*

Philippe Lefevre hatte seine Unterkunft in Rom online gebucht. Im Al Ponte Del Papa waren Haustiere erlaubt, und selbst gegen das Mitbringen eines Vogels hatten die Inhaber nichts einzuwenden gehabt. Frodo hatte den Flug zu Philippes Erleichterung gut überstanden, fiepte jedoch unglücklich in seinem Transportkäfig. Seine

Handinnenflächen waren feucht, als er den Ausdruck ein letztes Mal las. Seufzend rollte er das Papier zusammen und verschnürte es.

»Ich lasse dich raus, Kleiner«, sagte Philippe liebevoll zu seinem gefiederten Freund. »Es wird alles gut, du wirst sehen.« Er stand auf und schloss das Fenster. Zwar waren in Rom vor den Fenstern grundsätzlich Fliegengitter angebracht, doch Philippe wollte kein Risiko eingehen. Es wäre für Frodo ein Leichtes, das dünne Gewebe zu durchtrennen. Es reichte, wenn er der Krähe morgen vertrauen musste. Er hoffte mit Inbrunst, dass Frodo seinen Auftrag erfolgreich erledigen und zu ihm zurückkehren würde.

»Mein Liebling«, flüsterte er, während er den Käfig öffnete. Zu seiner Freude flog Frodo lediglich einmal durch den Raum. Allem Anschein nach schien er Philippes Nähe zu suchen, denn er landete neben ihm auf dem Bett. »Mon grand amour.« Philippe streichelte Frodos Gefieder, doch die Berührung spendete ihm keinen Trost. »Lukas, Lukas«, sagte er leise, und seine Augen füllten sich mit Tränen. »Wie konnte ich dich verraten, dein Vertrauen missbrauchen? Du warst mein kleiner Freund, hast mir dieses schreckliche Geheimnis anvertraut. Jetzt ist es zu spät. Raphael ist eingeweiht, obwohl ich es bis aufs Blut bereue.« Es stimmte. Philippe hätte alles dafür gegeben, das Geschehene rückgängig machen zu können.

*

Nachdenklich beendete Mathilde das Telefonat. Es ärgerte sie, zur Untätigkeit verdammt auf ihrem Schreibtischstuhl sitzen zu müssen, während der Professor den in seiner Unterkunft verweilenden Lefevre observierte. Sie hörte Martha in der Küche mit dem Geschirr hantieren, stand auf und rief Lotte.

»Komm, wir bewegen Ingo ein wenig, was meinst du?« Sie griff nach der auf der Couch liegenden Hundeleine, und Lotte wedelte erfreut mit ihrer Rute.

Gemeinsam verließen sie das Wohnzimmer. Beim Anblick ihrer Haushälterin schlich sich ein Lächeln auf Mathildes Gesicht. Seit Neuestem trug Martha ihr Haar zu kleinen Zöpfchen geflochten. Jedes zweite war rot gefärbt. Die Frisur gefiel Mathilde ausgesprochen gut, doch Martha scherte sich bei der Auswahl ihrer Kleider nicht darum, ob diese zur neuen Haarfarbe passten. Das rosafarbene, mit gelben Sternen verzierte Kleid biss sich mit dem Rot ihrer Zöpfe. »Ich brauche einen Umgebungswechsel, um über Lukas Grimm nachzudenken, und werde zum Westfalenweg fahren. Ich möchte eine Runde im Mirker Hain drehen.«

»Mach das«, erwiderte Martha, ohne in ihrer Arbeit innezuhalten. »In einer halben Stunde bin ich weg.«

»So früh schon?«, wunderte sich Mathilde.

»Ich erwarte Besuch«, sagte Martha ausweichend, sich weit übers Spülbecken beugend.

»Wer kommt denn?«, fragte Mathilde neugierig.

»Tido«, erklärte Martha und ließ das Spülwasser ablaufen.

»Wer bitte ist Tido?« Mathilde schnappte sich ihre an der Garderobe hängende Handtasche und stellte sie auf den Küchentisch. Sie öffnete sie weit und beugte sich tief darüber, sodass ihre Nasenspitze das Leder berührte.

»Tido Chidozie«, murmelte Martha und trocknete sich die Hände ab.

»Dreh dich mal zu mir um, meine Liebe«, befahl Mathilde, die zufrieden ihren Autoschlüssel aus der Tasche fischte.

»Tido ist der Mann meiner Schwester Ashanti«, gab Martha Auskunft und kam Mathildes Aufforderung nach.

»Aber Ashanti ist seit einem halben Jahr tot.« Mathilde konnte sich gut an die Beerdigung und vor allem an die sich daran anschließende Trauerfeier erinnern. Sie hatte Ashanti gut leiden gemocht und daran teilgenommen. Bis in die frühen Morgenstunden hatten die Männer auf der großen Wiese hinter dem Fernmeldeturm am Westfalenweg getrommelt und nach der katholischen Beisetzung die afrikanischen Tiergeister um Beistand gebeten.

»Ich vermisse sie sehr.« Martha spielte nervös mit ihrer grünen Creole. »Tido ist sehr einsam ohne meine Schwester. Er braucht etwas Gesellschaft. Ich kümmere mich ein wenig um ihn. Alle meine anderen Schwestern sind verheiratet und haben wenig Zeit. Ich nehme etwas von dem Fischauflauf mit.« Sie nahm eine Plastikschale aus dem Küchenschrank und öffnete den Herd. »Es ist genug von unserem Abendessen übrig.«

Mathilde zog die Augenbrauen hoch, öffnete die Haustür und machte sich mit ihrer Hündin auf den Weg zum Mirker Hain.

Die Straßenlaternen des Westfalenwegs warfen sanftes Licht auf den obersten Waldweg. Mathilde ließ Lotte angeleint und genoss den Abendspaziergang. Derweil sie sich fragte, ob Philippe Lefevre am heutigen Abend noch das Bed and Breakfast verlassen würde, sah sie drei Frauen auf sich zukommen. Sie verengte die Augen zu Schlitzen, um besser sehen zu können.

»Nadine Marlon, die liebe Ludmilla und Henriette Mars«, murmelte sie überrascht. »Sicher, Ludmilla wohnt hier und kommt nur ab und an zum Wester Busch.«

»Mathilde«, rief Ludmilla erstaunt. »Was machst du hier?«

Die drei Frauen kamen vor Mathilde zum Stehen, und Momo stürzte sich begeistert auf Lotte. Auch Joshua machte Anstalten, die Hündin zu beschnuppern, wurde jedoch durch ein energisches Knurren des Springer-Spaniel-Rüden daran gehindert. Die Nackenhaare der Deutschen Dogge stellten sich auf, und Nadine griff besorgt nach dem Halsband.

»Lotte ist Momos Freundin.« Ludmilla leinte ihren Hund ebenfalls an. »Wenn eine Hündin ins Spiel kommt, hört die Freundschaft zwischen Joschua und Momo anscheinend auf. Was führt dich zu uns in den Hain, Mathilde?«

»Ich hatte Lust, mal etwas anderes zu sehen.« Mathilde zog Lotte näher an sich heran, damit die Rüden sich wieder beruhigten, und wandte ihr Augenmerk Nadine Marlon zu. Die junge Frau wirkte blass, ihre Augen waren verquollen, und die Wimperntusche war verlaufen. Sie schien geweint zu haben.

»Geht es Ihnen nicht gut, Frau Marlon?«, erkundigte sich Mathilde besorgt.

»Nadine trauert ihrem Pater nach«, mischte sich Henriette Mars in das Gespräch ein. Im Gegensatz zu Nadine sah das Mädchen blendend aus. Anscheinend schien sie den Verlust von Johannes Kartens und den Auszug aus dem Elternhaus mittlerweile verkraftet zu haben.

Hellhörig geworden, fragte Mathilde: »Frau Marlon, wissen Sie, wo sich Pater John derzeit aufhält?«

Die Angesprochene nickte. »Endlich, ja. Herr Grimm hat es mir heute doch anvertraut. Pater John hält sich im Vatikan auf. Er hat eine Audienz beim *Papa emeritus*, das ist der zurückgetretene Papst. Wann Pater John wieder zurückkehrt, konnte Herr Grimm mir nicht sagen. Bestimmt hat das wieder etwas mit dem Klugschwätzer zu tun. Obwohl Lukas tot ist, beschäftigt er den Pater noch. Ich glaube nicht, dass Lukas wirklich etwas Wichtiges entdeckt hat. Er wollte sich nur in den Vordergrund drängen. Ich verstehe nicht, was Pater John derart besorgt macht.«

»Nadine, verzeihen Sie, dass ich mich einmische«, machte sich Ludmilla bemerkbar. »Es gibt viele Gründe für einen Franziskanerbruder, nach Rom zu reisen. Vielleicht bilden Sie sich einen Zusammenhang mit Henriettes verstorbenem Klassenkameraden bloß ein.«

»Mit einem hat Nadine recht«, warf Henriette ein und streichelte Momo liebevoll über den Kopf. »Lukas hat sich in der Schule ebenfalls in den Vordergrund gedrängt, ließ uns alle spüren, dass er ach so klug und uns überlegen war. Den Liebling der Lehrer liebt niemand.«

Mathildes Herz klopfte vor Aufregung. Pater John war in Rom. Im Vatikan. Konnte es ein Zufall sein, dass zeitgleich Philippe Lefevre dort weilte? Sie musste schnellstmöglich mit Erwin Wunderlich sprechen. Doch zuvor hatte sie noch einige Fragen.

»Dir scheint es bei der lieben Ludmilla gut zu gehen«, sagte sie zu Henriette.

»Ich bin glücklich«, erwiderte diese mit strahlenden Augen. »Großtante Ludmilla kocht viel besser als meine Mutter. Das vegane Essen hängt mir zum Hals raus. Und Momo schläft bei mir im Bett.« Sie kicherte. »Wenn das meine Mutter wüsste. Außerdem habe ich eine Freundin gefunden.« Sie schenkte Nadine ein Lächeln. »Wer weiß, vielleicht kann ich dich überzeugen, doch noch deine Ausbildung zur Altenpflegerin zu machen? Wir zwei in einer Klasse, das wäre toll.«

»Du weißt doch, dass ich Pater John nach Füssen begleiten werde, wenn die Franziskanerbrüder Neviges verlassen«, erwiderte Nadine leise.

In Mathildes Gehirn ratterte es. »Sie sind Pater John sehr innig verbunden, Frau Marlon«, stellte sie gedankenverloren fest.

»Nadine, verrenn dich nicht in eine fixe Idee.« Henriette legte den Arm um die junge Frau. »Ich möchte dich nicht wieder verlieren. Obwohl Lukas tot ist, verbringt Pater John nicht mehr Zeit mit dir als früher. Würdest du ihm wirklich etwas bedeuten, hätte er dir selbst von seiner Reise nach Italien erzählt.«

Augenblicklich füllten sich Nadines Augen mit Tränen.

»Jetzt ist Schluss mit dem Gerede«, sagte Ludmilla energisch. »Sie haben morgen Frühdienst, Nadine. Es wird Zeit für Sie, den Heimweg anzutreten. Außerdem beginnt gleich der Film, den Henriette und ich uns ansehen möchten. Ich wünsche dir einen schönen Abend,

Mathilde.« Mit diesen Worten kehrte sie Mathilde den Rücken und schritt zügig voran. Nadine und Henriette folgten ihr wie zwei Schafe ihrem Leittier, und Mathilde musste schmunzeln. Ludmilla hatte das Mädchen und die junge Frau anscheinend gut im Griff. Sie kramte ihr BlackBerry aus der Tasche ihres Parkas hervor und wählte Herberts Mobilfunknummer. Mit wenigen Worten gab sie das Gespräch mit Henriette Mars und Nadine Marlon wieder. »Eifersucht ist ein starkes Tatmotiv. Wir sollten uns eingehender mit Nadine Marlon beschäftigen. Sie scheint von Pater John regelrecht besessen zu sein. Aus Henriette Mars werde ich ebenfalls nicht schlau. Einerseits strebt sie einen sozialen Beruf an und kümmert sich um einen alten Mann im Pflegeheim, andererseits geht sie über Leichen, genauer gesagt über Tierleichen, um ihren Willen durchzusetzen. Diesen Willen hat sie bekommen. Ich muss nach Rom und Erwin unterstützen.« Ohne Herberts Reaktion auf ihre Reise abzuwarten, drückte sie den roten Telefonhörer ihres BlackBerrys. Sie ignorierte die eingehenden Sprachnachrichten und kündigte dem Professor ihre baldige Ankunft an.

Zurück daheim, rief sie unverzüglich Martha an. Diese ging erst nach mehrmaligem Anklingeln an das iPhone, das Mathilde ihr vermacht hatte. Rasch berichtete sie ihrer Haushälterin von den Ereignissen des Abends.

»Ich fahre morgen in aller Frühe zum Flughafen Düsseldorf«, sagte sie schließlich. »Du musst erneut bei mir einziehen und dich um Lotte und die Papageien kümmern. Martha? Hörst du mir überhaupt zu?« Genervt spitzte Mathilde die Ohren. Im Hintergrund hörte sie eine Männerstimme etwas auf Afrikanisch sagen, und Martha kicherte. »Martha?« Energisch erhob Mathilde ihre Stimme, bis sie wieder die ungeteilte Aufmerksamkeit ihrer Freundin hatte. »Dann ist es abgemacht«, sagte sie schlussendlich. »Wir sehen uns morgen um fünf Uhr bei mir. Ihr habt anscheinend viel zu lachen. Ich wünsche euch einen schönen Abend.« Irritiert betrachtete sie eine Weile ihr BlackBerry, bevor sie murmelte: »Meine Martha verbringt den Abend in der Gesellschaft eines alleinstehenden Mannes. Was soll ich davon halten?«

Samstag, 19. Oktober 2019

Erschöpft verließ Mathilde das Flughafengebäude. Sie hatte das Pech gehabt, während des Fluges neben einer Halbitalienerin sitzen zu müssen, die in einer Mischung aus Deutsch und Italienisch ihre Lebensgeschichte von sich gegeben hatte. Mathilde war erleichtert, als sie Erwin Wunderlich fröhlich winken sah. Zügig schritt sie zu den Taxen, neben denen der Professor verbotenerweise seinen Wagen geparkt hatte.

»Erwin«, keuchte Mathilde, als sie ihren Freund erreichte, »auf dich ist Verlass. Zum Glück hast du heute keine Vorlesung und auch kein Seminar. Wir müssen schleunigst herausfinden, warum Lefevre in Rom ist und ob es einen Zusammenhang mit Pater Johns Anwesenheit im Vatikan gibt.«

Galant öffnete Erwin die Beifahrertür, und Mathilde stieg schnell in den Wagen.

»Gut siehst du aus«, stellte der Professor augenzwinkernd fest. »Du solltest öfter Rot tragen.«

»Heute Morgen habe ich einfach nach dem erstbesten Kleidungsstück gegriffen«, erklärte Mathilde, während Erwin den Lancia startete. »Außerdem ist der Zweiteiler praktisch. Was fährst du für eine Klapperkiste? Ich spüre jede Straßenunebenheit«, wechselte sie geschickt das Thema.

»Die Uni *La Sapienza* scheint für mich wenig Budget zur Verfügung zu haben«, erwiderte Erwin grinsend. »In etwa einer Dreiviertelstunde werden wir Rom erreichen. Ich fahre über die A 91. Ein kleiner Umweg nach Santa Maria delle Mole würde mich zwar reizen, doch ich fürchte, dich nicht zu einem Ausflug überreden zu können.«

»Auf gar keinen Fall«, erwiderte Mathilde entrüstet. »Ich bin heilfroh, den frühen Flug ergattert zu haben und bereits um neun Uhr neben dir im Auto zu sitzen. Wir haben keine Zeit zu verlieren.« Sie nahm ihre Baseballkappe ab, mit der sie sich vor den UV-Strahlen schützen wollte. Das Wetter meinte es gut mit ihnen, und die Sonne erhellte den Vormittag.

»Lefevre hat gestern Abend das Bed and Brakfast nicht verlassen, zumindest nicht bis Mitternacht. Kurz nach vierundzwanzig Uhr bin ich zu meiner Pension gefahren«, erstattete der Professor Bericht.

Mathilde bedachte ihn mit einem flüchtigen Seitenblick. Er war braungebrannt, trug seine weißen Haare locker im Nacken zusammengebunden und einen Dreitagebart. Er war unbestreitbar ein attraktiver Mann.

Rasch wandte sie den Blick von ihm ab und schaute aus dem Fenster.

*

Florian freute sich, Herberts 5er BMW-Limousine fahren zu dürfen. Der Kriminalhauptkommissar hatte sich mit Hans in seinem Zweitdienstwagen auf den Weg nach Neviges gemacht. Die beiden wollten zunächst bei den Franziskanerbrüdern vorbeischauen und später Nadine Marlon einen Besuch abstatten. Herbert hatte herausgefunden, dass diese am heutigen Vormittag für einen kurzen Frühdienst eingeteilt war, der um zehn Uhr zwanzig endete. Die Pflegedienstleitung hatte den Beamten zwar erstaunt, aber bereitwillig alle geforderten Informationen zur Verfügung gestellt. Florian selbst war auf dem Weg zum St. Anna-Gymnasium. Dort wurde diesen Samstag Nachhilfeunterricht für schwache Schülerinnen und Schüler angeboten, die nicht mit ihren Eltern in den Schulferien verreisten. Er summte fröhlich vor sich hin, während er den Wagen durch die verwinkelten Straßen des Wuppertaler Viertels steuerte, das von seinen Bewohnern *Ölberg* genannt wurde. Florian hatte Glück. Auf dem Lehrerparkplatz des erzbischöflichen Gymnasiums war eine Lücke. Er stellte den Wagen ab und warf beim Aussteigen einen Blick auf seine Armbanduhr. Er war gut in der Zeit und ging zufrieden zum Schulgebäude. Die Schulleiterin hatte ihn zum Ruheraum für Schülerinnen und Schüler mit Bauch- oder Kopfschmerzen bestellt, damit er sich ungestört mit Henriette Mars unterhalten konnte. Lange brauchte er nicht zu warten, bis Henriette in der Begleitung ihrer Jahrgangsstufenlehrerin Frau Lux auf ihn zutrat.

»Guten Tag, Herr Vogel«, empfing ihn die Lehrerin freundlich. »Die Pause endet um zehn Minuten vor zehn. Sollten Sie etwas mehr Zeit benötigen, ist Henriette selbstverständlich entschuldigt.« Sie wartete nicht, bis Florian ihren Gruß erwidern konnte, sondern kehrte ihm den Rücken und ging den Gang entlang zurück zur Glastür, die in den Eingangsbereich der Schule führte.

»Hallo, Henriette«, begrüßte Florian das Mädchen, während er die Tür des Krankenzimmers öffnete. »Ich habe noch ein paar Fragen an dich.«

Der Raum war karg eingerichtet, lediglich ein Kreuz mit einem Lorbeerzweig schmückte eine Wand.

»Soll ich mich auf das Krankenbett legen, während Sie mich vernehmen?«, wollte Henriette sarkastisch wissen. »Wie bei der Psychoanalyse? Wir haben Sigmund Freud bereits im Unterricht besprochen.«

Im Stillen bewunderte Florian die Schlagfertigkeit der Siebzehnjährigen. Ohne ihr zu antworten, setzte er sich auf die Bettkante und zeigte mit dem Finger auf den danebenstehenden Stuhl.

Henriette nahm Platz und faltete die Hände im Schoß. Aus ihren großen, dunklen Augen blickte sie ihn an.

»Jetzt hör mir gut zu. Ich bin hier, weil ich dir im Auftrag von meinem Chef einige Fragen stellen soll. Das ist mein Job.« Er schlug ein Bein über das andere und umfasste mit seinen Händen die schmale Matratze. »Die erste ist folgende: Wie kamst du dazu, Lukas eine Chemikalie ins Getränk zu schütten, das bei ihm schweres körperliches Unbehagen auslöste?«

»Reiten Sie nicht auf diesem Scherz herum«, erwiderte Henriette. »Ich wusste genau, dass Lukas nichts Gravierendes geschehen würde. Etwas Brechreiz hat noch niemandem geschadet.«

»Du musst zugeben, dass eine fast volljährige junge Frau, die keine Skrupel hat, Vögel zu vergiften und einem Mitschüler eine Körperverletzung zuzufügen, durchaus in Frage dafür kommt, ihre Taten um einen Mord zu erweitern. Zumal du wiederholt geäußert hast, Lukas auf den Tod nicht ausstehen zu können«, fuhr Florian fort.

»Das war nur so dahingesagt«, rechtfertigte sich Henriette. »Wieso hätte ich Johannes bitten sollen, Zyankali zu besorgen, wenn ich Batrachotoxin vorrätig haben würde?«

»Respekt, ich hätte das Gift auf Anhieb nicht mit Namen nennen können«, stellte Florian stirnrunzelnd fest.

»Es stand in der Zeitung«, murmelte Henriette und verschränkte abwehrend ihre Arme vor der Brust.

»Was hattest du eigentlich gegen Lukas?«, hakte Florian nach.

»Sein bloßer Anblick hat bei mir Übelkeit verursacht«, zischte Henriette. »Dieser kleine, bleichgesichtige Kerl mit dem altmodischen Seitenscheitel und der Hornbrille. Keine einzige Schulmesse hat er geschwänzt und alle mit seiner Frömmigkeit genervt. Sein Gefasel vom Leben nach dem Tod hat mich nicht die Bohne geschert. Schön für ihn, dass er jetzt im Himmel ist. Was hatte ein Dreizehnjähriger in unserer Stufe verloren? Von mir aus hätte er gleich in der Junior-Uni einziehen können.«

»Aber jemanden nicht zu mögen, bedeutet nicht zwingend, Hass auf ihn zu verspüren«, unterbrach Florian das aufgebrachte Mädchen.

Die melodischen Klänge des Gongs, der das Ende der Pause ankündigte, ließen Florian zusammenzucken.

»Wenn Sie mich fragen, war Lukas bekloppt.« Henriette erhob sich von ihrem Stuhl. »Spricht mit Papageien, kniet regelmäßig auf dem Beichtstuhl und futtert die ganze Zeit Rosinen. Meine nächste Nachhilfestunde beginnt in wenigen Minuten. Wollen Sie noch etwas von mir, oder kann ich gehen?«

»Zunächst entlasse ich dich, doch mich hat unsere kurze Unterhaltung nicht von deiner Unschuld überzeugt«, sagte Florian, derweil er vom Bett rutschte. »Schau mich an.« Er fasste Henriette an den Schultern und zwang sie, ihm in die Augen zu blicken. »Hast du Lukas Grimm vergiftet?«

Henriettes Augenlider flatterten, und ihr stieg die Röte ins Gesicht. »Sie sind unverschämt, Herr Vogel. Ich habe Lukas nicht umgebracht, obwohl ich ihn absolut nicht vermisse.« Sie schüttelte Florians Hände ab und eilte aus dem Raum.

Nachdenklich zog Florian sein Smartphone aus der Hosentasche, sprach in das Mikrofon und schickte seinem Vorgesetzten eine ausführliche Sprachnachricht.

*

»Wie Martin Grimm in diesem Zustand überhaupt arbeiten kann, ist mir ein Rätsel«, stellte Herbert fest und zwirbelte seinen Schnurrbart. »Der Mann hat in kurzer Zeit massiv an Gewicht verloren.«

»Das ist kein Wunder, Pater John hat ihn doch zum Dauerfasten verdonnert«, erwiderte Hans, während er den Dienstwagen auf dem großen Parkplatz mitten in Velbert-Neviges parkte.

»Als ob der Vater für die Sünden seines Sohnes büßen könnte.« Herbert öffnete kopfschüttelnd die Beifahrertür und atmete tief die feuchte Luft ein. Es nieselte, und die Innenstadt bot einen grauen, düsteren Anblick. Nur vereinzelte Fußgänger eilten durch die gegenüberliegende Fußgängerzone, unterwegs zur Arbeitsstelle oder zu einem der Geschäfte.

»Nadine Marlon wohnt in der Elberfelder Straße«, stellte Herbert fest, neben Hans die Straße überquerend.

»Der Besuch im Dom hat uns nicht weitergebracht.« Hans hielt mitten in der Bewegung inne und blickte neugierig durch das Fenster des Stadtteiltreffs der Arbeiterwohlfahrt.

»Komm weiter.« Herbert packte seinen Kollegen am Arm. »Leider waren weder Herr Grimm noch einer der Franziskanerbrüder über den Grund von Pater Johns Besuch beim *Papa emeritus* informiert.«

»Ob die Adlerkralle schon vor Ort ist?«, überlegte Hans, während sie um die Ecke bogen und Ausschau nach der richtigen Hausnummer hielten.

Schlagartig wurde Herbert knallrot im Gesicht.

»Ich bin fassungslos. Wie konnte sie derart überstürzt nach Rom fliegen?«, ärgerte er sich. »Gestern Abend hat sie einfach ihr BlackBerry ausgeschaltet und mich nicht ins Haus gelassen. Ich wünschte, ich hätte eine Möglichkeit, ihr solche Alleingänge in Zukunft zu verbieten. Es reicht schon, dass sie Professor Wunderlich und meine Mutter in ihre Detektivspielerei einbindet.«

Hans prustete laut los. »Ich kann mir richtig gut vorstellen, wie du vor ihrem Haus gestanden und gegen die Haustür getrommelt hast. Aber, bei aller Liebe, eine Italienreise kannst du der guten Frau Krähenfuß nicht verbieten.«

»Was ist das für ein Laden?« Interessiert betrachtete Herbert das Haus mit der Hausnummer neun. »Nostalgie-Café.« Er warf einen Blick durchs Schaufenster. »Meine Güte. Hast du so etwas schon einmal gesehen? Alte Schallplatten und Andenken in Hülle und Fülle.«

»Das wäre was für Frau Awolowo. Hier könnte sie den ganzen Tag Staub wischen«, fügte Hans schmunzelnd hinzu. »Jedenfalls lebt Nadine Marlon gleich nebenan.« Schwungvoll betätigte er die Türschelle.

Wenige Augenblicke später betraten sie Nadine Marlons Wohnung in der ersten Etage. Die junge Frau sah die Beamten überrascht an. Sie war ganz in Weiß gekleidet, trug anscheinend noch ihre Dienstkleidung.

»Guten Tag, Frau Marlon, Kriminalhauptkommissar Mucke, Mordkommission«, stellte sich Herbert vor.

»Mordkommission?« Nadine wurde leichenblass im Gesicht. »Was wollen Sie von mir?«

»Wir müssen Ihnen einige Fragen zu dem vor kurzer Zeit ermordeten Lukas Grimm stellen«, erwiderte Herbert, während er sich neugierig im Eingangsbereich umsah. An der Garderobe hingen mehrere Jacken, Schuhe standen ordentlich aneinandergereiht auf dem Fußboden.

»Was habe ich mit dem Jungen zu schaffen?« Nadine drehte sich um und ging durch den Flur zu einer weiteren Tür. »Erschrecken Sie sich nicht. Ich habe eine Deutsche Dogge. Joschua ist völlig harmlos, auch wenn viele Menschen von seiner Größe beeindruckt sind.« Sie öffnete die Tür, und Joschua stürmte, aufgeregt mit seiner Rute wedelnd, auf die Beamten zu.

»Hilfe. Da ist mir Lotte lieber.« Joschua stupste Hans mit dem großen Kopf liebevoll vor den Bauch.

Hastig griff Nadine nach dem Halsband des Rüden und zog ihn von dem Beamten weg. »Wie Sie sehen, lebe ich sehr bescheiden in einem Ein-Zimmer-Appartement. Darf ich Ihnen ein Glas Wasser anbieten?«

»Machen Sie sich keine Umstände. Wir bleiben stehen.« Herbert betrachtete das Zimmer eingehend. Bis auf das nicht gemachte Bett herrschte penible Ordnung. »Sie sind mit Frau Krähenfuß bekannt.«

»Flüchtig«, entgegnete Nadine und setzte sich auf den einzigen Stuhl vor dem kleinen Tisch. Im Hintergrund entdeckte Herbert eine Kochplatte, einen Wandschrank und etliche Gewürze, liebevoll in durchsichtigen Gläsern aufbewahrt. »Sie lieben exotische Speisen?« Überrascht wies er mit der Hand auf die Sammlung.

Nadine wandte ihren Kopf zum Regal und nickte. »Ich lasse mir gern aus fernen Ländern etwas mitbringen, und am liebsten decke ich mich selbst vor Ort auf den Märkten mit den Kostbarkeiten ein.«

»Fernreisen sind teuer«, bemerkte Hans.

Nadine warf ihre Zöpfe zurück. »Ich habe«, ein Schatten fiel über ihr Gesicht, »ich hatte das Vergnügen, die Franziskanerbrüder auf einigen Reisen begleiten zu dürfen.«

»Sie hatten?«, fragte Herbert aufmerksam nach.

»Wissen Sie nicht, dass die Franziskanerbrüder Sorgen haben? Selbst unseren Wallfahrtsdom müssen sie verlassen. Ich habe die Reisen mit Pater John geliebt.« Der Schatten verschwand, und ein rosa Hauch überzog Nadines Gesicht.

»Pater John steht Ihnen ungewöhnlich nahe«, stellte Herbert fest, während er ein paar Schritte durch den Raum machte.

»Schließlich hat er mich zu Gott gebracht und mein lasterhaftes Leben beendet«, rechtfertigte sich Nadine.

»Was verstehen Sie unter einem lasterhaften Leben?«, wollte Hans irritiert wissen.

»Ich lebte von Sozialhilfe und hatte wechselnde Liebesbeziehungen.« Joschua hatte sich zu Nadines Füßen zusammengerollt, und Hans musste schmunzeln. Die zierliche Frau und das große Tier waren ein seltsames Paar.

»Es gibt Schlimmeres, als Sozialhilfe zu beziehen«, erwiderte er achselzuckend. »Wie lange besitzen Sie bereits Ihr …«, er grinste breit, »Ihr Hündchen?«

»Joschua lebt seit acht Jahren bei mir«, berichtete Nadine und warf der Dogge einen zärtlichen Blick zu. »Meine Eltern haben ihn aus dem Tierheim geholt.«

»Wie lange sind Sie jetzt …«, erneut machte Hans eine bedeutungsvolle Pause, »bekehrt?«

»Pater John habe ich vor fünf Jahren kennengelernt. Damals war ich neunzehn.« Nadine warf einen Blick auf den Kriminalhauptkommissar, der sich die Fotografien an den Wänden ansah. »Ich bin ihm auf dem Friedhof begegnet.« Erneut verdüsterte sich ihre Miene. »Leider habe ich meine Eltern sehr früh durch einen Verkehrsunfall verloren. Pater John goss die Blumen am Grab eines Freundes. Durch Zufall kamen wir miteinander ins Gespräch. Ich war von seinen Worten von Anfang an fasziniert. Er hat diese besondere Art, die Menschen in seinen Bann zu ziehen.«

»Frau Grimm erzählte uns, Lukas sei ebenfalls eng mit dem Pater verbunden gewesen«, sagte Hans ernst.

»Das stimmt, aber erst vor etwa einem Jahr ging der Hype um ihn richtig los, als er diesen Wahnsinn begonnen hat«, berichtete Nadine weiter. »Diese verfluchten Forschungen. Ich habe es gehasst. Pater John hatte einen Narren an dem Jungen gefressen.«

»Frau Marlon«, machte sich Herbert bemerkbar. »Auf den Fotografien an den Wänden ist immer Pater John zu sehen. Haben Sie die Fotos geschossen?«

Nadine nickte stolz. »Sind mir gut gelungen, nicht wahr? Auch die verschiedenen Hintergründe.«

»Sie sind weit in der Welt rumgekommen«, sagte Herbert verblüfft. »Dieses Bild hier, haben Sie das in Kolumbien gemacht?«

»Richtig«, bejahte Nadine die Frage. »Es war eine schöne Reise, wir lernten die Indianer kennen und deren Kultur.«

Herbert kam mit schnellen Schritten auf Nadine zu. Er blickte ihr fest in die Augen. »Haben Sie von dort nicht nur Gewürze, sondern auch Batrachotoxin, das Pfeilgift der Indianer, mitgebracht?«

»Was für ein Zeug?« Verständnislos riss Nadine die Augen auf.

»Das ist das Gift, durch das Lukas Grimm ums Leben kam«, klärte Herbert die aufgeregte Frau auf. »Frau Marlon, Sie stehen unter dringendem Verdacht, den Jungen aus niederen Beweggründen vergiftet zu haben.«

»Ich? Wie kommen Sie darauf? Verschwinden Sie aus meiner Wohnung.« Wutentbrannt deutete Nadine mit der Hand zum Flur.

»Geben Sie uns die Erlaubnis, Ihre Wohnung zu durchsuchen?«, fragte Herbert gelassen.

Erneut wich jegliche Farbe aus Nadines Wangen. Die Vorstellung, dass die Beamten in ihren Sachen herumschnüffelten, schien ihr ganz und gar nicht zu behagen. »Nein, nein, nein«, stammelte sie nervös. »Das erlaube ich Ihnen nicht.«

»Ganz wie Sie wünschen.« Herbert nickte Hans auffordernd zu. »Wir werden Sie in Untersuchungshaft nehmen, bis wir den richterlichen Durchsuchungsbefehl eingeholt haben. Wir müssen Ihre Wohnung nach Spuren des Giftes untersuchen.«

»Und Joschua?« Nadine schossen die Tränen in die Augen. »Ich habe nichts mit Lukas᾿ Tod zu tun, glauben Sie mir bitte. Klar, ich war eifersüchtig auf ihn, weil Pater John sehr viel Zeit mit ihm verbrachte, aber deswegen bringe ich keinen Menschen um. Sie können mich nicht einfach festnehmen.«

»Sollten wir in Ihrer Wohnung nichts finden, kommen Sie augenblicklich wieder auf freien Fuß«, sagte Herbert, derweil Hans die Handschellen um ihre zarten Handgelenke schloss.

Joschua knurrte bedrohlich.

»Ludmilla Klein«, brachte sie unter Tränen hervor. »Sie muss sich um Joschua kümmern. Lassen Sie mich zumindest meine Freundin anrufen.«

»Hans, mach Frau Marlons rechte Hand wieder frei«, erwiderte Herbert nach kurzer Überlegung. Auch ihm tat der Hund leid.

Zitternd entnahm Nadine ihrer Arbeitshose das Smartphone und suchte Henriette Mars′ Nummer. Sie drückte die Kurzwahlfunktion, wartete einen Moment und sagte hektisch: »Henriette, hör mir gut zu. Bei mir sind Beamte von der Mordkommission. Genau, das habe ich mir auch gedacht. Du musst deine Großtante bitten, Joschua für ein paar Tage zu sich zu nehmen. Du weißt, wo alles bei mir liegt?« Erwartungsvoll presste Nadine die Lippen zusammen. »Super. Komm bitte sofort, wenn deine Nachhilfe zu Ende ist. Ich packe die Schlüssel in den Briefkasten. Der schließt nicht richtig. Die Beamten werden mich solange in Untersuchungshaft nehmen, bis meine Wohnung durchsucht worden ist.«

»Es reicht.« Energisch nahm Herbert Nadine das Telefon aus der Hand.

Joschua lag winselnd im Flur vor der Ausgangstür. Vorsichtig führte Hans die unglückliche Nadine an dem Rüden vorbei.

»Ich bin bald wieder bei dir«, flüsterte sie. »Henriette wird sich um alles kümmern. Auf sie ist Verlass.«

*

»Wenn ich nicht alles selber mache«, schimpfte Mathilde vor sich hin, nachdem sie ein ausgiebiges Telefonat mit ihrem Neffen geführt hatte.

»Was ist passiert?«, wollte Erwin Wunderlich wissen, während er mit Abstand dem Taxi folgte, in das Philippe

Lefevre um halb eins endlich gestiegen war. Schnell war ihnen klar geworden, dass sein Ziel der Vatikan war. Gewiss hätte der Franzose die kurze Strecke gut zu Fuß bewältigen können, doch mit dem Vogelkäfig in der Hand war ihm das augenscheinlich zu unbequem gewesen.

»Herbert und Hans haben Nadine Marlon festgenommen«, erwiderte Mathilde wütend. »Herbert hat von ihr erfahren, dass sie mit Pater John in Kolumbien war.«

»Das Land, in dem die Indianer ihre Blasrohre mit diesem speziellen Gift versehen?« Erwin fluchte, als er die Menschenmassen sah, die vor der hohen Vatikanischen Mauer darauf warteten, eine Eintrittskarte zu ergattern.

»So ist es«, sagte Mathilde weiter. »Sie hat ein Motiv, ihre Eifersucht auf Lukas, und hatte die Möglichkeit, sich das Batrachotoxin direkt bei den Indianern zu besorgen. Ich selbst habe Herbert gebeten, Nadine Marlon zu verhören.«

»Was ist jetzt so schlimm?«, wunderte sich Erwin und hielt den Wagen an, ohne den Motor abzustellen. Es war unmöglich, hier einen freien Parkplatz zu ergattern. Mathilde würde die weitere Verfolgung Lefevres allein übernehmen müssen.

»Herbert ist weichherzig. Statt Nadines Hund solange in Beschlag zu nehmen, bis die Wohnung durchsucht ist, hat er ihr erlaubt, eine Freundin anzurufen. Diese Freundin ist Henriette Mars.« Mathilde verengte die Augen zu Schlitzen, während sie Lefevre beim Verlassen des Taxis beobachtete. »Wer weiß, vielleicht hat sich Nadine Henriette anvertraut und ihr verraten, wo sie mögliche Giftreste aufbewahrt. Sollte Henriette direkt nach der Nachhilfe nach Neviges gefahren sein, hatte sie Zeit genug, das Zeug verschwinden zu lassen. Dieser Fehler hätte Herbert als Kommissar nicht unterlaufen dürfen.«

»Wäre Nadine tatsächlich die Mörderin des Jungen, hätte sie gewiss alle Reste vernichtet. Warum sollte sie das Gift nach erfolgreicher Tat aufbewahren?« Erwin reichte Mathilde ihre Baseballkappe, die diese dankbar in Empfang nahm.

»Na ja, wir können jetzt sowieso nichts mehr ändern. Ich melde mich, wenn du mich abholen sollst.« Mit diesen Worten und mit tief ins Gesicht gezogener Kappe folgte sie langsam dem an der Menschenreihe vorbeigehenden Mann mit seiner Glanzkrähe.

»Er wird diesen Wahnsinns-Frodo dabeihaben«, murmelte Mathilde, die das Gespräch mit ihrer Schwester gut in Erinnerung hatte.

*

Philippe Lefevre fühlte sich innerlich zerrissen. Einerseits plagten ihn sein schlechtes Gewissen und die Sorge, ob Frodo zu ihm zurückkehren würde, andererseits fieberte er der Aktion entgegen. Was für ein Erfolg wäre es für ihn, würde sich sein gefiederter Freund der Aufgabe gewachsen zeigen. Gonzales hatte ihm genaueste Instruktionen gegeben und ihm mitgeteilt, an welcher Stelle Frodos Flug am vorteilhaftesten beginnen würde. Dort angekommen, öffnete er schwer atmend die Tür des Käfigs. Er hielt der Krähe das Glasröhrchen mit dem zusammengerollten Pergament vor den Schnabel. Gonzales hatte einen der Angestellten des Vatikans bestochen. Diesem war es tatsächlich gelungen, das kleine Gerät, das in wenigen Augenblicken die Ultraschallwellen senden würde, im Herzen der Vatikanstadt zu verstecken. Ultraschallwellen wurden für gewöhnlich zur Vogelabwehr eingesetzt, die richtige Frequenz jedoch lockte die Tiere an. Philippe hatte seinen Vogel im Vorfeld darauf trainiert, dem akustischen Signal zu folgen. Jedoch hatte er sich gewundert, warum der bestochene Mitarbeiter nicht selbst das Pergament an die richtige Stelle brachte. Raphael Gonzales hatte darauf erwidert, dass Pio Esposito ein Risiko für die Aktion sei, würde er vom Inhalt des Glasröhrchens wissen. Möglicherweise hätte der Verräter sich wie ein Blatt im Wind gedreht und einen Doppelverrat begangen. Durch Frodos Einsatz bliebe der Kreis der Mitwisser begrenzt.

»Frodo, dieser Pio hat keine Ahnung, warum er das winzige Ultraschallgerät in den kleinsten Staat der Welt geschmuggelt hat. Ihn interessiert nur die Kohle, die er für seinen Job bekommt«, sagte er mehr zu sich selbst als zu der Glanzkrähe. »Pack.«

Frodo pickte nach dem Röhrchen und flatterte in die Lüfte. Er schenkte Philippe keinerlei Aufmerksamkeit mehr und flog davon.

*

»Was machen Sie da?«, rief Mathilde völlig außer Atem. Von Weitem hatte sie das merkwürdige Verhalten des Franzosen beobachtet und sich kurzerhand dazu entschlossen, ihn von seinem Vorhaben abzuhalten. Jetzt ärgerte sie sich, weil sie zu spät gekommen war.

Philippe Lefevre zuckte zusammen und blickte Mathilde erschrocken an. Er fing sich jedoch rasch und sagte gelassen: »Wonach sieht es denn aus?«

»Das möchte ich gerne von Ihnen wissen. Wieso haben Sie einen Vogel in den Vatikan geschickt?« Sie schob ihre Baseballkappe hoch und blickte Philippe in die dunklen Augen. Im Stillen gab sie ihrer Schwester recht. Der Mann war außergewöhnlich attraktiv.

»In den Vatikan?«, gab sich Philippe ahnungslos. »Wie kommen Sie bloß darauf, und wer sind Sie überhaupt?«

»Mathilde Krähenfuß«, stellte sie sich vor. »Eine Reporterin aus Deutschland, aus Wuppertal. Tun Sie nicht so scheinheilig. Im Rahmen der Ermittlungen in dem Mordfall Lukas Grimm sind wir auf Sie gestoßen.«

Philippe zog überrascht die Augenbrauen hoch.

»Das Sprichwort *Alle Wege führen nach Rom* hat sich anscheinend in diesem Zusammenhang bestätigt, vielmehr, alle *Spuren* führen nach Rom«, sagte Mathilde aufgeregt.

»Wollen Sie damit andeuten, dass ich etwas mit Lukas' Tod zu schaffen habe?«, erwiderte Philippe empört und warf einen raschen Blick auf seine Armbanduhr. Wie lange würde es dauern, bis Frodo zurückkehrte? Wenn er zurückkehrte?

Mathilde erzählte ihm kurz und knapp, was Roswitha über ihn hatte in Erfahrung bringen können.

»Von wegen Verein zur Förderung intelligenter Tierarten.« Philippe schlug sich mit der flachen Hand vor die Stirn. »Sie kommen sich sehr schlau vor, nicht wahr?«

»Wir wissen, dass Sie einen Auftraggeber haben und dass Sie mit Ihrer Krähe etwas in den Vatikan schmuggeln sollen.« Mathilde ballte die Hände zu Fäusten. Jetzt würde sie pokern. Sie konnte nur ihrer Intuition folgen. »Sie sollen das Geheimnis, das Lukas Grimm Ihnen anvertraut hat, in den Vatikan bringen. Wen wollen Sie erpressen? Den Papst?«

Philippe schluckte. Mit dieser Wendung des Geschehens hatte er augenscheinlich nicht gerechnet. Er zitterte, und Tränen traten in seine Augen.

»Ich habe das alles nicht gewollt«, flüsterte er. »Jetzt ist es zu spät. Frodo wird sein Ziel erreichen, seinen Auftrag erfüllen. Hören Sie, möchten Sie mit mir auf ihn warten? Anschließend bin ich dazu bereit, mit Ihnen an einem anderen Ort ein ausführliches Gespräch zu führen. Ich muss die ganze Geschichte loswerden und werde Ihnen alles erzählen, was ich weiß.«

*

Carmella, eine der vier Damen der Geistlichen Bewegung, die bereits im Apostolischen Palast Bernwards XVI. Haushalt geführt hatten und ihm die Treue wahrten, hielt erstaunt in der Bewegung inne. Sie hatte das Fenster des Zimmers, in dem der *Papa emeritus* zu beten pflegte, weit geöffnet und wollte das Staubtuch ausschlagen. Jeden Tag um die gleiche Zeit ging sie diesem Ritual nach, obwohl sich nie Staub in dem Tuch verfing. Bernward XVI. liebte die Gleichmäßigkeit, und die vier Frauen versorgten ihn, so gut sie es vermochten. Nach der Mittagsmahlzeit hielt der *Papa emeritus* seinen Mittagsschlaf, damit er um halb zwei erfrischt seine Gebete sprechen konnte.

»Hey, verschwinde. Ksch, ksch«, rief Carmella und schlug mit dem Staubtuch nach einer Krähe, die sich frech auf die Fensterbank setzte, etwas fallen ließ und etwas anderes aufnahm. »Mach, dass du wegkommst, du Biest.« Gerade wollte Carmella den Zweig vom Fensterbrett fegen, da zuckte sie zusammen. »Der Gekreuzigte?«, entfuhr es ihr überrascht. Behutsam nahm sie das von der Krähe gebrachte Röhrchen aus Glas zwischen die Finger. Eine Banderole umgab das Gefäß, auf der stand: *Papa emeritus.* Carmella schüttelte ungläubig den Kopf. »Das ist ja merkwürdig«, murmelte sie, während sie nachdenklich das Fenster schloss. Sie entschied, Bernward XVI. unverzüglich in seinem Schlafgemach aufzusuchen, zehn Minuten vor der verabredeten Zeit.

*

»Da kommt Frodo«, stellte Philippe erleichtert fest. Die Glanzkrähe landete auf seiner Schulter, ein winziges, wie ein Kieselstein aussehendes Kästchen im Schnabel haltend. Philippe nahm den Sender entgegen, der Frodo den Weg gewiesen hatte, und streichelte dem Vogel ausgiebig über das glänzende Gefieder. Anschließend lockte er Frodo in den Käfig und schloss die Tür.

»Steigen Sie ein«, forderte Erwin Wunderlich, der nach Mathildes Anruf augenblicklich zurückgekehrt war, den Franzosen auf und öffnete die Tür zur Rückbank. »Wir fahren ins Café Habemus, das ist ganz in der Nähe. Dort können wir zwanglos eine Kleinigkeit essen und uns unterhalten.«

»Und Frodo? Ich möchte ihn ungern im Auto lassen.«
Philippe stieg ein und setzte sich hinter Mathilde auf
den Rücksitz.

»Wir sind in Rom«, erwiderte Mathilde. »Italiener
haben eine andere Mentalität als die Deutschen. Frodo
nehmen wir einfach mit.«

Kurze Zeit darauf saßen sie im Außenbereich des ge-
mütlichen Cafés und tranken Caffè Latte. Mathilde
verspürte großen Hunger und bestellte bei der freund-
lichen Kellnerin gleich zwei Muffins und einen Cupcake. »Schießen Sie los!« Auffordernd blickte sie Philippe an.

»Wie Sie bereits wissen, fing alles in den vergangenen
Sommerferien an, als das Seminar der Wuppertaler Junior-Uni unseren Frankenberger Wildpark besuchte«,
begann dieser seinen Bericht.

Mathilde nickte zustimmend und nahm lächelnd die
Gebäckstücke entgegen. »Grazie«, sagte sie zur Kellnerin.

»Tatsächlich schloss ich Lukas sehr ins Herz, nicht nur,
weil er wie ich einen Vogel zum Freund hatte.« Gedankenverloren nippte Philippe an seinem Glas Wasser, das
die Bedienung, wie in Italien üblich, zum Kaffee serviert hatte. »Er erhielt von Herrn Kartens die Erlaubnis,
bei mir im Wildpark zu übernachten. Wir unterhielten
uns über Gott und die Welt, im wahrsten Sinne dieser
Worte. Lukas berichtete mir von seinen Forschungen
und einem Geheimnis, das er mir anvertrauen wollte,
damit ich meinen Weg zu Gott fände.«

»Verraten Sie uns bitte dieses Geheimnis«, forderte Erwin. »Das Rätselraten muss ein Ende haben.«

Traurig schüttelte Philippe den Kopf. »Kein Sterbenswörtchen kommt mehr über meine Lippen. Ich habe Lukas einmal verraten, mein Versprechen gebrochen und es weitererzählt. Ein zweites Mal werde ich diesen Fehler nicht begehen.«

»Aber davor, es durch Frodo in den Vatikan zu bringen, sind Sie nicht zurückgeschreckt«, ärgerte sich Mathilde. »Wird es dadurch nicht selbstverständlich öffentlich?«

Ein Grinsen schlich sich auf Philippes Gesicht. »Davor fürchte ich mich nicht. Der Papst und sein Vorgänger werden alles dafür tun, um das Geheimnis zu bewahren.«

»Verraten Sie uns freundlicherweise den vollständigen Namen und den Aufenthaltsort Ihres Auftraggebers?«, verlangte Mathilde zu wissen.

»Raphaels Nachname ist Gonzales. Die Arbeit, ihn ausfindig zu machen, kann ich Ihnen leider nicht abnehmen«, erwiderte Philippe bestimmt.

»Weshalb sitzen wir hier zusammen, wenn Sie uns das meiste verschweigen?«, fragte Mathilde unwirsch.

»Lassen Sie mich erzählen«, entgegnete Philippe und fuhr mit seinem Bericht fort: »Lukas' Geheimnis hat mich unvorstellbar verblüfft, hat mich gar dazu veranlasst, meinen Atheismus in Frage zu stellen. Ich war fasziniert von seinem Versuch, seine Gewissheit zusätzlich wissenschaftlich beweisen zu wollen. Mit seiner Arbeit wird vielleicht niemand etwas anfangen können, mit dem anderen, dem gehüteten Geheimnis, schon. Gut medial ausgeschlachtet wäre es von großer Brisanz.«

»Hatte Lukas vor, damit an die Öffentlichkeit zu gehen?«, hakte Mathilde nach.

Wieder schüttelte Philippe den Kopf. »Nicht in absehbarer Zeit. Er wollte zunächst seine wissenschaftliche Arbeit vollenden. Außerdem hatte er Angst. Er war zwar sehr intelligent, aber letztendlich noch ein kleiner Junge.«

»Angst?« Mathilde wurde hellhörig. »Wovor hatte Lukas Angst?«

»Er fürchtete sich vor diesem Franziskanerbruder«, gab Philippe bereitwillig Auskunft.

»Vor Pater John? Ich dachte, die zwei seien ein Herz und eine Seele gewesen?« Aufgeregt biss Mathilde in ihren Blaubeer-Muffin.

»Waren sie früher auch.« Philippe nickte bedeutungsvoll. »Aber Lukas erzählte mir, das Verhältnis der beiden habe sich im Fortlauf seiner Forschungen mehr und mehr verändert. Lukas fühlte sich von dem Pater beobachtet. Irgendwann hielt er ihn nicht mehr auf dem Laufenden, was seine Arbeit betraf. Ich glaube, den letzten Stand der Dinge kennen nur Raphael und ich. Aber mich interessiert das nicht mehr. Mein Job ist hiermit erledigt. Lukas ist tot, ich habe alles gelöscht, was auf meinem Laptop gespeichert war.«

»Hatte Lukas Angst, dass Pater John ihm etwas antun könnte?«, fragte Mathilde erstaunt.

»Er hat dem Franziskanerbruder nicht mehr vertraut«, antwortete Philippe ausweichend. »Zu mir meinte er, es sei besser, schlafende Hunde nicht zu wecken.« Er warf einen Blick auf Frodo, der friedlich im auf dem Tisch abgestellten Käfig auf seiner Stange saß und dem Gespräch aufmerksam zu lauschen schien. »Ich war der Einzige, dem Lukas bedingungslos vertraute.«

»Was sich im Nachhinein als Fehler herausgestellt hat«, warf Erwin ein und biss herzhaft in sein Baguette.

»Was gedenken Sie, jetzt zu unternehmen?«, erkundigte sich Philippe.

»Was soll ich schon Großartiges machen? Sie plaudern hier entspannt mit uns, ganz so, als sei Ihnen die Zukunft gleichgültig.« Mathilde tunkte ein Stück von dem Cupcake in ihren Caffè Latte.

»Mir ist die Zukunft nicht egal.« Philippe zog eine zerknitterte Zigarettenschachtel aus der Hosentasche und blickte fragend in die Runde. »Darf ich?«

Mathilde und Erwin nickten zustimmend.

»Ich möchte nichts anderes, als mit Frodo zusammen zu sein. Ich werde Lukas niemals vergessen, seine Einzigartigkeit, sein Genie, seine Leidenschaftlichkeit.« Philippe zog heftig an seiner Zigarette.

»Von mir haben Sie nichts zu befürchten. Ich denke nicht, dass mir die Polizia di Stato diese Geschichte abnehmen würde. Wir werden abwarten müssen, wie sich die Dinge im Vatikan entwickeln. Ich bin Journalistin, könnte natürlich etwas an den Haaren herbeiziehen und darüber berichten, aber als ehemalige Politredakteurin erzähle ich nur Geschichten, die Hand und Fuß haben.« Mathilde nahm die letzten Gebäckkrümel zwischen die Finger und schob sie sich in den Mund.

»Wie hat dieser Raphael Gonzales eigentlich von Lukas erfahren?«, wollte Erwin wissen und legte das Geld für Mathildes und seine Bestellungen auf die Untertasse seines Getränkes.

»Kurz nachdem Lukas mich verlassen hatte, fühlte ich mich merkwürdig einsam. Also ging ich in eine Frankenberger Kneipe und setzte mich an die Bar. Wenig später gesellte sich ein Mann zu mir, und wir kamen ins Gespräch. Raphael war mir auf Anhieb sympathisch. Gepflegt, zwar von kleiner Statur, doch sehr attraktiv.« Philippe seufzte. »Ja, ich bin homosexuell. Wir tranken ein Bier nach dem anderen, und irgendwann erzählte er mir von seiner Jugend in Spanien, von seiner streng katholischen Mutter und seinem Hass auf die katholische Kirche.« Philippe verbarg das Gesicht in den Händen. »Ich Idiot wollte mich vor ihm interessant machen, angetrunken, wie ich war. Ich habe ihm von Lukas erzählt und dass es ein Geheimnis gebe, das ihn interessieren könnte.«

»Sie haben Gonzales so etwas Wichtiges in einer Kneipe anvertraut?«, fragte Mathilde fassungslos. Philippe wirkte auf sie nicht wie ein skrupelloser Erpresser. Die Art, wie er mit seinem Vogel umging, nahm sie sehr für ihn ein. Sie wusste nicht, was sie diesem Mann wünschen sollte. Nur eins war ihr glasklar: Sie musste unbedingt erfahren, was Lukas gewusst hatte, das für den Vatikan von extrem hoher Bedeutung war.

»Nein«, widersprach Philippe. »Ich erzählte nur, mit dem Geheimnis vertraut zu sein, von dem Inhalt verriet ich nichts. Ich muss gestehen, ich wollte ihn locken, ihn wiedersehen. Zwei Tage später besuchte er mich zu meiner grenzenlosen Freude im Wildpark. Stolz zeigte ich ihm Frodos Kunststücke. Raphael war fasziniert und schmierte mir Honig um den Bart. Es dauerte nicht lange, bis wir zum ersten Mal …«, verlegen brach Philippe ab.

Gebannt lauschten Mathilde und Erwin seinen Ausführungen.

»Es war der Beginn einer kurzen, leidenschaftlichen Affäre. Raphael bohrte immer wieder nach, drängte mich, ihm alles zu zeigen, was Lukas mir gegeben hatte. Ich jedoch blieb standhaft. Ich sagte, meine Lippen würden versiegelt sein, solange Lukas lebte. Ja, und dann erreichte mich die Nachricht von seinem Tod. Ich hatte Angst, Raphael zu verlieren. Er meinte, sollte ich ihm nicht vertrauen und weiter schweigen, sei es Zeit für ihn zu gehen, nach Spanien zurückzukehren. So gab ich schlussendlich nach und zeigte ihm die in meinem Computer gespeicherte Niederschrift von Lukas. Nie werde ich vergessen, wie sich sein Gesichtsausdruck veränderte. Ich hatte gedacht, er würde sich beeindruckt, ergriffen zeigen, doch stattdessen begann er, hämisch zu lachen.« Philippe seufzte schwer. »Er schloss das Dokument und küsste mich, so intensiv wie nie zuvor. Schließlich sagte er, dass er dieses Geheimnis zu nutzen wisse. Damit seien seine Geldsorgen mit einem Mal vorbei. Er sprach von unserer gemeinsamen Zukunft, einem Leben in Saus und Braus. Ich allerdings fühlte mich bei dem Gedanken schlecht, den Vatikan zu erpressen. Wir gerieten in einen furchtbaren Streit. Er drohte mir, allen von meiner Homosexualität zu erzählen, es so darzustellen, dass ich Lukas bei seinem Aufenthalt im Wildpark missbraucht hätte. Ich hatte furchtbare Angst, zumal der Kleine tot ist und mir nicht würde helfen können.«

»Herr Lefevre, Sie müssen sich uns anvertrauen. Verraten Sie uns das Geheimnis.« Mathilde griff Philippe an den Handgelenken und zog die Hände von seinem Gesicht. Sie schaute ihm fest in die Augen.

Philippe ignorierte ihre Bitte. »Ich habe mich wie an

einem Rettungsring an dem Gedanken festgehalten, dass mein kleiner Junge von meinem Verrat niemals erfahren wird.«

»Wie viel von dem Gewinn ist für Sie bestimmt?«, erkundigte sich Erwin.

»Eine Million Euro«, antwortete Philippe ehrlich. »Für Raphael selbst soll das Dreifache dabei herausspringen.«

»Sie verlangen vier Millionen Euro vom Vatikan?« Mathilde zog erstaunt die Augenbrauen hoch. »Das ist eine Hausnummer.«

»Nach Raphaels Drohung habe ich unsere Beziehung selbstverständlich beendet. Wir haben vereinbart, dass ich mit meinem Anteil und Frodo verschwinden soll und wir nicht wissen, wohin es den jeweils anderen verschlägt. Frodo ist alles, was mir geblieben ist. Ich liebe ihn von ganzem Herzen und bin überglücklich, dass er freiwillig zu mir zurückgekehrt ist.«

Mathilde blickte auf die Glanzkrähe im Käfig und dachte an Peter und Paul. Sie konnte verstehen, dass Lefevre eine besondere Beziehung zu dem Vogel hatte. »Wie lange leben Krähen durchschnittlich?«

»Frodo ist erst drei und kann bis zu zweiundzwanzig Jahre alt werden«, erklärte Philippe mit leuchtenden Augen.

»Er gehört dem Frankenberger Wildpark?«, hakte Mathilde nach.

Philippe nickte zustimmend.

»Wir werden sehen, was die Zukunft bringt«, sagte Mathilde leise. »Herr Lefevre, sind Sie nicht auf den Gedanken gekommen, dass Gonzales der Mörder von Lukas Grimm sein könnte?«

»Das glaube ich nicht.« Philippe schüttelte den Kopf und zündete sich eine weitere Zigarette an. »Er konnte ja nicht wissen, welch immenses Geheimnis ich ihm vorenthielt. Er mag ein Erpresser sein, für einen Mörder halte ich ihn nicht.« Er lächelte Mathilde gewinnend an und zwinkerte ihr zu. »Sie glauben das doch ebenfalls nicht, oder? Wir zwei hegen denselben, schrecklichen Verdacht.«

Mathilde konnte nicht anders, sie musste den Franzosen einfach mögen. »Können Sie Gedanken lesen?« Sie lächelte zurück. »Aber ich verstehe Sie, ja, ich verstehe Sie.« Sie wandte ihr Augenmerk dem Professor zu. »Erwin, bist du so lieb und bringst mich zum Flughafen? Ich möchte so schnell wie möglich zurück nach Deutschland fliegen. Eine letzte Frage habe ich an Sie, Philippe. Was denken Sie, würde geschehen, wenn jemand von außerhalb des Vatikans den Papst warnen würde?«

»Es ist jetzt sowieso zu spät. Wahrscheinlich müsste er oder sie seine Warnung mit dem Leben bezahlen. Jeder potentielle Mitwisser bringt sich selbst in Gefahr. Denken auch Sie immer daran«, erwiderte Philippe ernst. »Der Vatikan wird zahlen und das Geheimnis um jeden Preis bewahren. Wo kein Kläger ist, da ist auch kein Richter. Der Vatikan ist ein eigener Staat. Gonzales hat den perfekten Plan.«

»Das muss ich erst mal verdauen«, stellte Erwin fest, während er Mathilde zum Flughafen fuhr. »Wir zwei haben uns gemütlich mit einem Menschen unterhalten, der soeben den Vatikan erpresst hat. Wo bleibt dein Sinn für Gerechtigkeit? Es sieht dir gar nicht ähnlich, diese Sache einfach auf sich beruhen zu lassen.«

»Ich kann schlecht den Heiligen Vater um eine Audienz bitten. Außerdem wurde Philippe selbst von Gonzales bedroht. In der heutigen Zeit wird die Anschuldigung des Kindesmissbrauchs schnell ausgesprochen. Den Verdacht wird niemand los. Das haftet an einem Menschen wie Pech«, rechtfertigte sich Mathilde. Sie saß mit geballten Fäusten auf dem Beifahrersitz und dachte nach. »Was könnte dem Vatikan derart viel Geld wert sein? Philippe war sich sicher, dass die zahlen.« Sie lockerte ihre Hände, nahm die Baseballkappe ab und legte sie auf ihren Schoß. »Ich werde die Wahrheit herausfinden, das verspreche ich dir. Und ob das ominöse Geheimnis etwas mit Lukas′ Tod zu tun hat.«

»Wen habt ihr zwei eben gemeint? Schließ mich nicht aus. Du hast einen Verdacht, kläre mich bitte auf.« Im Geheimen bedauerte Erwin, dass er Mathilde nicht dazu überreden konnte, ein paar Tage bei ihm in Rom zu bleiben.

»Hab noch etwas Geduld«, wehrte Mathilde ab, als sie das Flughafengelände erreichten. »Was ist das?«, entfuhr es ihr entsetzt. Die Menschen strömten aus dem Gebäude und riefen nach Taxen.

»Die Fluglotsen scheinen zu streiken.« Erwin unterdrückte mühsam ein freudiges Grinsen. »Du wirst wohl oder übel eine Nacht bei mir verbringen müssen.«

*

Joche Rosario Francos Hände bebten, während sich die Tür des ehemaligen Klosters öffnete. Er war zwar zehn Jahre jünger als Manuel Klatz, jedoch mit seinen zweiundachtzig Jahren ebenfalls ein alter Mann. Heute fühlte er sich nicht als Papst Dominikus I., und er besuchte nicht seinen Vorgänger Bernward XVI., sondern seinen Freund Manuel.

»Folgen Sie mir, Eure Heiligkeit«, forderte Carmella ihn auf. »Der Bischof erwartet Sie in seinem Klausurraum.«

Sein Herz schlug schnell und unregelmäßig, während er das Zimmer betrat und auf den schwarz gekleideten Bischof zuging. Schweigend nahm Joche auf dem Stuhl neben ihm Platz. Eine Weile blickten sie stumm durch das geöffnete Fenster.

»Dass ich das noch erleben muss«, sagte Manuel schließlich. Seine Hände ruhten in seinem Schoß und hielten einen Rosenkranz.

»Wir haben zwei Möglichkeiten.« Joche bemühte sich um Festigkeit in seiner Stimme.

»Zwei?« Manuel wandte Joche müde den Kopf zu.

»Die erste ist: Wir kommen der Forderung des Erpressers nach und zahlen die vier Millionen Euro.« Joche stand der Angstschweiß auf der Stirn.

»Welche Alternative dazu siehst du? Wir haben keine andere Wahl. Wie lange haben wir geschwiegen, das dritte Geheimnis von Fátima bewahrt? Es ist uns gelungen, es in Auszügen zu veröffentlichen und die Aussage auf das Attentat auf Johannes Paul II. zu schieben.« Manuel griff nach dem Wasserglas auf dem kleinen Abstelltisch zu seiner Rechten. »Das, was dieser Junge niedergeschrieben hat, ist schlimmer noch, ist das Schlimmste, was der Welt geschehen kann. Es wird eine Massenpanik auslösen. Wir müssen diesem Erpresser das Geld zukommen lassen. Mir stellt sich somit nicht die Frage, welche Alternativen es gibt, sondern welchen Vorwand wir für die Bischöfe finden, der dem Aufbringen dieser immensen Summe gerecht wird.«

Behutsam nahm Joche Manuels freie Hand in die seine. »Manuel«, flüsterte er, als ob er fürchtete, jemand Gestaltloses sei im Raum und lausche ihrer Unterhaltung. »Die Alternative ist, dass wir den Erpresser für immer zum Schweigen bringen.«

Manuel verschluckte sich an seinem Getränk. Er griff sich an die Kehle und verschüttete den im Glas verbliebenen Rest. Es dauerte eine Weile, bis er seine Sprache wiedergefunden hatte.

»Wie kannst du ein Gewaltverbrechen in Erwägung ziehen? Du bist der Bischof von Rom, das Oberhaupt der katholischen Kirche«, entgegnete er entsetzt.

»Mein lieber Freund, wir wollen ehrlich zueinander sein«, sagte Joche mit unendlicher Traurigkeit in seiner Stimme. »In Anbetracht dessen, was wir wissen, was wir jetzt noch deutlicher und in aller Unbarmherzigkeit mitgeteilt bekommen haben, muss ich mich opfern, um den letzten Rest Menschlichkeit in dieser Welt zu bewahren. Ich beflecke mich und opfere mein Seelenheil und werde der Funktion, in die ihr mich gewählt habt, gerecht. Sei froh, dass du diese Entscheidung nicht mehr treffen musst.«

Manuel legte den Arm um seinen bebenden Freund. »Wie gedenkst du, den Erpresser zu finden?« Seine Augen wurden feucht. Er hatte keine Kraft mehr im Winter seines Lebens, im Winter dieser Welt.

»Wir werden jede Spur untersuchen, die von Lukas

Grimm ausgeht. Er ist der Fixpunkt, der uns zum Erpresser leiten wird. Verlass dich drauf, er wird uns nicht entkommen.« Joches Herz zog sich vor Kummer zusammen, als er sah, dass der ehemalige Stellvertreter Gottes hemmungslos weinte. »Gleich morgen schicke ich Pater John und einige ausgewählte Männer nach Deutschland. Sie werden den Auftrag befolgen und den Vatikan vor einer Erpressung bewahren. Mehr brauchen sie nicht zu wissen. Es gibt sie noch, die Gotteskrieger. Derer werde ich mich bedienen.«

Sonntag, 20. Oktober 2019

Nachdenklich blickte José Anton auf die abgetrennten Bereiche in diesen nicht für die Öffentlichkeit zugänglichen Räumen von Aralandia. Bisher konnte der Zoo gute Erfolge verbuchen. Das Speeddating der Aras hatte etliche Eier hervorgebracht. Die geschlüpften Küken würden in der Freiflugvoliere bleiben, die Paare, die sich fanden, hatten eine Zukunft in einem anderen Zoo vor sich. José nahm sein Smartphone aus der Tasche seiner Arbeitshose und las seine WhatsApp-Nachrichten. Die Bedienung seines neuen iPhones XS Max war noch ungewohnt für ihn. Nach langer Überlegung hatte er sich dafür entschieden, sich von seinem alten Nokia zu trennen. Dort hatte er lediglich SMS verschicken und nicht im Internet surfen können. Bis vor kurzer Zeit hatte er beide Handys bei sich getragen, weil er lieber mit seinem altmodischen Nokia telefonierte. José war ein Gewohnheitsmensch, der sich nur schwer mit neuen technischen

Errungenschaften anfreunden konnte. Mittlerweile jedoch lag das Nokia im Nachtschrank seines Schlafzimmers. Er hatte sich nicht dazu durchringen können, es in den Mülleimer zu werfen.

Umständlich tippte er auf dem Touchscreen des iPhones und antwortete seiner Mutter, dass er ihr Angebot annehmen und sie zum Abendessen besuchen werde. Der Gedanke an sie machte ihn traurig, obwohl er wusste, dass es keinen Grund zur Sorge gab. So Gott wollte, hatte die Endfünfzigerin noch viele glückliche Lebensjahre vor sich. Sie, seit Langem stolze Besitzerin eines Smartphones, hatte ihm geschrieben, heute Morgen in der Kirche gewesen zu sein. Streng gläubig und evangelisch, führte sie ein gottesfürchtiges Leben. José seufzte, während er zum Raum der Tierpfleger ging, um sein Pausenbrot zu essen. Nie würde er es übers Herz bringen, seiner Mutter die Wahrheit zu erzählen. Das würde ihre Welt bis in die Grundfesten zerstören.

*

Mathilde hatte sich am Flughafen ein Taxi genommen und bis vor die Haustür fahren lassen. Als es davonbrauste, zog sie überrascht die Augenbrauen hoch. Hinter dem in der Garagenauffahrt parkenden Ingo stand ein rosafarbener VW-Käfer, eindeutig der Wagen ihrer Schwester Roswitha. Hastig schritt sie durch den Nieselregen und wollte gerade in ihrer Handtasche nach dem Haustürschlüssel suchen, als sich die Tür bereits öffnete.

»Mathilde, ich bin schrecklich neugierig«, rief ihre

Schwester aufgeregt. Ihre runden Wangen waren vom selben rosa Hauch überzogen wie ihre Haare.

»Was machst du hier?«, fragte Mathilde erstaunt und konnte sich der Freudensprünge ihrer Hündin kaum erwehren.

»Mathilde«, krächzte einer der Graupapageien im Wohnzimmer.

»Urlaub zu Ende«, fiel der andere ein.

»Gott sei Dank, du bist gesund wieder zu Hause.« Martha erdrückte Mathilde fast mit ihrer Umarmung. »Ich habe mir solche Sorgen um dich gemacht.«

»Lass Gott besser aus dem Spiel.« Mathilde zog ihren Parka aus und hängte ihn achtlos über die Stuhllehne.

»Wenn du denkst, Herzensschwester, du könntest mich durch den Frankenberger Wildpark den steilen Berg hochscheuchen und mit diesem französischen Adonis sprechen lassen, ohne mich über den aktuellen Stand deiner Ermittlungen auf dem Laufenden zu halten, hast du dich geirrt.« Roswitha schnappte sich den Parka, ging aufgeregt zur Garderobe und hängte ihn ordentlich auf. »Was erfahre ich von Martha? Du warst mal eben in Rom? Augenblicklich wirst du uns alles erzählen.«

»Los, begrüße die Schreihälse im Wohnzimmer, danach erwarten wir deinen ausführlichen Bericht«, forderte Martha und stellte Kaffeekanne und Gebäck auf den Küchentisch.

Eine Dreiviertelstunde später kommentierte Roswitha das Gehörte: »Wird Lefevre jetzt polizeilich gesucht? Meine Güte, wie kann er es wagen, den Vatikan zu erpressen?«

Mathilde schüttelte den Kopf und schenkte sich Kaffee nach. »Was soll ihm vorgeworfen werden? Dass er eine Krähe fliegen gelassen hat? Das ist kein Verbrechen, und solange keine Beschwerden aus dem Inneren des Vatikans kommen, gibt es keine Kläger. Und ich denke nicht, dass der Frankenberger Wildpark wegen des Verlustes einer einzelnen Krähe Interpol einschalten wird.« Sie grinste schief und tunkte einen Löffelbiskuit in ihren Kaffee.

»Also hat er mit dem Mord an Lukas Grimm nichts zu tun?«, fragte Roswitha nach.

»Das schließe ich mit an zu hundert Prozent grenzender Wahrscheinlichkeit aus«, entgegnete Mathilde und legte nachdenklich die Stirn in Falten. »Aber ich habe einen Verdacht, wer der Mörder sein könnte.«

»Wer?« Martha riss ihre Augen weit auf.

»Nadine Marlon?«, mischte sich Roswitha begeistert ein. »Wir müssen sofort meinen Sohn anrufen. Ich bin gespannt wie Schmitz′ Katze, ob er in ihrer Wohnung Spuren von diesem Gift gefunden hat.«

»Hat er nicht«, bremste Mathilde Roswithas Begeisterung. »War auch nicht anders zu erwarten, schließlich hatte Henriette ausreichend Zeit, potentielles Beweismaterial zu vernichten. Mit Herbert habe ich während der Rückfahrt vom Flughafen bereits ausgiebig telefoniert. Er ist in diesem Fall keinen Schritt weitergekommen. Florian Vogel meint zwar, dass ihm Henriettes Verhalten bei seinem Gespräch mit ihr merkwürdig vorgekommen ist, doch konkret kann dem Mädchen nichts vorgeworfen werden.«

»Ach, das arme Kindchen ist gewiss unschuldig. Spann uns nicht auf die Folter. Wen hast du in Verdacht, der

Mörder von Lukas Grimm zu sein?« Martha trommelte energisch mit den Fingern auf die Tischplatte.

»Lukas hatte es nicht gewagt, sich dem Franziskanerbruder anzuvertrauen. Wovor fürchtete er sich? Vielleicht hat unser lieber Pater John den Jungen vergiftet, aus Sorge, dass dessen Forschungen im Laufe der Zeit der katholischen Kirche gefährlich werden könnten. Seht euch die Geschichte an. Wie oft wurde Blut vergossen, um die Kirchen aus der Misere zu ziehen?«, ließ Mathilde die Bombe platzen.

»Schwesterherz, du weißt, dass Franziskaner sehr sanftmütige Mönche sind? Sie sind die Güte in Person, das ist allgemein bekannt.« Roswitha nestelte nervös an ihrer Halskette. »Gift ist eine Frauenwaffe, das lese ich in jedem Krimi.«

»Das Leben ist kein Kriminalroman«, sagte Mathilde und tippte sich mit dem Zeigefinger an die Stirn. »Pater John war in Kolumbien und konnte dort gewiss den Indianern das Pfeilgift entwenden.«

»Nadine Marlon war ebenfalls dort«, blieb Roswitha beharrlich.

»Was mag das Geheimnis sein?«, zermarterte sich Martha den Kopf. »Mathilde, du musst es herausfinden, ich sterbe sonst vor Neugierde.«

»Ich hege eine leise Hoffnung, das Rätsel lösen zu können.« Mathilde grinste verschmitzt.

»Wie?«, fragten Roswitha und Martha im Chor. Sie beugten sich weit über den Tisch und hingen förmlich an Mathildes Lippen.

»Das verrate ich euch erst, wenn es soweit ist.« Mathilde

stand auf und griff nach der Hundeleine. »Komm, Lotte, wir machen einen Regenspaziergang.«

Montag, 21. Oktober 2019

»Bruder, wen hast du uns mitgebracht?«, wollte Pater Marco verwundert wissen. Interessiert betrachtete er die schwarz gekleideten, ernst dreinblickenden Männer an Pater Johns Seite.

»Marco, frage nicht weiter«, bat Pater John und ergriff die Hände seines Ordensbruders. »Unsere Anwesenheit im Nevigeser Wallfahrtsdom wird eine letzte, wichtige Bedeutung bekommen. Vertraue mir einfach. Ich handle im Auftrag des Vatikans.«

»Herr Grimm hat mich und die anderen Brüder über deine Romreise informiert. Ich wusste gar nicht, dass du in einem freundschaftlichen Verhältnis zu dem *Papa emeritus* stehst. Bruder, kann ich mich darauf verlassen, dass hier kein Unrecht geschieht?« Pater Marco blickte seinen Ordensbruder aus sanften Augen an.

»Vertraue mir einfach. Das Wohl der katholischen Kirche steht auf dem Spiel. Diese Männer sind im Auftrag des *Pontifex Maximus* hier«, berichtete Pater John. »Wir werden in den nächsten Tagen intensiv zusammenarbeiten. Dafür habe ich den Seminarraum ausgewählt.«

»Nadine Marlon hat Herrn Grimm gebeten, sie augenblicklich über deine Rückkehr zu informieren.« Besorgt beobachtete Pater Marco die schweigenden Männer. Ihn beschlich ein ungutes Gefühl. Sahen so die Männer Gottes aus? Was war geschehen? Er nahm sich vor, Pater John in einer stillen Stunde um eine Unterredung zu bitten.

»Richte Herrn Grimm aus, er soll weiterhin fleißig um die Mittagszeit zwei Stunden für das Seelenheil seines Sohnes beten und fasten. Ich vertraue darauf, dass er meine tagesaktuellen Angelegenheiten zu meiner Zufriedenheit erledigt. Richte ihm zudem aus, er soll Nadine mitteilen, dass ich in den kommenden Tagen keine Zeit für sie haben werde.«

Unglücklich blickte Pater Marco seinem Ordensbruder hinterher, der seine Begleiter zum Seminarraum führte.

Pater John beobachtete die zwei Männer dabei, wie sie ihre Aktentaschen und Laptops auf die zusammengeschobenen Tische stellten.

»Nennen Sie uns alle Namen, die Ihnen im Zusammenhang mit Lukas Grimm einfallen«, forderte der Mann, der sich dem Franziskanerbruder als Pit vorgestellt hatte.

»Mich selbst«, begann Pater John. »Seine Eltern. Martin Grimm ist mein Sekretär und Karin Grimm eine seit dem Tod ihres Kindes den Betäubungsmitteln verfallene Frau.« Kurz hielt er inne und sah Pit und dem anderen Mann dabei zu, wie ihre Finger über die Tastaturen flogen.

»Die nehmen wir uns als Erstes vor«, bestimmte Pit. »Weiter. Ich brauche mehr Namen.«

»Es gibt zwei Tierpfleger, die in engem Kontakt mit Lukas standen. Da wären José Anton aus dem Wuppertaler Zoo und natürlich der verschwundene Philippe

Lefevre aus dem Wildpark in Frankenberg an der Eder. Der Verdacht liegt nahe, dass er es war, der die Krähe zum *Papa emeritus* geschickt hat.« Unruhig lief der Pater auf und ab.

»Wir denken, nicht Sie. Dass Lefevre involviert ist, liegt auf der Hand. Die Frage ist, hat er allein gehandelt, oder gibt es einen Hintermann?«, zischte Pit und starrte konzentriert auf seinen Monitor. »Lorenzo. Sieh dir diese Bilder intensiv an, bevor du dich auf den Weg nach Frankenberg machst. Vielleicht finden wir dort einen Hinweis, der uns zum Aufenthaltsort des Franzosen führt. Er muss auf jeden Fall eliminiert werden. Die Zeit der Diskussionen ist vorbei. Ich verlasse mich auf dich, Lorenzo. Dein erster Einsatz wird dein wichtigster sein. Du handelst im Sinne Gottes, denke immer daran.«

Ein hochgewachsener, glatzköpfiger Mann Ende zwanzig mit Muskeln aus Stahl löste sich aus der Gruppe und trat zu Pit. Ohne ein Wort zu sprechen, zog er sich Daten auf einen USB-Stick.

»Und finde heraus, mit wem er in der letzten Zeit zu tun hatte. Frankenberg ist ein Dorf, quetsche die Leute dort aus wie Zitronen.«

Lorenzo nickte nur und verließ grußlos den Seminarraum.

»Thomas, du kümmerst dich um José Anton. Wir müssen jede potentielle Gefahrenquelle auf Herz und Nieren überprüfen«, ordnete Pit an.

Eine Weile sah Pater John den Männern bei ihren Recherchen zu. Plötzlich unterbrach ein Klopfen die eingetretene, angespannte Stille.

»Pater John?«, hörte er die Stimme seines Sekretärs, der die Eingangstür vorsichtig um einen Spaltbreit geöffnet hatte. »Frau Krähenfuß möchte Sie unbedingt sprechen und lässt sich nicht abwimmeln.«

Pit drehte seinen Kopf ruckartig zur Tür. »Wer ist Frau Krähenfuß?«

»Eine Reporterin von der Ronsdorfer Gazette, eine schreckliche Person«, gab Pater John rasch Auskunft.

»Abweisen«, sagte Pit zu Martin Grimm, der seinen Kopf durch den Türspalt gesteckt hatte.

»Verzeihen Sie meine Einwände, aber wäre es nicht besser, kurz mit Frau Krähenfuß zu reden? Sie ist verwandt mit dem im Fall Lukas Grimm ermittelnden Kommissar der Mordkommission. Ich bin in Sorge, dass die Dame uns ihren Neffen auf den Hals hetzt, wenn ich kein kurzes Gespräch mit ihr führe«, brachte Pater John seine Bedenken hervor.

Pit unterhielt sich leise mit dem Computerexperten zu seiner Rechten und sagte endlich: »Einverstanden. Und schicken Sie Herrn Grimm hierhin zurück, wenn er Sie zu der Pressetante gebracht hat.«

Mathilde hatte sich auf eine der Stufen des zum Dom führenden Geländes gesetzt und genoss die wärmenden Sonnenstrahlen. Lange musste sie nicht warten, bis Martin Grimm in Begleitung des Franziskanerbruders das Gebäude verließ.

Lukas' Vater deutete mit der Hand auf sie. Die zwei Männer wechselten ein paar Worte, und Martin Grimm betrat das Gebäude erneut. Anscheinend hatte er dort eine Aufgabe zu erledigen.

Pater John erreichte Mathilde schnell. »Frau Krähenfuß, was kann ich für Sie tun?« Er ließ sich umständlich neben ihr auf der breiten Stufe nieder.

»Ich möchte direkt zur Sache kommen.« Mathilde blickte dem alten Mann fest in die Augen. »Ich weiß von Frau Marlon, dass Sie im Vatikan waren. Verraten Sie mir bitte, warum. Kann es sein, dass Ihr dortiger Besuch etwas mit dem Geheimnis zu tun hatte, das Lukas Grimm umgibt?«

Pater Johns Gesicht wurde fast so weiß wie seine Haare. Seine Hände begannen zu zittern, und er brachte kein Wort heraus. Mathilde hatte den Pater noch nie derart aufgewühlt erlebt. »Pater John?« Sie legte ihm sacht die Hand auf die Schulter.

Der Franziskanerbruder rang sichtlich um Fassung. »Woher wissen Sie davon?«

»Wovon? Von Ihrer Reise nach Rom oder von dem mysteriösen Geheimnis?« Mathilde zog fragend die Augenbrauen hoch. »Ihr Sekretär hat Frau Marlon über Ihren Aufenthalt im Vatikan informiert, und sie sagte es mir weiter. Sprechen wir Klartext. Im Verlauf der Ermittlungen haben die Beamten der Mordkommission und ich eine ganze Menge herausgefunden. Wir wissen davon, dass der Vatikan erpresst wird.«

»Um Himmels willen, seien Sie leise«, erwiderte Pater John entsetzt. »Sie bringen Ihr Leben in Gefahr, wenn Sie das jemand sagen hört. Lassen Sie uns in den Beichtstuhl gehen. Dort können wir uns ungestört unterhalten.« Unsicher erhob er sich. »Reichen Sie mir bitte Ihren Arm? Ich bin heute etwas wackelig auf den Beinen.«

»Aber sicher.« Mathilde stand auf und hakte den Pater unter, der plötzlich uralt auf sie wirkte.

Somit kniete Mathilde bereits zum zweiten Mal auf dem Bänkchen des Beichtstuhls. Doch heute würde sie nicht von ihrer Vergangenheit erzählen. Es galt, Licht ins Dunkel dieser verworrenen Angelegenheit zu bringen.

»Frau Krähenfuß, Sie müssen mir unbedingt sagen, woher Sie von der Erpressung wissen. Es steht Gravierendes auf dem Spiel.« Pater John schob den Samtvorhang zur Seite und blickte sie eindringlich an.

»Bevor ich Ihnen antworten werde, müssen Sie mir Rede und Antwort stehen«, sagte Mathilde bestimmt. »Kennen Sie den Inhalt des Geheimnisses?«

Pater John schluckte hart. Mit dieser Frage hatte Mathilde einen Nerv getroffen. Er war sehr enttäuscht darüber, dass Papst Dominikus I. und sein Vorgänger ihn trotz seines Einsatzes nicht ins Vertrauen gezogen hatten. »Leider nein.«

Mathilde glaubte ihm. Kein Zucken eines Augenlids, kein Senken des Blicks, nichts deutete darauf hin, dass der Pater sie anlog.

»Wir beide wissen, dass Lukas Grimm mit seinen Forschungen und vor allem mit dem sogenannten Geheimnis den Bestand der katholischen Kirche zu bedrohen scheint«, fuhr Mathilde fort. »Ihnen ist am Wohle derselbigen gelegen, und deshalb sind Sie in den Vatikan gereist.«

»Das stimmt.« Der Pater nickte. »Ich wollte den Heiligen Vater warnen, habe dem Vatikan sogar die Dateien mit Lukas' Forschungen zu Analysezwecken zur Verfügung gestellt.«

»Ach, wie nett von Ihnen«, entfuhr es Mathilde. Ihre Stimme tropfte vor Sarkasmus. »Anschließend haben Sie alles gelöscht und den Beamten das Material vorenthalten. Warum? Es wird Ihnen nicht viel helfen. Mein Neffe wird Sie bald mit einem Durchsuchungsbefehl besuchen. Den Experten wird es gelingen, Ihr Überschreibungsprogramm irgendwie zu knacken und die Dateien wiederherzustellen.«

»Frau Krähenfuß, beruhigen Sie sich«, erwiderte Pater John beschwichtigend. »Die Rechner sind alle zerstört. Die Eminenzen und ich werden dafür sorgen, dass niemand Lukas' Gedanken zu Ende denken kann. Verstehen Sie doch, die Menschen brauchen weltliche Kirchenführer, an denen sie sich orientieren können. Muss wirklich alles bewiesen werden? Die Wahrheit ist gefährlich. Es ist gut, dass Lukas gestorben ist.« Pater John biss sich auf die Unterlippe.

»Wissen Sie, dass Lukas sich vor Ihnen gefürchtet hat?« Mathilde beobachtete ihr Gegenüber mit Argusaugen.

»Vor mir? Warum? Ich war sein Mentor und Freund.« Der Franziskanerbruder wirkte aufrichtig überrascht. »Ich gebe zu, dass meine anfängliche Begeisterung über seine Forschungen mit der Zeit drastisch nachgelassen hat.« Unbehaglich rückte der Franziskanerbruder seine Kopfbedeckung zurecht. »Ich nahm ihn mit auf Reisen, um ihn auf andere Gedanken zu bringen. Hätte ich bloß eher den Vatikan informiert, bevor Lukas sich diesem Philippe Lefevre anvertrauen konnte.«

»Was hat der Vatikan jetzt vor?«, hakte Mathilde nach.

»Glauben Sie mir, es ist besser für Sie, wenn Sie das nicht wissen, weil es keine Mitwisser geben darf, wenn

Sie verstehen, was ich meine.« Wieder bebten die Hände des Paters.

Mathilde verstand sehr wohl, was diese unausgesprochene Drohung zu bedeuten hatte.

»Ich weiß, Sie vermuten, ich hätte etwas mit Lukas' Tod zu tun, aber Sie irren sich«, sagte Pater John weiter.

Im Stillen seufzte Mathilde. Ihr Verdacht geriet arg ins Wanken. Eine Weile herrschte betretenes Schweigen.

»Ich kann mir denken, dass sich der Papst nicht einfach erpressen lässt«, sagte sie schließlich. »Sorgen Sie sich nicht. Obwohl ich den Inhalt des Geheimnisses nicht kenne, verurteile ich die dreiste Tat der Erpresser. Soll dieser Gonzales ausgeschaltet werden?«

»Gonzales?« Pater John fiel vor Verblüffung die Kinnlade runter. »Ist nicht Philippe Lefevre der Erpresser? Wie kommen Sie auf diesen Namen?«

»Ich weiß es von Lefevre selbst«, gab Mathilde zu. Sie folgte ihrer Intuition und berichtete dem Pater von ihren Erlebnissen in Rom.

»Was sind Sie für eine verrückte Frau«, stellte Pater John fest. »Was denken Sie, geschieht mit Ihnen und diesem Professor Wunderlich, wenn ich den richtigen Leuten davon berichte?«

»Sie werden nichts erzählen.« Mathilde lächelte und griff nach den Händen des Paters. Sie spürte die Nässe seiner Handinnenflächen. »Es ist, wie meine Schwester sagt: Sie sind ein Franziskanerbruder und ein sanfter, gutherziger Mensch.«

»Wissen Sie, wo sich dieser Gonzales aufhält?« Pater John ging nicht näher auf Mathildes Worte ein.

»Leider nein«, erwiderte Mathilde kopfschüttelnd. »Ich

weiß nur, dass er den Plan in Frankenberg ausgeheckt hat.«

»Ich muss diese Information weitergeben. Wie gelingt mir das bloß, ohne eine Verbindung zu Ihnen herzustellen?« Pater John faltete die Hände, schien ein Stoßgebet gen Himmel zu schicken.

»Sie erinnern sich einfach plötzlich, dass Lukas diesen Namen einmal in Zusammenhang mit Philippe Lefevre und dem Wildpark erwähnt hat.« Mathilde lächelte verschwörerisch.

Auch auf Pater Johns Lippen schlich sich ein Lächeln. »Ganz so einfach wird es nicht, aber ich lasse mir etwas einfallen. Lorenzo von der Schweizer Garde ist ein gut ausgebildeter Mann. Er wird diesen Franzosen und seinen Hintermann finden und …« Pater John senkte bedauernd den Kopf und schloss den Vorhang. »Ich muss zurück und mir etwas Einleuchtendes ausdenken, was unser langes Gespräch rechtfertigt.«

*

José Anton erstarrte mitten in der Bewegung. Etwas Hartes drückte sich in seinen Rücken. Soeben hatte er das Zoogelände verlassen und die Türen seines Ford Fiesta automatisch entriegelt.

»Keinen Mucks, sonst schieße ich«, hörte er eine Männerstimme zischen. »Steigen Sie ein. Drehen Sie sich nicht um, wenn Ihnen Ihr Leben lieb ist.«

»Was wollen Sie von mir? Geld?« Zitternd öffnete José die Fahrertür und stieg ein.

»Ich möchte kein Geld von Ihnen.« José hörte, wie

der Mann auf dem Rücksitz Platz nahm. »Befolgen Sie einfach meine Anweisungen. Blicken Sie nicht in den Rückspiegel. Sollten Sie mich sehen, bevor ich meine Maske aufsetze, muss ich Sie eliminieren.«

José zwang sich, geradeaus auf die Straße zu blicken, doch der Rückspiegel übte eine magische Anziehungskraft auf ihn aus. Wie er ausgerechnet jetzt auf die kleine Anekdote eines Lehrers seiner Schulzeit kam, wusste er selbst nicht. Dieser hatte damals der Klasse gesagt, sie dürften an alles denken, nur nicht an einen grünen Elefanten. Natürlich hatte jedes Schulkind vor dem inneren Auge den grünen Elefanten aufblitzen sehen.

»Fahren Sie durch Wuppertal Sonnborn und dann auf die Autobahn Richtung Dortmund«, befahl der Mann.

Ängstlich kam José der Aufforderung nach. »Wo fahren wir hin?«

»Unser Ziel ist der Rastplatz Sternenberg. Dort können wir ungestört miteinander plaudern«, erklärte der Mann.

Die Fahrt über herrschte Schweigen im Inneren des Kleinwagens. Trotz allem fühlte sich José erleichtert, als er endlich den Wagen an der entlegensten Stelle des Rastplatzes abstellte. Weit und breit war keine Menschenseele zu sehen.

»Ich setze jetzt meine Maske auf. Anschließend dürfen Sie sich umdrehen.« José vernahm Geraschel auf der Rückbank.

»Okay. Ich bin soweit. Nennen Sie mich während unserer kleinen Unterhaltung einfach T.« Auffordernd klopfte der Mann gegen Josés Nackenstütze.

Dieser löste den Sicherheitsgurt und drehte sich mühsam um. Sein anonymer Mitfahrer war eine dunkle, vermummte Gestalt und hatte eine Pistole auf ihn gerichtet.

»Ich möchte mit Ihnen über Lukas Grimm reden«, sagte T. schließlich. »Wie gut kannten Sie ihn?«

José glaubte, sich in einem nicht enden wollenden Albtraum zu befinden. Die Erlebnisse der vergangenen Monate schossen wie ein Blitzlichtgewitter durch sein Gehirn. Er sah Lukas mit Gamba auf der Schulter, Lukas, der seine Arme um ihn schlang, verzweifelt, allein. Er sah ihn tot an die Kunstwand der Freiflugvoliere gelehnt liegen, den toten Hyazinth Ara an seiner Seite.

»Träumen Sie?«, bellte T. »Glauben Sie mir, dafür ist jetzt nicht der richtige Zeitpunkt.«

Mit aller Kraft riss sich José aus seinem Gedankenkarussell. »Ich kannte ihn, weil er oft die Freiflugvoliere im Zoo besuchte. Ich bin dort für die Aras, Sittiche, Flamingos und Pudus zuständig.«

»Worüber haben Sie mit dem Jungen gesprochen?«, wollte T. wissen.

»Über Vögel natürlich. Deswegen war er bei uns im Zoo. Ihn faszinierten die Aras und deren Intelligenz«, erwiderte José hastig. Intuitiv wusste er, dass er jemanden vor sich hatte, der an dem interessiert war, weshalb Lukas sterben musste. José war bewusst, dass er seine Zunge würde hüten müssen. Ein falsches Wort, das über seine Lippen käme, und er wäre tot.

»Hat er Ihnen noch etwas anderes erzählt, etwas, das mit Religion zu tun hatte?«, bohrte T. unbarmherzig weiter.

Jetzt kam es darauf an. Gab José vor, nicht zu wissen, an was Lukas geforscht hatte, machte er sich unglaubwürdig. Er musste den dummen Tierpfleger mimen.

»Ach, das meinen Sie«, sagte er deshalb. »Wissen Sie, ich interessiere mich nicht für Religion. Ist doch alles bloß Fantasie. Klar, Lukas erzählte mir von seinem Glauben. Wissen Sie was? Er forschte irgendetwas dazu. Das müssen Sie sich mal vorstellen. Ein Dreizehnjähriger spielt den Wissenschaftler.« Er rang sich ein Grinsen ab.

»Mehr hat er Ihnen nicht anvertraut?« T. fuchtelte mit der Pistole vor seiner Nase rum.

»Doch, sicher«, erwiderte José, dem der Angstschweiß auf der Stirn stand. »Er war traurig, weil er wenige Freunde hatte. Das hat mir leidgetan. Er soll sehr intelligent und ein Außenseiter gewesen sein. Bringen Sie mich jetzt um, weil ich Ihnen nicht weiterhelfen kann?«

»Schnallen Sie sich wieder an«, blaffte T. »Ich muss während der Fahrt die Maske ausziehen. Ab auf die Autobahn. Sie fahren mich bis zur Ausfahrt Katernberg. Dort werde ich Sie verlassen. Gelingt es Ihnen weiterhin, mich nicht anzusehen, werden Sie den heutigen Tag überleben. Sie sind nicht intelligent genug, um sterben zu müssen.«

*

Martin Grimm saß auf einem einfachen Holzstuhl vor der Tür des Seminarraums. Er würde nur zu gern wissen, was Pater John dort drinnen mit diesen merkwürdigen Männern veranstaltete. Zwar tippte er, dass das Geschehen etwas mit Pater Johns Besuch beim *Papa emeritus* zu tun hatte, doch worum es ging, konnte er sich nicht vorstellen. Ihm war geheißen worden, hier draußen zu warten, bis sich jemand um ihn kümmern würde.

Nach einer gefühlten Ewigkeit öffnete sich endlich die Tür, und einer der schwarz gekleideten Männer trat hinaus. Dieser blickte auf ihn herab und fragte ihn über seinen Sohn aus. Stolz berichtete Martin von Lukas' Forschungen, die er selbst leider nicht verstehe, und er bedauerte, dass durch seinen Tod die Öffentlichkeit niemals davon in Kenntnis gesetzt werden würde. Er musste noch weitere Fragen über sich ergehen lassen, bis er endlich gehen durfte und sich wieder an seine Arbeit machen konnte.

In seinem Büro blinkte das Smartphone. Karin hatte ihm eine Sprachnachricht geschickt. Mit verwaschener Stimme, sie musste sich arg zugedröhnt haben, berichtete sie ihm von dem Besuch eines Unbekannten, der die ganze Wohnung auf den Kopf gestellt hatte. Zu ihrer Erleichterung war er gegangen, ohne ihr ein Leid zuzufügen.

»Was soll das alles bedeuten?«, fragte er sich verständnislos.

Martin konnte nicht ahnen, welches Glück es für ihn war, dass er die Antwort auf diese Frage nie erfahren würde.

*

Als Mathilde ihr Knusperhäuschen betrat, empfing sie der appetitliche Geruch gebratener Rinderleber mit Röstzwiebeln. Jetzt erst wurde ihr bewusst, wie hungrig sie war. Es überraschte sie nicht sonderlich, ihren Neffen am von Martha liebevoll gedeckten Wohnzimmertisch sitzen zu sehen.

»Da bist du endlich. Wir sterben vor Hunger«, rief Roswitha aus.

»So schnell fallt ihr drei nicht vom Fleisch«, erwiderte Mathilde grinsend, was ihr einen bitterbösen Blick von ihrer Schwester einbrachte.

»Unsere Eltern haben ihre Gene ungerecht verteilt«, murrte diese. »Dir sieht man deinen guten Appetit nicht an.«

»Ich möchte nichts mehr davon hören«, beschwerte sich Martha. Sie griff nach den vorgewärmten Tellern und portionierte großzügig Leber, Püree und warmes Apfelkompott darauf.

»Guten Abend, Tante Mathilde«, sagte Herbert, begeistert auf den gut gefüllten Teller vor ihm blickend.

»Wo hast du Jasmin und die Kinder gelassen?«, fragte Mathilde, während sie ihren Parka ausnahmsweise direkt an die Garderobenstange hängte.

»Jasmin ist zu Besuch bei einer Freundin und hat die Kinder mitgenommen«, erklärte Herbert und machte sich hungrig über die Leber her.

»Pater John ist unschuldig.« Seufzend ließ sich Mathilde auf einen Stuhl fallen.

»Wie kannst du dir sicher sein?«, fragte Herbert kauend.

Rasch erzählte Mathilde ihm von ihrem Gespräch mit Pater John.

Plötzlich lief Herbert knallrot an. Er hustete, würgte, sprang hektisch auf und fasste sich mit den Händen an die Kehle. Geistesgegenwärtig schob Martha ihren Stuhl zurück und rannte um den Tisch herum auf ihn zu.

»Bücken«, befahl sie und drückte Herberts Kopf nach unten. Roswitha kreischte entsetzt, und Mathilde suchte in ihrer Tasche nach dem BlackBerry, bereit, unverzüglich den Rettungswagen zu rufen. Aus dem Augenwinkel heraus beobachtete sie ihre Haushälterin, die ihren linken Arm um Herberts Bauch schlang und mit dem rechten Handballen kräftig zwischen seine Schulterblätter schlug. Sie hörte Herbert würgen, und zu ihrer aller grenzenloser Erleichterung spuckte er ein Apfelstück aus.

»Tatütata«, krächzte Peter. Aufgeregt lief er auf seiner Stange in der Voliere hin und her.

»Hilfe«, machte sich auch Paul bemerkbar.

Herbert japste nach Luft, schwankte zurück zum Tisch und griff nach seinem Bierglas. Bevor er sich erschöpft auf seinen Stuhl fallen ließ, nahm er schnell einige große Schlucke.

»Um Himmels willen.« Roswitha presste die Handinnenflächen gegeneinander. Sie war aschfahl im Gesicht. »Martha, meine Liebe, du hast meinem Sohn das Leben gerettet.«

»Das habe ich in Afrika gelernt. Wenn die Kinder sich verschlucken, werden sie an den Füßen gehalten mit dem Kopf nach unten. Gleichzeitig muss gegen eine bestimmte Stelle am Rücken geschlagen werden«, berichtete Martha stolz. »Herbert konnte ich zwar nicht in die Luft heben, aber zum Glück hat es trotzdem geklappt.«

»Dafür schmerzt mein Rücken furchtbar«, beschwerte sich Herbert.

»Was ist passiert? Warum hast du dich verschluckt?«, wollte Mathilde wissen. Bedauernd blickte sie auf ihr Stück Leber, das kalt zu werden drohte.

»Da fragst du noch?« Fassungslos schaute er seine Tante an. »Du kommst zur Tür hereingeschlendert und erzählst lapidar, dass Pater John und irgendwelche Männer Attentate auf Philippe Lefevre und Raphael Gonzales planen. Noch dazu im Auftrag des Vatikans. Ich bin Polizist und muss eingreifen.«

»Gar nichts wirst du«, entgegnete Mathilde unwirsch. »Möchtest du dich als kleiner Kriminalhauptkommissar aus Wuppertal mit der katholischen Kirche anlegen? Du hast keinerlei Beweise. Pater John hat nur Andeutungen gemacht und mir keinen konkreten Mordplan vorgelegt. Ich weiß nicht, was das Geheimnis von Lukas ist, aber es muss fürchterlich sein, wenn es an die Öffentlichkeit gelangt.«

»Du hast gestern gesagt, du würdest das Rätsel lösen«, warf Martha ein. »Das Essen wird kalt. Ich habe mir solche Mühe damit gemacht.«

Gehorsam schnitt Mathilde ein Stück Leber ab und bedeckte es mit Kompott. »Ich habe gestern lediglich gesagt, dass ich versuchen werde, dem Rätsel auf die Spur zu kommen. Ich hege eine vage Hoffnung, die ich zum jetzigen Zeitpunkt noch nicht verrate.« Sie schob sich die Gabel in den Mund und kaute eine Weile genüsslich. »Köstlich, Martha. Du hast dich wieder einmal selbst übertroffen.«

Nach einer Weile des lustvollen Schweigens bemerkte Herbert: »Ich fürchte, wir werden den Fall Lukas Grimm ungeklärt zu den Akten legen müssen. Leider nicht das erste Mal, dass etwas in die Geschichte ungelöster Kriminalfälle eingeht.«

»Aber Herbert, gib die Hoffnung nicht auf«, sagte Mathilde aufmunternd. »Vielleicht liegt die Lösung auf der Hand, und wir suchen an den falschen Stellen. Komm, lass uns im Garten eine Zigarre rauchen.« Sie stand auf und lächelte ihren Neffen liebevoll an. Währenddessen machten sich Martha und Roswitha daran, den Tisch abzuräumen.

»Warum schafft ihr euch keine Spülmaschine an?«, fragte Roswitha und rollte in Anbetracht der Menge des zu spülenden Geschirrs mit den Augen.

»Über das Thema streite ich nicht mehr mit dir«, erwiderte Martha ungerührt, und Herbert zwinkerte Mathilde belustigt zu. Roswitha und Martha verstanden sich zwar prächtig, ging es hingegen um die jeweiligen Kochkünste und die Vorlieben bei der Haushaltsführung, gerieten die beiden regelmäßig aneinander.

Minuten später saßen Mathilde und Herbert einträchtig nebeneinander und rauchten Zigarre.

»Was macht Erwin?«, fragte Herbert nach einer Weile.

»Du weißt doch, dass er in Rom ist«, erwiderte Mathilde schulterzuckend und blickte versonnen auf die glühende Davidoff.

»Weich nicht aus. Ich finde, ihr passt sehr gut zusammen«, sagte Herbert und kniff ihr leicht in den Arm.

»Wir sind Freunde, mehr ist nicht zwischen uns«, wiegelte Mathilde ab. »Weißt du, wie lange deine Mutter vorhat zu bleiben?«

»Hast du keine Lust mehr, auf der Couch im Wohnzimmer zu übernachten?«, fragte Herbert und grinste schief. »Sie wird etwas Zeit mit ihren Enkelkindern verbringen wollen. Jenny und Tom freuen sich sehr, ihre Großmutter wiederzusehen.«

»Das leidige Thema«, konterte Mathilde. »Ich sag dir immer wieder, ihr solltet Roswitha öfters in Rosenthal besuchen.«

»Hast ja recht«, entgegnete Herbert und zog verlegen an seiner Zigarre. »Trotzdem bleibt sie besser bei dir. Jasmin lässt sich nicht gern das Zepter in ihrer Küche aus der Hand nehmen.«

Jetzt war es an Mathilde zu grinsen. Herberts Frau war Halbgriechin und sehr temperamentvoll.

»Natürlich bleibt Roswitha bei mir«, erklärte sie und gähnte. »Soll sie sehen, wie sie sich mit Martha arrangiert.«

Dienstag, 22. Oktober 2019

Ein feuchter Hundekuss weckte Henriette Mars. Erschrocken schlug sie die Augen auf. Sie lag neben Nadine Marlon auf der ausgefahrenen Schlafcouch und blickte Joschua direkt in die dunkel glänzenden Augen.

»Guten Morgen, Joschua.« Sie streichelte der Dogge über das kurze Fell.

»Hast du gut geschlafen?«, wollte Nadine wissen, die sich wohlig reckte und die Bettdecke zur Seite schlug.

»Wie ein Baby«, erwiderte Henriette strahlend. Sie war überglücklich, die restlichen Ferientage bei ihrer neu gewonnenen Freundin verbringen zu dürfen. Ihre Eltern hatten Ludmilla Klein schriftlich die Verantwortung für Henriette übertragen. »Meine Eltern hätten mir nie im Leben erlaubt, ein paar Tage bei einer für sie fremden Frau zu übernachten. Zunächst dachte ich, meine Großtante wäre öde. Mittlerweile finde ich sie echt cool.«

»Sie kennt mich schließlich und weiß, dass du bei mir gut aufgehoben bist.« Nadine erhob sich von der Couch und schlurfte zur auf der Fensterbank stehenden Kaffee-

maschine. Noch ein wenig verschlafen setzte sie Kaffeewasser auf. Sie hatte drei Tage Urlaub und genoss Henriettes Gesellschaft. Es war ein glücklicher Zufall, dass die
Pflegedienstleitung ihren Kurzurlaub in die Herbstferien
gelegt hatte. »Heute besuchen wir deinen Opi im Altenheim. Ich bin sehr neugierig auf ihn.« Nadine holte zwei
Teller und zwei Messer aus dem Hängeschrank und ging
mit den Gedecken zu ihrem Schreibtisch. »Du kannst
den Stuhl haben. Ich setze mich auf den Reisekoffer. Der
tut's auch ein paar Tage.«

»Du hast zwar nur ein Ein-Zimmer-Appartement, aber
ich beneide dich um deine Unabhängigkeit.« Henriette
griff nach ihrem neben dem Bett auf dem Boden liegenden Kulturbeutel. »Ich gehe kurz ins Bad.«

Wenige Augenblicke später saßen die zwei am Schreibtisch und beschmierten ihre Toastscheiben mit Butter
und Marmelade.

»Ich muss dir noch für deinen Einsatz vom Samstag
danken.« Nadine lächelte Henriette liebevoll an.

»Kein Ding«, wehrte Henriette ab. »Das Einzige, was
ich dafür von dir verlange, ist, dass du mit mir zusammen die Ausbildung zur examinierten Altenpflegerin
machst.«

Nadine schwieg eine Weile und hypnotisierte die Ther-
moskanne.

»Pater John hat mir ausrichten lassen, keine Zeit für
mich zu haben«, brachte sie schließlich hervor. »Ich
glaube, ich habe mich die ganzen Jahre blenden lassen.
Er war für mich sowohl Vaterersatz als auch Freund.
Ich muss endlich auf eigenen Füßen stehen. Dich kennengelernt zu haben, ist ein großes Glück. Ich werde

dir deinen Wunsch erfüllen und Pater John nicht nach Füssen folgen. Es wäre vergebliche Liebesmühe.«

Henriette strahlte übers ganze Gesicht. »Das müssen wir feiern!«

»Ich habe auch eine Idee, womit«, sagte Nadine verschmitzt. »Stell dir vor, was geschehen wäre, hätte die Polizei meinen Vorrat gefunden. Vielleicht wäre ich ins Gefängnis gekommen.«

»Du hast aber auch eine Menge von dem Zeug in der Wohnung deponiert«, stellte Henriette fest und schob sich den letzten Rest ihres Toasts in den Mund. »Aber ich glaube nicht, dass die dich deswegen eingebuchtet hätten. Möglicherweise hätten sie dir Arbeitsstunden in einer sozialen Einrichtung aufgebrummt. Im Übrigen habe ich niemals zuvor einen Joint geraucht.«

»Möchtest du es probieren?«, wollte Nadine aufgeregt wissen.

»Klar«, meinte Henriette augenzwinkernd. »Das Pfeilgift der Indianer hätten die Bullen hier nicht gefunden, dafür jedoch eine beachtliche Menge Marihuana. Los, rauchen wir auf unsere Zukunft und unsere Freundschaft.«

*

Vor einer Stunde hatte Raphael Gonzales seine Rechnung bezahlt, in seiner Frankenberger Unterkunft ausgecheckt und sich unter einem weiteren falschen Namen ein neues Quartier in Rosenthal besorgt. Der Ort lag ganz in der Nähe von Frankenberg und hatte einige wenige Ferienwohnungen zu bieten, die von Privatleuten geführt wurden. Seit heute nannte er sich Roberto

Ruiz. Er hatte derart viele Identitätswechsel hinter sich, dass er fast vergessen hatte, wie er in Wirklichkeit hieß. Während er durch den dichten Wald spazierte, in dem bei Einbruch der Dunkelheit die Wildschweine auf die Wege kamen, dachte er an Philippe, an seinen gestählten Körper und an seine weichen Lippen. Roberto hatte ihn tatsächlich gemocht. Von daher würde er sich an die Abmachung halten und ihm seinen Anteil zukommen lassen. Er inhalierte die würzige Waldluft und lenkte seine Gedanken auf die Zukunft. Philippe gehörte der Vergangenheit an, und die lag hinter ihm. Er hatte vor, Rosenthal zu verlassen, sobald das Geld auf seinen diversen Konten eingegangen wäre. Es würde etwas Zeit in Anspruch nehmen, die Banken und Sparkassen in den Städten der näheren Umgebung zu besuchen, Beträge abzuheben, umzubuchen und zu überweisen. Wenn er das hinter sich gebracht hatte, würde er sich in den Flieger nach Tokio setzten. Eine Weile wollte er in Japan bleiben und Kultur und Küche genießen.

Er setzte sich auf einen der am Wegesrand liegenden Baumstämme, stellte seinen Rucksack auf den Boden und entnahm ihm sein Tablet.

»Die lassen sich ganz schön Zeit«, ärgerte er sich. »Vielleicht sollte ich einen Bruchteil von dem Geheimnis veröffentlichen, als kleinen Vorgeschmack sozusagen.«

Er öffnete Google und suchte nach *Die Zeit*. Die Zeitung hatte einen Link für Menschen, die Informationen verraten wollten. Ein paar Mausklicks würden es nur sein, bis die Redakteure seine Nachricht erhielten. Gerade wollte er beginnen zu tippen, da vernahm er ein Rascheln hinter seinem Rücken. Es war ungewöhnlich, dass die Wildschweine am Vormittag das schützende Unterholz verließen. Roberto war kein ängstlicher Mensch, doch Keiler und Brachen flößten ihm Respekt ein. Er beschloss, langsam aufzustehen und, ohne einen Blick über die Schulter zu werfen, den Wald zu verlassen. Plötzlich vernahm er ein leises Zischen. Ein unbeschreiblicher Schmerz durchzuckte sein Hirn, dann wurde alles schwarz.

Lorenzo Paolo war bereits seit zwei Jahren ein Teil der Schweizer Garde. Seine Loyalität galt Papst Dominikus I., sonst niemandem, doch jetzt schlotterten ihm seine Knie, und Übelkeit breitete sich in seinem Magen aus. Es war etwas anderes, während der Ausbildung auf Puppen zu schießen, als auf einen Menschen aus Fleisch und Blut zu zielen und abzudrücken. Mehrmals hintereinander atmete er tief ein und aus und versuchte, sich auf die kühle Waldluft zu konzentrieren. Zitternd griff er nach dem zu Boden gefallenen Tablet und steckte es in seinen Rucksack. Er packte seine Waffe hinzu, zog seine Latexhandschuhe aus und schlüpfte in seine Forst-Schnittschutzhandschuhe. Mit zusammengepressten Lippen und Schweiß auf der Stirn schleifte er die Leiche ins Unterholz. Er hatte die Nasenflügel aufgebläht und war hoch konzentriert. Wildschweine verströmten einen unverkennbaren Geruch. Sie rochen nach Maggi. Zu seiner Erleichterung roch er nichts dergleichen. Nach wenigen Minuten hatte er eine für sein Vorhaben geeignete Stelle erreicht. Er ließ die Leiche los, setzte den Rucksack ab und entnahm ihm eine Schaufel. Anschließend begann er zu buddeln.

Raphael Gonzales hatte es ihm leicht gemacht. Anscheinend war er von dem Gelingen seines Vorhabens überzeugt gewesen, hatte er doch seine Spuren, die vom Frankenberger Wildpark zum Hotel zur Post führten, nicht großartig verwischt. Die Leute hatten sich an den Ausländer erinnert, der seine Abende an der Bar verbrachte, schweigsam und ein Einzelgänger war. Lorenzo hatte ihm beim Auschecken beobachtet und war ihm nach Rosenthal und in den tiefen Wald gefolgt. Besser hätte es für ihn nicht laufen können. Gonzales selbst hatte ihn zu dem perfekten Ort für einen Mord geführt. Es würde dauern, bis die Leiche hier jemand fand. Bis dahin würde Lorenzo längst über alle Berge sein. Langsam entspannte er sich. Den ersten Teil seines Auftrags hatte er erledigt. Um Philippe Lefevre würde er sich später kümmern.

*

Pater Marco und Pater John sahen den Männern dabei zu, wie sie in ihre SUVs stiegen und das Wallfahrtsgelände verließen. Der Anblick der davonbrausenden Geländewagen hatte etwas Unheimliches an sich.

»Magst du dich mir anvertrauen, Bruder?«, fragte Pater Marco mit gesenkter Stimme. Sie standen allein auf dem Bürgersteig, weit und breit war keine Menschenseele in Sicht.

»Nur soweit, Bruder Marco«, erwiderte Pater John ebenso leise. »Unser kleiner Lukas hat etwas Gravierendes entdeckt oder erlebt, etwas, das die Welt bis in die Grundfesten erschüttern wird, sollte es an die Öffentlichkeit gelangen. Ich selbst weiß nicht, was es ist. Eines jedoch kann ich dir jetzt mit Gewissheit sagen: Sie haben gelogen, als sie sagten, das vollständige dritte Geheimnis von Fátima veröffentlicht zu haben. Das Papier liegt immer noch in einer Schatulle im Schreibtisch des päpstlichen Schlafgemachs. Lukas muss etwas entdeckt haben, das von ähnlicher Brisanz ist.«

Pater Marco legte seinem Bruder behutsam die Arme um die bebenden Schultern. »Mein lieber Freund, wir sind alt geworden im Glauben an Gott, seinen fleischgewordenen Sohn Jesus Christus und die heilige Jungfrau Maria. Was möchtest du wissen? Ich möchte in Füssen meinen Lebensabend im Gebet und in der Andacht verbringen, in der Hoffnung darauf, dass uns ewiges Seelenheil zuteilwird.«

Pater John standen die Tränen in den Augen, als er den Blick dem alten Freund zuwandte.

»Lass uns in den Dom gehen und gemeinsam beten.«

*

José Anton war wütend. Hatte er sich endlich zum Erwerb eines dieser modernen Smartphones durchgerungen, war es bereits wieder kaputt. Sein altes Handy war ihm oft zu Boden gefallen, doch es schien im Gegensatz zu den neumodischen Dingern unverwüstlich zu sein. Er war erleichtert, dass er sein altes Mobiltelefon nicht entsorgt hatte. Er würde es in Ehren halten und sich kein anderes mehr zulegen. Jetzt war es sicher in der Tasche seiner Arbeitshose untergebracht. José machte sich auf den Weg zum Pausenraum. Zum Glück hatte er nicht viele gespeicherte Kontakte, die er herkömmlicherweise mittels einer SMS darüber informieren musste, dass er wieder sein altes Handy nutzte. Er setzte sich an den kleinen Tisch, grüßte kurz den einen oder die andere und machte sich ans Werk.

Plötzlich stutzte er. »Was ist das?«, entfuhr es ihm überrascht. Sekunden später liefen ihm die Tränen in Strömen über die Wangen. Er hatte es geahnt. Hätte er doch bloß regelmäßig nachgeschaut, ob er eine Nachricht auf dem alten Handy verpasst hatte. Er wusste, was zu tun war. Eilig suchte er in seiner Arbeitstasche nach Mathilde Krähenfuß' Visitenkarte. Zu seiner Erleichterung fand er die Karte auf Anhieb. Unverzüglich tippte er ihre Nummer mit den kleinen vertrauten Tasten des alten Handys.

Mittwoch, 23. Oktober 2019

Die beiden alten Männer saßen schweigend im mit Hecken umzäunten Garten hinter dem Kloster Mater Ecclesiae. Die Abendsonne verwöhnte sie mit ihren wärmenden Strahlen. Chrysanthemen, Hortensien und vor allem die Rosen standen in voller Blüte. Am anderen Ende der Grünanlage konnten sie einem der Gärtner dabei zusehen, wie er sorgfältig die Steinwege von Unkraut befreite. Er saß auf einem kleinen Hocker und entfernte die Wildkräuter zwischen den Steinen mit einem Messer.

»Was für ein friedlicher Anblick«, sagte Manuel Klatz, ehemaliger Papst Bernward XVI., der *Papa emeritus.*

»Balsam für die Seele«, fügte Joche Rosario Franco, das Oberhaupt der katholischen Kirche, hinzu. Er hielt zwei Pergamente in den Händen. Eines davon begann bereits zu vergilben, das andere war frisch und weiß. »Papst Johannes Paul II. gab dir damals den Auftrag, den Gläubigen das dritte Geheimnis von Fátima zu deuten.«

Manuel nickte langsam. »In meiner damaligen Funktion als Kardinal habe ich erklärt, dass sich die Botschaft der drei Hirtenkinder auf den Anschlag auf Johannes Paul II. beziehe und nicht auf die katholische Kirche in ihrer Gesamtheit.«

»Das war eine gute und hoffnungsvolle Auslegung von Lúcias Worten«, erwiderte Joche ruhig. »Die letzten, unveröffentlichten Sätze des Geheimnisses hätten wir damit abtun können, dass auch diese Prophezeiung der Gottesmutter zwangsläufig nicht eintreffen würde. Jetzt hat uns die Wirklichkeit durch einen dreizehnjährigen Jungen aus Velbert in Nordrhein-Westfalen eingeholt.«

»Lukas konnte Lúcias Worte nicht kennen. Niemandem außer uns beiden ist der vollständige Inhalt des dritten Geheimnisses von Fátima bekannt.« Manuel warf einen traurigen Blick auf die Papiere in Joches Händen.

»Es ist erneut geschehen. Lukas Grimm hat auf dem zum Velberter Wallfahrtsdom gehörenden Kreuzweg unbestreitbar eine Marienerscheinung gehabt.« Joche seufzte schwer und schaute auf das vergilbte Stück Geschichte. »Es wird keine Gerechtigkeit, keine Gnade und Barmherzigkeit mehr geben, wenn die Meere schwarz sind und der Himmel vergiftet ist. Die Unheilige Dreizehn wird sich erheben und einen Mund bilden, der Feuer speit«, las er leise vor. Er griff mit der freien Hand nach einer Heckenrose, zog sie behutsam zu sich hin und roch an ihr. »Welch köstlichen Duft sie verströmt, obwohl ihre Stacheln verletzen, geht man nicht behutsam mit ihr um.«

»Wir haben versagt, Joche«, sagte Manuel, und unendliche Traurigkeit schwang in seiner Stimme mit. »Wird Er wirklich willkürlich zerstören, was Er derart schön geschaffen hat?«

»Nicht Er, Manuel.« Joche schüttelte betrübt den Kopf. »Zumindest nicht Er allein. Ich kann Ihn verstehen, obwohl ich immer gehofft habe, dass Er zumindest die Gerechten verschonen wird.« Er legte die Pergamente auf seinem Schoß ab. »Lass uns gemeinsam das *Vater unser* und das *Ave Maria* beten. Für alle Menschen dieser Welt, für die Gläubigen und Ungläubigen. Es ist das Einzige, was wir noch machen können. Wir, Seine Stellvertreter auf Erden.«

*

Mathilde zeigte der Frau im Kassenhäuschen ihren Presseausweis und murmelte etwas von einem Artikel über die Freiflugvoliere Aralandia.

»Sie wurden mir gar nicht angekündigt.« Verwundert zog die Frau ihre Augenbrauen hoch. »Um diese Uhrzeit möchten Sie ein Foto machen?«

»Ich möchte die Voliere im Abendlicht fotografieren. Das ist eine neue Impression für unsere Leser. Ist nicht jede Werbung für den Zoo wichtig?« Mathilde sah die Frau hoffnungsvoll an. Sie war mit José Anton verabredet und nicht gewillt, für diesen kurzen Besuch Eintritt zu bezahlen.

»Sie haben recht«, sagte die Frau nach kurzer Überlegung. »Gehen Sie nur rein.«

Das ließ sich Mathilde nicht zweimal sagen. Sie platzte fast vor Neugier. Gestern am Telefon war José Anton völlig aufgelöst gewesen. Er müsse sie unbedingt unter vier Augen sprechen, hier in Aralandia, hatte er mit zitternder Stimme verlangt.

Mathilde schritt zügig aus. Einige wenige Zoobesucher, die sich auf den Weg zum Ausgang machten, kamen ihr entgegen. Das schöne Wetter hatte sie dazu angeregt, lange im Zoo zu verweilen. Mathilde beobachtete zwei junge Frauen, die ihre müden Kinder auf die Arme genommen hatten und heiter miteinander plauderten. Die abendliche Aufbruchstimmung strahlte eine versöhnliche, eine friedliche Ruhe aus.

Als sie die Voliere endlich erreicht hatte, atmete sie tief ein und aus. Trotz der angenehmen Temperatur waren ihre Arme von einer Gänsehaut überzogen. In ihrem Bauch flatterten Schmetterlinge, ihr Herz raste vor Aufregung. Was würde sie gleich erfahren?

*

Nachdem sie ihre Gebete beendet hatten, nahm Joche das weiße Pergament an sich und entfaltete es.

»Die Botschaft ist unmissverständlich«, stellte er fest.

»Sie erscheint nur Kindern«, erwiderte Manuel mit brüchiger Stimme.

Für einen kurzen Moment schloss Joche seine Augen.

Noch einen Moment wollte er abwarten, bevor er Lukas′ Worte ein letztes Mal vorlesen würde.

*

José Anton saß exakt an der Stelle, an der er die Leiche von Lukas Grimm entdeckt hatte. Als Mathilde Krähenfuß auf ihn zukam, erhob er sich und wappnete sich für das, was er ihr anvertrauen würde. Sollte sie daraus machen, was sie für richtig hielt.

»Herr Anton, was ist bloß los?«, fragte ihn die Reporterin der Ronsdorfer Gazette. Auf eine Begrüßung verzichtete sie. Er überlegte kurz, ob er sie darauf hinweisen sollte, dass ihre Brille auf die Nasenspitze gerutscht war, entschied jedoch, darauf zu verzichten.

»Zunächst einmal werde ich Ihnen etwas zeigen«, sagte er und öffnete die SMS. »Lesen Sie selbst.«

Mathilde Krähenfuß nahm das Nokia in die Hände, schob ihre Brille zurecht, was ihn trotz allem schmunzeln ließ, und scrollte sich durch die SMS. Sekunden später gab sie ihm das Handy zurück. Fassungslos schüttelte sie den Kopf. »Was für eine Tragödie.« Sie war sichtlich mitgenommen von dieser Nachricht. »Damit habe ich nicht gerechnet.«

*

»Als ich vor dem Gekreuzigten auf die Knie sank und betete, wurde es mit einem Mal unsagbar hell. Das Licht blendete mich, und ich konnte einen Moment lang nichts erkennen. Hinter den drei ans Kreuz geschlagenen Männern, genauer gesagt: hinter dem Träger der Dornenkrone, also dem Gottessohn selbst, manifestierte sich eine flackernde Gestalt ganz in Weiß. Ich konnte weibliche Züge in dem Gesicht der Gestalt erkennen, die unendliche Besorgnis und Trauer ausstrahlte. Während sie schweigend auf mich niederblickte, wusste ich mit absoluter Klarheit, wen ich vor mir hatte. *Ich grüße dich, Heilige Jungfrau Maria,* flüsterte ich ehrfürchtig. Gleichzeitig hatte ich Angst, dass die Gestalt sich verflüchtigen würde, denn dieser Moment war für mich eine einzige Wonne. Plötzlich begann sie zu sprechen«, las Joche laut vor.

Manuel bekreuzigte sich an seiner Seite. »Im Namen des Vaters, des Sohnes und des Heiligen Geistes. Amen«, flüsterte er.

»Lukas, der du Gott beweisen möchtest, höre damit auf, denn es ist zu spät. Gott ist zornig, unglaublich zornig. Du bist die Unheilige Dreizehn, die Feuer speit. Lass ab von deinem Vorhaben. Vor Jahren sprach ich in Fátima zu den Kindern, wie ich jetzt zu dir spreche. Ich warnte davor, dass Gott die Kirchen zerstören und die Würdenträger vernichten würde, sollten nicht Eitelkeit und Hass aus den Herzen der Menschen verschwinden. Gott möchte nicht angebetet, sondern geliebt werden. Er hat euch die Welt geschenkt, damit Er sich in euch spiegeln kann, denn alles ist ein einziger Spiegel. Ihr aber liebt euren Vater im Himmel nicht, leugnet ihn gar und spielt selbst Schöpfer. Ihr maßt euch an, die Gebote des Herrn durch eure eigenen Regeln zu ersetzen. Es ist so weit: Wie eine Sintflut strömen die Menschen über die Meere, die Pole schmelzen, und die Hitze verbrennt euch und eure Wälder. Ich sagte zu Lúcia in Fátima: Wenn die Kinder auf die Straßen gehen und schreien, steht das Ende der Welt bevor. Gott wird Feuer auf die Erde schicken, sie wird brennen lichterloh. Er kennt keine Gnade mehr und wird richten die Guten und die Schlechten. Übrigbleiben wird eine geringe Anzahl von Zufälligen, die Gottes Angesicht am Himmel schauen werden. Diese verneigen sich in Demut und werden Gott nicht mehr leugnen. Es gibt keine Hoffnung mehr für euch. Gott sieht euch nicht mehr an. Der Spiegel ist erloschen. Ihr seid abgetrennt von eurem Schöpfer. Die Mörder werden die Erde überrennen und eure Kirchen schließen.« Joche konnte nicht weiterlesen. Seine Stimme zitterte zu stark, sein Mund war wie ausgedörrt.

»Das ist die Aufhebung der christlichen Werte. Ein Stich ins Herz für alle Gläubigen.« Manuel nahm Joche das Papier aus der Hand. Er räusperte sich und fuhr mit der Lektüre fort: »Nach diesen Worten wurde es dunkel um mich herum, und die Gottesmutter verschwand. Ich war wie vom Blitz getroffen, erhob mich und ging schwankend zum Dom zurück. Ich bin die Unheilige Dreizehn.« Achtlos ließ Manuel das Pergament zu Boden fallen. »Es gibt keine Rettung mehr. Ich habe mein Amt niedergelegt und in deine Hände gegeben, weil ich die Verantwortung für die Gläubigen nicht mehr übernehmen, nicht mehr ertragen konnte. Wie lange wohl wird es dauern, bis Gott all dem ein Ende setzt?«

»Es kann heute geschehen oder morgen«, flüsterte Joche. »Zeit ist für Gott von anderer Bedeutung als für uns Menschen. Tatsache ist, das Jüngste Gericht und das Ende der Welt stehen bevor, und es wird schrecklich werden. In zwanzig, dreißig oder hundert Jahren. Wir werden verbrennen und qualvoll sterben, ohne Hoffnung auf das Himmelreich.«

»Gut, dass wir den Menschen das Wissen von diesem Grauen erspart haben. Stell dir vor, wenn Gott sich nicht mehr für die Gerechten interessiert, es Ihm gleichgültig ist, ob wir morden oder beten, weil Er entschieden hat, nur eine winzige, willkürlich gewählte Anzahl von Menschen übrig zu lassen, egal, ob diese gut oder böse sind ...« Manuel brach ab.

»Hätten wir auf Erden ein zweites Sodom und Gomorrha, und die Lehre der Kirche wäre überflüssig«, vervollständigte Joche den Satz. »Wir wären überflüssig. Der Vatikan wäre überflüssig. Das ist der von Lúcia vorhergesagte Untergang des Vatikans und mein Tod.«

»Dein Tod?« Manuel schüttelte verständnislos den Kopf.

»Meine Seele ist gestorben, weil ich zwei Morde in Auftrag gegeben habe. Aber ich habe es in guter Absicht getan. Wer weiß, vielleicht bin ich der letzte Stellvertreter Jesu auf Erden.«

Eine Weile schwiegen die Würdenträger.

»Schau, die Sonne geht unter. Ist dieser Anblick nicht wunderschön?«, hauchte Manuel schließlich mit Tränen in den Augen.

»Wunderschön«, wiederholte Joche.

Müde erhob er sich von der Bank. »Im November werden wir Allerheiligen und Allerseelen feiern.« Er griff nach dem auf dem Boden liegenden Papier, nahm ein Feuerzeug aus der Tasche seiner Kordhose und zündete es an. Die Männer sahen dabei zu, wie aus Lukas' Worten Asche wurde. »Gonzales ist tot. Philippe Lefevre wird uns ebenfalls nicht entgehen.« Er hakte Manuel unter, und gemeinsam verließen sie den Garten. »Weitere Mitwisser gibt es nicht.«

*

»Warum haben Sie mir diese SMS erst heute gezeigt?«, fragte Mathilde aufgewühlt. Sie ließ sich neben José Anton auf den Boden fallen, störte sich nicht an den neugierigen Blicken der letzten Besucher der Voliere.

»Ich habe sie selbst erst gestern entdeckt«, rechtfertigte sich José.

Mathilde sah den Schmerz in seinen Augen.

Rasch schilderte José ihr, was mit seinem teuren Smartphone geschehen war und warum er wieder auf das Nokia-Handy zurückgreifen musste.

»Dafür habe ich Verständnis«, murmelte Mathilde.

»Ich hätte Lukas' Tod verhindern können«, hauchte José. Ohne groß nachzudenken, lehnte er den Kopf an Mathildes Schulter.

»Gut möglich«, erwiderte diese und strich dem Mann behutsam über den Kopf. »Sie müssen jetzt in die Zukunft blicken. Sie können nichts mehr an Lukas' Schicksal ändern. Ihr Leben geht weiter.«

»Möchten Sie wissen, was Lukas' Geheimnis ist?«, fragte José nach einer Weile des betroffenen Schweigens. »Bevor Sie den Kriminalhauptkommissar informieren.«

»Sie meinen, Lukas hat sich Ihnen anvertraut?« Mathildes Neugierde überwog ihre Trauer.

José löste den Kopf von ihrer Schulter und zog ein zusammengefaltetes Stück Papier aus der Hosentasche.

»Bitte.« Er reichte es Mathilde. »Ich habe es für Sie ausgedruckt.«

Fasziniert widmete sie sich der Lektüre. Während des Lesens schüttelte sie immer wieder den Kopf.

»Was muss in diesem Kerlchen vorgegangen sein?«, wunderte sie sich, als sie am Ende angelangt war.

»Sie sind nicht verängstigt?« José blickte sie überrascht an.

»Herr Anton, natürlich nicht«, erwiderte Mathilde gelassen. »Deswegen hat der Vatikan so einen Aufwand betrieben? Das ist mir unbegreiflich.«

»Der Vatikan?« José blickte Mathilde verständnislos an. Rasch berichtete er Mathilde von seinem Erlebnis mit dem Mann, den er T. nennen sollte.

»Denken Sie nicht mehr darüber nach. Sie können Gott dafür danken, dass Sie ein guter Schauspieler sind. Oder vielleicht danken Sie besser sich selbst. Ich werde jetzt meinen Neffen anrufen und ihm mitteilen, wer für den Tod von Lukas verantwortlich ist. Ich danke Ihnen für Ihr Vertrauen.«

*

Der von Martha liebevoll zubereitete Kartoffelsalat stand unangetastet auf dem Tisch. Die Bockwürstchen auf den Tellern waren bereits kalt. Martha brummte etwas Unverständliches, doch Herbert, Roswitha und Mathilde waren zu sehr in ihre Diskussion vertieft, um die Mahlzeit genießen zu können.

»Wiederhole das bitte noch mal«, bat Herbert und zwirbelte seinen Schnurrbart.

»Lukas hat José Anton einige Tage vor seinem Tod eine SMS geschrieben. Er gab an, das Leben nicht mehr ertragen zu können. Alles sei sinnlos für ihn geworden. Er wollte Gamba mit in den Tod nehmen, bevor die Welt untergeht. Die reine Vogelseele sollte mit Lukas eine Verbindung eingehen und ihn vor der Hölle retten«, berichtete Mathilde erneut. »Verrückt.«

»Weiß Herr Anton auch, wie der Junge an das Batrachotoxin gekommen ist?«, fragte Herbert nach. Roswitha hatte sich bei ihm untergehakt und hing wie gebannt an Mathildes Lippen.

»Natürlich nicht, aber die Antwort auf diese Frage ist ganz einfach«, erwiderte Mathilde gelassen. Zur Freude ihrer Haushälterin bediente sie sich endlich am Kartoffelsalat. »Ich hätte auf all das früher kommen müssen. Pater John und Philippe Lefevre haben mir beide im Gespräch erzählt, dass nicht nur Nadine Marlon, sondern auch Lukas Grimm den Franziskanerbruder auf ausgewählten Reisen begleitet habe. Die Lösung lag die ganze Zeit auf der Hand. Das halbleere Kästchen mit dem Anhänger aus Sterling Silber, dem ihr keine Beachtung geschenkt habt, war mit Symbolen der Noanamá-Chocó- und Emberá-Chocó Indianer geschmückt. Dort hat Lukas das Gift aufbewahrt. Es müssen keine Rosinen aus Kolumbien sein, die er mit dem Gift angereichert hat. Es mag seine Lieblingsorte gewesen sein, die er sich für seinen Selbstmord ausgesucht hat. Pater John hat die ganze Zeit recht gehabt.«

Langsam gewann Herbert seine Fassung wieder und füllte seinen Teller.

»Was ist bloß aus dem hübschen Franzosen geworden?«, wollte Roswitha wissen.

»Das werden wir wohl nie erfahren«, bedauerte Mathilde. »Wahrscheinlich sind er und Raphael Gonzales bereits tot.«

»Was sagst du zu dieser Marienerscheinung am Kreuzgang des Nevigeser Domes?« Derweil Herbert in seine Bockwurst biss, blickte er seine Tante fragend an.

»Lukas hat sie gut aufgeschrieben. Respekt«, antwortete Mathilde ungerührt. »In ihm schlummerte ein kleiner Literat.«

»Fürchtest du dich nicht vor dem nahenden Weltuntergang?«, wollte Roswitha wissen und lächelte Martha an, die ihr ungefragt den Teller füllte.

»Aber bitte. Ich gehe davon aus, dass bei Lukas Grimm einige Synapsen im Gehirn durchgeknallt waren. Papst Dominikus I. ist ein alter Mann. Trotzdem hätte ich ihm mehr Besonnenheit zugetraut. Gerade er, der im Vatikan auf das Tragen der Soutane verzichtet, der den Gläubigen erklärt, dass die Vermehrung der Brotlaibe und die Verwandlung des Wassers in Wein symbolisch zu deuten sind, dürfte sich von solch einer Vision nicht schrecken lassen«, erwiderte Mathilde. »Köstlich, Martha. Ich liebe Kartoffelsalat mit Essiggürkchen.« Sie nahm ein paar Happen und sagte schlussendlich: »Gott braucht die Welt nicht mit Feuer zu überschütten. Wir Menschen erledigen das selbst. Die Klimakatastrophe hat nicht Gott, sondern der Mensch zu verantworten. Genie und Wahnsinn liegen bekanntlich nah beieinander. Das hat Lukas das Leben gekostet. In diesem Mordfall gibt es keinen Mörder.«

Dienstag, 29. Oktober 2019

Der Regen prasselte gegen die Küchenfenster, und Mathilde war froh, dass Martha heute die erste Hunderunde übernommen hatte. Genüsslich schlürfte sie ihren Kaffee und blätterte die abonnierten Zeitungen durch. Anschließend widmete sie sich ihrer Post. Gelangweilt sortierte sie Rechnungen und Werbung, doch plötzlich hielt sie irritiert inne. Eine auffällige Postkarte stach ihr ins Auge. In einem himmelblauen See spiegelten sich imposante Gletscher.

»Nationalpark Torres del Paine«, las Mathilde die Postkartenaufschrift laut vor. »Den bringe ich mit Chile in Verbindung.« Neugierig drehte sie die Karte um. Ein Lächeln schlich sich auf ihr Gesicht, und ihr wurde vor Freude ganz warm ums Herz.

Liebe Grüße an Peter und Paul. F. »Er hat es geschafft«, murmelte Mathilde. Sie war sich sicher, dass der Buchstabe *F* für Frodo stand. Mathilde hatte zwar keine Ahnung, wie Philippe Lefevre seine Ausreise finanziert hatte, aber letztendlich zählte nur das Ergebnis.

»Ich wünsche dir viel Glück, Krähenflüsterer«, hauchte sie mit Tränen in den Augen. »Versteck dich gut.« Sie seufzte, erhob sich und machte sich auf den Weg ins Wohnzimmer. Sie musste dringend einen Artikel für die Ronsdorfer Gazette schreiben.

Mittwoch, 01. Januar 2020

»Es ist schön, dass du wieder daheim bist.« Melanie Vogel öffnete die Zimmertür. Jakob hatte ein Jahr an einem ungewöhnlichen Ort für einen Schüleraustausch verbracht. Er hatte sich Alaska ausgesucht. Im zarten Alter von sieben Jahren war bei Jakob festgestellt worden, dass sein IQ bei 142 lag, und Melanie und ihr Mann Frank taten seitdem alles, um ihren Sohn zu fördern. Kurz vor Silvester war Jakob zu seiner Familie zurückgekehrt, mit vielen tollen Erlebnissen im Gepäck.

»Ich habe etwas für dich.« Melanie trat ein und ging langsam zum Bett, in dem Jakob lag und konzentriert in einem Buch über Astrophysik las.

»Für mich? Noch was?« Der schlanke, siebzehnjährige Junge mit den klaren, grauen Augen legte erstaunt das Buch beiseite. »Es gab doch bereits viele Willkommensgeschenke.«

»Das Päckchen kam vor ein paar Monaten mit der Post.« Melanie reichte ihrem Sohn das Paket. »Ist mir gerade wieder eingefallen. Magst du es öffnen?«

»Von wem ist es?« Neugierig warf Jakob einen Blick auf den Absender. »Ist ja ein Ding. Den hatte ich überhaupt nicht mehr auf dem Schirm.«

»Auf dem Schirm?« Jetzt war es an Melanie, verwundert die Augenbrauen hochzuziehen.

»An den habe ich überhaupt nicht mehr gedacht«, murmelte Jakob, während er das Päckchen öffnete.

»Ich lass dich allein, mein Schatz. Das Abendessen ist in einer Stunde fertig.« Melanie drückte ihrem Sohn einen Kuss auf die Stirn.

Jakob schob die DVD ins Laufwerk und blickte erwartungsvoll auf den Bildschirm. Was er zu sehen bekam, ließ ihn erschaudern. Wieder und wieder scrollte er sich durch die Dokumente. In seinem Gehirn ratterte es. Er sprang auf und eilte zurück zu seinem Bett. Hastig riss er mehrere Seiten aus dem Buch über Astrophysik.

»Deswegen kommen die Leute nicht weiter«, flüsterte er begeistert. »Aber warum schickt er das mir?« Er warf einen zweiten Blick in das Päckchen und entdeckte einen zusammengefalteten Zettel. Jakob strich ihn glatt und las: *Die Wahrheit findet immer einen Weg. Lukas Grimm*

Anmerkung der Autorin:

Diese Geschichte ist frei erfunden. Das 3. Geheimnis von Fátima wurde laut Aussage von Papst Johannes Paul II. im vollständigen Wortlaut veröffentlicht. Die Ähnlichkeit der im Roman vorkommenden Päpste Dominikus I. und Bernward XVI. mit lebenden Personen ist der Dramaturgie geschuldet.
 *Quelle: Die Welt, 13.07.2017, Thomas Jansen

Die Eröffnungsfeier der Voliere ARALANDIA fand am 30. März 2020 statt. In meinem Roman existiert die Voliere bereits seit 2018.

ARALANDIA

ARALANDIA ist ein Alleinstellungsmerkmal für den Grünen Zoo Wuppertal. Realisiert wurde das Projekt vom Zoo-Verein Wuppertal e.V. (Bauherr). Die Umsetzung der Vision wurde durch Spendengelder finanziert.

Die Architektur der außergewöhnlichen Bogenkonstruktion orientiert sich an der Form eines Vogelflügels und stellt zugleich eine Reminiszenz an die historische Voliere an gleicher Stelle dar.

Das zu ARALANDIA gehörende Ara-Zuchtprogramm für hoch bedrohte Ara-Arten bietet mit seinen einzelnen Zuchtvolieren optimale Bedingungen für Hyazinth- und Lear-Aras. Junge Aras verschiedener Arten können sich in der »Hochzeitsvoliere« zu Paaren finden. Die Vögel kommen von Partnern aus der Europäischen Zoogemeinschaft. Haben sich Paare gefunden, so werden diese für die Zucht wieder an die Zoos zurückgegeben.

Die Autorin Tanja Heinze ist seit 2019 ein Mitglied des Zoo-Vereins. Sie schenkte ihrer Protagonistin Mathilde Krähenfuß eine Bronze-Netzpatenschaft.

Mit dem Erwerb dieses Kriminalromans in der Zoo-Truhe unterstützen Sie den Zoo-Verein.

DANKSAGUNG

Ich danke Andreas Haeser-Kalthoff, dem Geschäftsführer des Zoo-Vereins, für die Führung durch die Voliere und die vielen Informationen über ARALANDIA.

Mein besonderer Dank gilt meinen LektorInnen Dr. Norbert Brieden und Jacqueline V. Droullier.

Marise Moniac danke ich für das Korrektorat.

Meinen Freunden Marianne und Jürgen Trilling, Marianne Haarde, Dunja Ochwat, Kerstin Hardenburg und meiner Mutter danke ich fürs Testlesen.

Mein bester Dank geht an Melanie Engel von BoD für die hervorragende Beratung, das Konzept und den Satz.

Kay Fretwurst von BoD beglückwünsche ich für das individuelle und ausgezeichnete Design.

Romane bei BoD

Das Lächeln der Teddybären,
BoD Norderstedt, ISBN: 978-3-7448-7795-4

Im Garten des Lebens,
BoD Norderstedt, ISBN: 978-3-7448-6564-7

Götterdämmerung,
BoD Norderstedt, ISBN: 978-3-7460-9070-2

Drohnenopfer,
BoD Norderstedt, ISBN: 978-3-7528-0751-6

Panik-Gen,
BoD Norderstedt, ISBN: 978-3-7481-6247-6

Mütterherzen,
BoD Norderstedt, ISBN: 978-3-7494-4285-0

Aralandia,
BoD Norderstedt, ISBN: 978-3-7504-7850-3